偏西的太阳

张儒学 著

山西出版传媒集团
北岳文艺出版社
BEIYUE LITERATURE & ART PUBLISHING HOUSE
·太原·

图书在版编目（CIP）数据

偏西的太阳 / 张儒学著. —太原：北岳文艺出版社, 2019.1（2020.3 重印）

ISBN 978-7-5378-5688-1

Ⅰ.①偏… Ⅱ.①张… Ⅲ.①长篇小说—中国—当代 Ⅳ.①I247.5

中国版本图书馆CIP数据核字(2018) 第208928号

| 书名：偏西的太阳 | 特约编辑：李 路 韩玉龙 | 封面设计：侯 建 |
| 著者：张儒学 | 责任编辑：赵 婷 | 排版设计：西橙工作室 |

出版发行：山西出版传媒集团·北岳文艺出版社

地址：山西省太原市并州南路 57 号 邮编：030012

电话：0351－5628696（发行部）

0351－5628688（总编室） 传真：0351－5628680

网址：http://www.bywy.com E－mail：bywycbs@163.com

经销商：新华书店

印刷装订：合肥市星光印务有限责任公司

开本：660mm×960 mm 1/16

字数：250 千字 印张：20

版次：2019 年 1 月第 1 版

印次：2020 年 3 月安徽第 2 次印刷

书号：ISBN 978-7-5378-5688-1

定价：69.80 元

目录

目录

目录

第一章　夜

一

乡村的夜静静的，绿色掩映于黑暗之中，给夜色增添了些许浅墨。

刘大田在那棵老槐树下，出神地看着远方，仿佛那远处朦胧的山，永远让他看不够。有时是他在向远山讲述着自己的苦闷与迷茫，有时是远山带给他的憧憬与梦想；那近处被如水的月光浸泡过的树木，让他感到亲切，就像一个他因为孤独而无意中想起的人，甚至让他有一种无法控制的欲望。他多么希望他想象中的女人出现。

坐了好一阵，凉凉的风吹来，他感觉到夜深了，村里那些唤鸡唤鸭的声音，还有大人说话小孩哭闹的声音已经消失了，他起身准备回家。突然，一个人悄悄地来到他的身后，伸手抱住他，头紧紧地贴在他的背上。

刘大田愣住了，他不敢相信，这个世上还真有这样的好事，让他梦想成真。他轻声地问："桂兰，是你吗？"

她轻声说："你想我是谁我就是谁。"

随后，她的手在他胸前乱摸，刘大田的心也跳动得厉害，但他尽力地让自己平静，可他越这样想，心就跳动得越厉害，呼吸也越来越粗。只听见路边的垂柳在月光下轻轻地摆动着，温柔而又撩人，月色笼罩着田野、山川、农舍，这儿简直就成了天然的屏障，就是上天有意留给他们的芳草地，他多不想辜负这柔美的月色，想尽情地表达积淀在心中的激情。

他猛一转身，终于看清了她的脸，就是那个漂亮的女人——张桂兰。他一把将女人抱进了怀里，任女人用手轻轻地敲打着他。而他却在女人无力的敲打里，又一次读懂了女人的心事。最后，他又紧紧地抱住了她，她没有反抗，相反地还充满激情地搂着他、亲着他。眼前的一切让他仿佛飞起来一般，游历于似梦非梦之间，他便不顾一切地扑上去……

突然，一阵风从窗口吹进来，他被惊醒了。他睁开眼睛，翻身坐起，揉了揉惺忪的睡眼，发现原来是个梦。他回想着刚才做的那个梦，像电影一样再把刚才的细节慢慢重现了一遍，有的细节也许被他发挥到了极致。然后，他开心地笑了。

其实，刘大田只是光棍汉，哪里沾过女人呢？因为爹去世后，只给他留下几间半旧半破的小土屋。他不怨很早就离世了的爹，更不怨自己记忆中一点印象也没有的娘。听爹说，娘在生下他还不到一年，就嫌家穷而跟随一个外地木工私奔了，那一去就再也没有回来过。已经三十多岁的他，仍没找上媳妇，这也不难理解，谁家的闺女还能眼睁睁地往火坑里跳呢，他家除了那山坳上的几间小土屋，其他什么也没有了。

小土屋静静地坐落在那里，孤零零冷清清的，像住在屋里的刘大田一样，除了平日里进进出出外，多半时间是守望着孤独，体验着艰辛。除了房屋里的主人在煮饭时冒出的那一点炊烟能使这间小屋散发一些生气外，其他时间几乎看不出里面有任何的热闹和温馨。尽管这样，小土屋在老树的装扮下仍有些绿意，绿意中散发着一些清闲，老树在小屋的陪同下还有些诗意。

不知何时，一束暗淡的光亮从小屋的裂缝中透了进来，虽然有些暗淡但也是足够亮了。刘大田这才明白天亮很久了，他懒洋洋地起床打开门，伸了一下懒腰，扛着锄头下地干活去了。就凭他年轻，身体壮实，力气也大，在生产队里，谁不夸他能干活呢？别的男人千方百计找些挖土、除草之类的轻松活干，而他就不一样，专找些挑粪、挖干田、抬石头这样的重活干，这样挣的工分当然比别人多，队里按工分分粮，他分的粮食就比别人多。山里人没别的，只看重粮食，因为有了粮食才能填饱肚子。

已经是农历六月间，田里的稻谷刚含苞，土里的红苕才栽上，又是青黄不接的月份。这时村里有拉扯着老小的人家便缺粮了，只好找别人借，以度过这困难时节。

这天，山坳下的张桂兰找到刘大田说："大田兄弟，你家的谷子还有没有？如果有就借给我一点，年底还你。"

刘大田愣了愣，他有点不想借，因为他知道借容易，可要她还却难。但他不知道怎么回答她，只淡淡地笑了笑。他认真看了看她，桂兰今年三十三岁，体态匀称，天生一副好身材；柳眉凤目，皮肤白里透红，像一只熟透了的水蜜桃；风韵一点也不输二十来岁的大姑娘。

张桂兰似乎看出了刘大田的心思，她知道找人家借粮食当然是求人家，在别人面前不说是低三分，至少要经过人家同意，他愿借就借，不愿借就算了。在这个时节，粮食是最紧缺的，人家从队里分来的这么点口粮，也是别人从嘴巴里节约出来的。但她仍不想放弃，便说："大田兄弟，我知道你做的工分多分的粮食也多，你肯定还没吃完，如果你真的有剩余的，就借点给我，让我们家渡过难关，只要下半年队里分了谷子，我就还你，你看行不？"

刘大田仍有点不想借，他没明确地说，只呆呆地看着张桂兰。正好这时，他与她的目光不期而遇，他突然感觉到她的目光中充满着激情，让他的心猛地跳动了一下，全身火辣辣的，随后，他轻声地说："本来我的谷子不多了，听你这么说，我就借点给你，下半年队里分了粮食后，一定要先还我哟。"

张桂兰笑着说："当然，等队里分了粮食后，我一定先还你。"

刘大田说："行，你来称吧。"

二

事不宜迟，好不容易才说通刘大田，万一他过一会儿就变卦了呢？现在的事，哪个说得准，说变就变，何不趁热打铁？张桂兰就快步走回家，叫丈夫王大明挑着箩筐，她拿着秤跟在后面，来到刘大田家。正好刘大田刚要出门干活，看见他俩来了，明白了他们是来借粮食的，又转过去打开门说："这么快，我以为你要过两天才来称哟。"

张桂兰笑着说："我们家早就断粮了，就等着从你这儿借点谷子去打米下锅了，你说急不急呢？"

刘大田本来想随便借点给她的，可听她这一说，想到她家里还有两个男孩子，借一点给人家又能维持得了几天呢，自己家的粮食不说有多余的，至少添点杂粮吃，还是能接上下半年队里分谷子的。再说，都是乡里乡亲的，谁没有个这样或那样的困难呢？远亲不如近邻，他似乎没有什么远亲，万一有个啥事，还得靠邻居帮嘛。

刘大田就去屋里的柜子里弄了满满的一挑谷子出来，再用秤一称，有一百零二斤，王大明说："大田兄弟，这两斤不好记，就算一百斤吧。"

张桂兰却说："不行，有多少斤就记多少斤，大田兄弟借谷子给我们，难道还能让大田兄弟吃亏？"

刘大田本来为这两斤谷子，心里还有点高兴，但他听张桂兰这么一说，气也消了，高兴地说："行，就算一百斤吧。"

张桂兰从心里很感激刘大田，在王大明挑着谷子走时，她回头看了刘大田一眼。刘大田觉得，她这目光里不只是感激，似乎还含有另外一种成分，虽然他一时说不准到底是什么。总之，他记住了她这一眼，这目光就像太阳一样，照耀着他孤独的日子。

乡村里的日子就像流水一样说去就去了，一晃田里那还含苞的稻谷，在火一般太阳的烘烤下，已变得金黄金黄的，处处飘溢着稻谷成熟的馨香，更飘溢着山里人的希望。

快打谷子了，队里开始安排打谷子的活儿了，妇女在晒坝晒谷子，男人下田打谷子。打谷子前必须进行合理搭配，由四个人组成一张斗。这分斗是十分关键的，关系到大家能挣多少工分，同在一个队里谁都知道谁干活怎样，都想合强不合弱。这下，谁都想与刘大田一张斗，因为他力气大，挑谷子、打谷子都不成问题。每到这时，刘大田心里就特别高兴，觉得他在别人的眼中还有点分量。

夜里，刘大田坐在门口，因为心情好，仿佛并不觉得寂寞，相反的还有点开心。风把小土屋外的树、竹吹得有点微醉，细小的枝叶摆来摆去，弄出些细雨样的沙沙声。明净的月光透过树叶的缝隙，如山菊花似的细碎，星星点点地洒在院子里。山下偶尔传来汪汪的狗叫声，时不时传来喊小孩子回家的声音，在农家那暗暗的灯光下，让山村变得热闹而温馨。

这时，张桂兰穿着那件平时难得穿一回并能十分形象地凸显出女人曲线的薄薄的花格子衬衣，刚洗过的似乎还飘着清香的长发将她圆圆的脸映衬得更加圆润，也将她那曼妙的身材映衬得更加丰满迷人。她含着浅浅的微笑，带着平时少有的温柔，突然出现在刘大田的身后，她问道："大田兄弟，你还没睡呀！"

刘大田先是吃惊，不知道她这时来干什么，虽然他平时就偷偷地远远地看着她，可要不是那次她来借谷子，他还从没有近距离地注意过她。她穿着朴实，但浑身上下散发出一种迷人的气质。不说单身的刘大田，就是队里好多有老婆的男人，都用色眯眯的眼睛看着她，巴不得和她发生些关系。如果她真有事，要说白天来说事很正常，可她却晚上来，要么就是有急事，要么就是她有点别的想法。刘大田却不敢再往下想，他定了定神，从屋里端了条凳子出来给她坐，问道："桂兰，这么晚了你来找我有事？"

"有点事。"张桂兰愣了愣，语气中有一种说不出的温柔，她仿佛想说又怕说出来。过了一会儿，她还是说了出来："大田兄弟，我家大明的力气不如你，干活也不行，这个你是知道的，打谷子又是全年挣工分的高峰期，我又拉扯着两个孩子，如果这时不多挣点工分，下半年分粮食可就更少了，我们一家人还怎么过日子呢？"

刘大田听得似懂非懂的，因为是晚上，他不想被人看见说些闲话，便打断她的话说："桂兰，有啥子事，你就快说吗！"

张桂兰突然又坐到刘大田坐的那条凳子上去，虽坐在一条板凳上，但中间仍隔着距离。这让刘大田差点儿吓一跳，他赶忙又往边上坐了坐，心想，她这时来难道真是为了那个？他不敢再看张桂兰，觉得浑身不自在，想她快点把事说了。张桂兰说："大田兄弟，请你帮个忙，让我家王大明跟你一张斗打谷子，下年好多分点粮食。"

刘大田听后，他那颗悬起的心终于落下了，他大大地吸了一口气，笑着说："我以为你来找我有啥事哟，原来是这点小事，我答应你，王大明就和我一张斗打！"

张桂兰一听，高兴地说："大田兄弟，你说话可要算数哟。"

刘大田十分肯定地说："当然算数。"

张桂兰似乎有点不放心地看着刘大田，她还想要他说一次才放心。刘大田却看都不敢看她一眼。就这样，过了好一阵后，张桂兰起身说："大田兄弟，这事就拜托了，我该回去了。"

刘大田说："行！"

三

第二天，队里开会，大家都知道是安排分斗打谷子的事，这次来开会的群众，比任何一次开会都来得齐，因为涉及大家的利益。在会上，大家提出要这样要那样分，队长问刘大田怎么分好呢。此时的刘大田好像是"皇帝"一样，大家都争着与他一张斗，队长也不得不征求他的意见，他心里高兴，因为这时才感觉到自己存在的价值。他只说了一句："不管怎么分都行，我只有一个要求，就是要王大明和我一张斗打谷子。"

有人听后马上提出不同的意见，王大明凭什么要和刘大田一张斗，是王大明给了他什么好处吧。不可能！王大明是啥好处都想得到的人，他还把好处给别人，是不是太阳从西边出来了？那刘大田为什么点名要和他一张斗呢，他是不是有什么毛病了？去年打谷子队长把王大明和他分到一张斗，他都不要，今年却来个大转弯，反正他们俩有说不清的关系。这时，有一个人站起来说："我说刘大田，你为什么要这么特殊呢，凡事都有个规矩，谁和谁一张斗打谷子，总不能由你一个人说了算吧？"

众人马上附和道："就是，那得看怎么个分法，要是大家都随便组合的话，我们也就随便选人了，总不能只有你一个人说了算！"

队长站起来，大声说道："你们闹啥？打谷子关系到全队社员的口粮问题，也是一年中最关键的农忙时节，我们辛辛苦苦种下的谷子，总不能不收回来吧？至于怎样分斗的事，大家商量，总会有一个好办法。你们这样闹来闹去，能解决问题吗？"

大家便你一言我一语地议论开来，但看得出几乎都是出于各人的利益，都是想组合几个干活行的人一张斗打谷子。可议论来议论去，仍统一不了意见，大家越说越激动，有意见不同的相互争吵起来，还差点儿打起来了。队长站起来，往桌上使劲拍了一巴掌，大声吼道："都别吵了，你们这样成何体统，这到底是在开会还是在吵架，这样讨论下去还会讨论出什么结果吗？我看这分斗打谷子的事，等我和队里的会计、组长商量后决定，到时公布名单就行，散会。"

虽说大家还有点不甘心，还想继续争下去，更想马上知道结果，可听队长这么一说，再看队长那凶巴巴的目光，都再也不敢说什么了，各自回家去了。

回到家里，刘大田却睡不着，觉得队长没采纳他的意见，真让他觉得委屈。要是往年，这打谷子分斗的事，队长总是听他的，仿佛这队里打谷子真的离不开他，何况以前他也没有提出过什么要求，随便和谁一起打，他都无所谓。可今年不同了，他答应了张桂兰要和王大明一张斗。按说答应了人家只要尽了力就行，这种情况她在场也看到的，他也做不了主，张桂兰也不会怪他的。但他仍觉得有点愧疚，他深知王大明干活真的不如其他人，也真想帮他多挣点工分，下半年好多分点谷子。可他已经尽力了，尽了力也就问心无愧了。

尽管刘大田这样想，也觉得是这么个理，但仍感到很歉疚，他仿佛又看到了张桂兰看他的眼神，火辣辣的，含情脉脉的，如果没能把答应她的事做到，他在张桂兰心目中还算什么男人。他越想越失落，心里更不是滋味。

他起身马上跑到队长家里，队长见他来了，问道："刘大田，你不好好在家休息，跑到这儿来干什么？"

刘大田气冲冲地说："队长，今年这谷子，我不打了。"

队长以为自己听错了，说："刘大田，你为什么突然不打了？你说说原因。"

刘大田仍没好脸色，说："我不打就是不打，不外乎我少挣点工分，下半年我少分点谷子就是。"

队长说："你疯了，哪个都想打谷子多挣点工分，好多分点粮食。你却说不打了，你说不打就不打了吗？这事由不得你，要是你不打了，我把你全年的工分扣完，让你一颗谷子都分不到，你喝西北风去？"

刘大田支支吾吾，欲言又止。队长说："我说刘大田，你脑子里想的啥，我还不知道？放心吧，我会安排好的。"

刘大田睁大眼睛，看着队长，说："队长，你真知道呀？"

队长说："我早已安排好了，把王大明和你安排在一张斗里，这下你满意了吧？"

刘大田笑了，说："队长，你真是神仙，我知道啥也瞒不过你。好的，谢谢队长。"

第二天下午，全社分斗打谷子的名单贴在了队里保管室门口，刘大田第一个跑去看了。他看后笑了，因为名单上王大明就分在他这张斗。随后大家都纷纷前去看，看后有的高兴有的生气，这是队里定了的名单，谁也无法改变。

果然，在打谷子时，刘大田更是使出了全身气力。天还没亮，他就扛着斗到田里，弯着身子使劲地割谷子，而且比往年更认真。待王大明他们挑着箩筐来到田边的时候，他已割了好大一片，这让他们感到吃惊，也让他们自知来晚了，于是更加努力干活。

刘大田不但来得早，在干活时也好像不知道累似的，割了又帮着打，打了看到他们割得慢又帮着割，挑谷子去队里晒坝时，刘大田每天要多挑好几担，这样每天至少他要比别人多干三分之一的活。在打完谷子算工分时，他们这张斗每人至少要比别人多挣一百多分。

为这事，张桂兰一直对刘大田心存感激，好像她欠了他一个人情似的，一直找不到机会报答。

第二章　梦中

一

有一天，张桂兰的男人王大明去外村一亲戚家吃六十寿酒去了，她就请刘大田去家里吃晚饭，他也没有推辞。在打谷子时，他真的尽力帮了王大明，这个不仅刘大田心里最清楚，就是张桂兰也明白的，他为了什么呀？他自己也不明白。本来他与张桂兰啥也没有，更与王大明没什么交情，他真的找不出原因，但他总觉得这是自己愿意帮的，而且他这样做了，自己内心会产生一种快乐。

刘大田在队里收工回家后，洗了澡，换了一件干净的衣服，便向张桂兰家走去。他一路上想，到底她今晚请他去干啥？是不是只是请他吃饭，还有没有别的什么呢？要是有，他又该怎么办？她是不是还是像梦里那样温柔体贴而激情洋溢呢？不，他早听人说梦与现实是相反的，那这么想来，在梦里与她做了一回爱，在现实中就不可能和她做爱了？如果真是这样，他不就亏了吗，哪个都明白梦是假的，生活中的才是真的。

不一会儿，刘大田就来到张桂兰家里。她炒了一盘豌豆，外加两个素菜，把王大明的酒提上桌子，给刘大田倒了一杯，然后又给自己倒了一小杯，她坐在桌子的另一方陪他吃饭。为了陪好他，她慢慢地喝，不知不觉中，这一小杯酒就喝完了。

张桂兰喝了酒，脸红红的，说起话来也温柔了许多，她说："大田兄弟，分斗打谷子的事，麻烦你了。要不是你帮忙呀，我家大明肯定挣不到这么多工分，以往哪年这谷子一打下来，他不像生了一场病一样？今年不但工分挣得多，他还好像没事一样，这个呀，全都是靠你帮忙。"

刘大田喝了酒，也有些动情了，他时不时地看着她，说："这点小事，没啥。我和谁一张斗打谷子不是打呢，更何况我们是邻居，帮点忙又有什么呢？"

张桂兰笑着说："话虽是这样说，全队谁不想和你一张斗打谷子呢？哪个不知你刘大田干活一个人当两个人用呢？我家大明还夸你干活真行，以前他还不太相信，现在呀，真让他心服口服了，而且今年谷子打下来，你让我家大明多挣了一百多分，你想，这一百多分平时要挣多久才能挣到？"

刘大田听后心里乐滋滋的，他边喝酒边说："那是，我刘大田说其他的不行，要说干活，在全队肯定没人能和我比的。"

张桂兰喝了一小杯酒，觉得热就把外衣脱了，露出了里面的花衬衣，那衬衣底下鼓鼓的乳房，像一对活蹦乱跳的小白兔，在刘大田的眼前晃悠悠的。他的眼睛也像被钉子钉住似的，一动不动地看着她的胸前。不知她此时注意到刘大田的表情没有，也不知她是有意还是无意让自己在他面前露点什么，她含情脉脉地看着他，他的心也在怦怦地跳动着。

这时，里屋的小儿子哭了，张桂兰起身说："大田兄弟，你慢慢喝，儿子哭了，我去抱他。"

张桂兰抱着刚满周岁的小儿子小虎，坐在刘大田对面的门槛上喂奶，乳房更直接地暴露在他面前，加上酒精在起作用，他再也无法控制了，他哪里还有心思喝酒，眼睛直愣愣地盯着她的乳房，越看越觉得全身不自在。但他还是努力控制着自己，使劲地喝酒。

一会儿，正在吃奶的小虎又睡着了，张桂兰把儿子抱回里屋放在床上，出来又陪刘大田喝酒。他借着酒劲，一把抓住张桂兰的手，然后就用红红的眼睛看着她，像要一口把她吞下去一样，她赶紧抽出了手，站起身来赶忙走开说："大田兄弟，你别这样，要是被别人看见了多不好。你喝醉了，我送你回家吧。"

听张桂兰这么一说，刘大田虽已喝得醉醺醺的，但还是明白她说这话的意思，是在催他走了。刘大田本来还想多坐会儿和她亲热亲热，但又不好再说什么，只好起身，无奈地说："桂兰，不管你叫我帮你做什么，我都在想办法帮你，可你还不明白，我，我真的好想……"

张桂兰明白他的意思，她低下了头，轻声说："大田兄弟，你别说了，你的心思我懂，一个大男人，能不想有个老婆吗？可这是不可能的，因为我是有孩子有丈夫的人了，总不能连家都不要吧？你先回去吧，待过些时候，我去给你说媒，找一个就是了。"

刘大田晕晕乎乎地走出张桂兰家，觉得有些头重脚轻，差点儿摔倒在地。

张桂兰忙上前扶着他说："大田兄弟，你慢点走，我送你。"

刚出门不远，刘大田一下就抱住张桂兰，在她身上乱亲乱摸，他说："桂兰，我好想与你亲热一回，你……你成全一下我吧。打光棍这么多年，我命不好，找不上媳妇。桂兰，再说打谷子我帮了你家王大明吧，说什么你也得感谢我，你就……成全我这一回吧。"

张桂兰听他这样说，也有些心软了，眼看他的手快把她的衣服解开，她经过激烈的思想斗争，最后还是传统道德观念占了上风，她使劲地推开了刘大田，说："大田兄弟，你喝多了。什么也别说了，我明白，一切都明白……这是绝对不可能的，我这样做对不起王大明。再说这事一旦传出去，那怎么得了？"

刘大田说："我不管，反正我要与你……以后有啥需要我帮忙的，我尽力，我刘大田没……没别的本事，就是干活行！"说罢，他伸手又探向张桂兰的胸，当刘大田的手快摸到乳房时，她又使劲地推开刘大田，说："你再这样，我就喊人了。不管怎么说，这事都是不可能的。"

刘大田说："那次分斗打谷子，我算对得起你家王大明吧？"

张桂兰说："我知道。大田兄弟，我在心里感激你，所以今晚请你吃晚饭。"

刘大田生气了，说："以后你别再来找我。"

张桂兰想：再这样与刘大田纠缠下去，恐怕会发生无法控制的事情。于是她转身就往家里跑，回到家里气喘吁吁地透过窗户偷偷往外看着。刘大田歪歪斜斜地回到山坳上的那间小土屋里，倒在床上就睡去了。

梦中，全是张桂兰的影子在眼前晃动，也是在梦中，又与她亲热了一回。

二

为了增加集体收入，村里要建果园，把那一片荒着的乱石坡，规划出来栽果树，要求一个队选一个人去。这是天大的好事，不管怎么说去果园干活，肯定比整天在队里干活要好得多，不说是吃"皇粮"，至少果园的伙食要比家里的更好，虽吃不上好的，但至少能吃饱。

刘大田能干活不但在队里出了名，就是全村都知道他。他凭着自己有力气，处处有着那么一点点优越感，不只是队里有什么重活第一个想到他，就是村里有啥事也点名要他。他干活不管轻重，能吃苦不怕累，这样的人不管在哪儿都让人喜欢。他也为此感到高兴，在干活时却比以前更加认真。村里点名要他去果园，因为他力气大，身体壮实，是搬石头、放炮、打窝、栽树的好手。

在队会上，队长把这意思说了出来，众人议论纷纷，如果去了村里的果园干活，每年的工分都按队里的最高分来评定，果园里还有伙食团，还能为家里节约一些粮食，这种好事谁不想去呢？一听说村里点名要刘大田去，男人们都不服，想他刘大田为什么处处能得好处，不就是力气大点，整天像傻子一样不要命地干活，他难道比别人多一只胳膊多一条腿？都是干活的，他能去为什么别人不能去？

有人说："村里凭啥干涉我们队里的事，每一个队选一个人去，还能由他们定，难道我们不能自己选？"

有人附和道："就是，总不能啥好事都是他刘大田一个人独占，难道他高人一等？"

"不行，得大家抽签，哪个抽到哪个去。"

有的女人看到自家的男人争起来了，也不甘示弱，在旁边帮着闹，说："队长也不能太偏心，队里不管是栽秧子或是打谷子，凡是能拿高工分的活，哪样好处没被他刘大田占过，大家都一样地干活，哪个又高人一等呢？"

又有女人附和道："就是，不能由哪一个人说了算，得听听大家的意见，由大家来选。"

刘大田坐在一边，他听着不但没生气，反而心里乐滋滋的。因为他觉得不管他们怎么说，都等于白说，大家天天在一起干活，哪个干活怎么样，难道别人看不见？谁叫他们平时干活偷奸耍滑，专找轻松的活干呢？再说了，这事村里都定了，还改得了吗？队长听谁的，还不是听村主任的。在这个村里，只要村主任一句话，啥事还摆不平？

在场的男人越闹越凶，似乎像要打架一样，都争着要去。在场的女人，一下齐刷刷地把羡慕的目光投向刘大田，心想，要是自家的男人也像他那样就好了，有的在心里想当初自己为什么没嫁给他呢。他虽然家里穷了点，可他人实在，哪像自家的男人，白天在队里干活磨洋工，晚上回家倒在床上睡得就像头猪一样。

闹得最凶的是王大明，他从心里不服，刘大田有啥本事，只不过有点气力，斗大的字也认不了几个，自己好歹是个初中生，除了干重活差点哪样不比他强。但又转念一想，这是在农村，不管你有天大的本事，谁又欣赏你、承认你呢？刘大田干活行这一点不假，但也不能因为这所有的好事都让他一人包了吧？

队长见大家意见这么大，站起来大声地说："大家别闹了，这事是村主任定的，我也没办法，你们有意见，找村主任说去，去果园有啥好，整天搬石头、打树窝，肯定比在队里干活累。你们还争着去，要是请我去我还不去呢！你们以为去了果园就不干活了，做梦去吧。”

一席话说得大家再也不敢出声了，低头叹息，只在心里不服，再也不敢说出来了。

队长缓和了一下语气说："这事就按村主任说的，刘大田去村果园，散会。"

夜里，王大明怎么也睡不着，走出房门，站在院坝里想着心事。他在外面站了好一阵，用十分愤恨的目光看着山坳上的那间小土屋，刘大田这时肯定十分高兴地喝着酒，说不定还借着酒兴唱几句山歌呢！他越想越生气，巴不得跑上去揍他几下才解恨。但话又说回来，恨归恨，这是村里定的，就算刘大田不去，全队这么多人，也不可能轮到他王大明吧？他又站了好一会儿，才回到屋里，抽了一阵烟，好像心事重重、一脸不高兴的样子。躺在床上的张桂兰翻了一个身，问道："大明，你怎么还不睡？"

王大明说："怎么睡得着呢？哪个都知道，如果进了村里的果园就等于吃'皇粮'了，你想呀，不管干多干少，不管干什么活，都按队里每个劳动力的最高工分来拿，在队里除了栽秧打谷能拿到高分，平时能得到多少工分呢？只要去了果园，管他天干雨旱，到年底只管拿工分回来分粮。"

张桂兰听王大明这么一说，本来她也没把这事放在心上，他能不能去果园，不是什么大不了的事，去果园又不是去享福，也是一样地干活。她说："村里不是点名要刘大田去吗，我看这事就算了。"

王大明生气了："他刘大田大字不识几个，除了能下点蛮力外，还有啥本事呢？我王大明，哪一点比不上他，为什么处处都受气，处处都让人看不起？总之，我不服。"

张桂兰说："大明，你这样想就不对了，果园就是要能干活的人去，村主任就是看上了他这一点，才点名要他去的，你还是别多想了，这事定都定了。"

王大明深深地叹了口气,说:"是呀,这事都已经确定了,我又能怎样呢?"

王大明想来想去,自己折腾了一番,似乎也累了,还是上床睡觉去了。张桂兰翻过身来,亲亲热热地把身子挨过去,王大明推开她,说:"我没心情。"

三

这一夜,张桂兰失眠了。嘴上虽说是在劝丈夫别把这事当回事,但她自己还是放不下,她不是贪图进果园能拿多少高工分,能多分一些粮食,而是看到他难受,自己心里更难受。

第二天,雄鸡用它高亢的歌喉唱醒了山村的清晨。炊烟袅袅,宛若柔曼的轻纱,在各家各户的屋顶上轻歌曼舞,把一阵阵柴草的清香带到了四面八方。路边的树枝,在晨曦中轻盈地舒展着,绿绿的叶子恰似少女闪动的睫毛,演绎着万种风情。张桂兰扛着锄头向山坳上刘大田房前的那块苞谷田里走去。一路上,她放眼望去,只见大地碧绿一片,一望无际的苞谷苗伸展着腰肢,任暖阳用那把大"梳子",温柔地梳理着自己的"秀发"。

不一会儿,张桂兰就到了那块苞谷田里,她拿着锄头开始除草。刘大田起床开门后,习惯性地站在门槛边伸个懒腰,突然看见了苞谷田里的张桂兰,脸一下就红了,好像那晚的梦境是真的一般,赶紧往屋里躲。

　　张桂兰看见他出来后赶忙走了进去，她不明白他为什么怕见她，是她哪点对不住他呢？她猛然想起那次请他吃饭，脸不由得红了。她平复了一下情绪，努力让自己平静下来，再轻轻地松了一口气后，心态渐渐地平和下来，便大声地喊道："大田兄弟，来来来，我给你说个事。"

　　刘大田有些不情愿地走过去，他不知道张桂兰想说什么，是不是她还在为那晚的事生气，叫他去给说个理或道个歉，但看来看去却不像是这么回事。相反地，却感觉到她叫他去肯定是又有事要他帮忙，他走了过去，说："桂兰，我那天晚上喝多了，对不起你……"

　　张桂兰看了看他，好像一点也不在意这事，笑了："哎呀，那有什么，女人最懂得男人的心嘛。你是人又不是神仙，有这个想法是正常的。好了，别说了，我不怪你……真的，大田兄弟，你以后别再提那事了。"

　　刘大田笑了，说："那我该去干活了。"

　　张桂兰朝着刘大田略带几分羞涩地笑了笑，说："大田兄弟，你下来看我这个苞谷上是不是长虫了？"

　　刘大田走进苞谷田里，站在张桂兰身边的一株苞谷旁，认真仔细地看了看，没发现有虫，便说："桂兰，没有虫呀。"

　　张桂兰说："你看我身上，好像有虫，帮我捉了。"

　　刘大田把手伸过去，正触到桂兰饱满的乳房，他愣了一下说："桂兰，不是虫，是苞谷花。"

　　张桂兰说："大田兄弟，我再求你一件事，你把去村里果园的名额让给我家大明吧。你是知道的，我家大明干重活不行，一年下来挣不了多少工分。我又拉扯着两个年幼的孩子，年底要少分很多粮食。你有力气，轻活重活都不怕，去不去果园一样能挣高工分。我家大明就不同了，如果他去了果园，每年按队里的最高工分来评分，我家就可多分点粮食。"

刘大田愣住了说："这，这个是队里定的，我也没办法。"

张桂兰说："只要你说不去了，你跟队长推荐大明去不就行了吗？你是队里的'红人'，队长会听你的。"

刘大田突然明白了，张桂兰这么早来，就是为了这事，他觉得她真是太有心计了，凡有事要他帮忙时，就来找他，这算什么事呀！便说："这不太好吧，再说哪个人都想去果园，这个机会哪个人愿意放弃呢？"

张桂兰把手伸过去，拉住刘大田的手说："我也是没办法，为了能多挣点工分多分点粮食，养活两个孩子，只好求你了。"

刘大田的手被拉得火辣辣的，他全身上下已充满着激情，更是充满着不能控制的欲望。

突然，刘大田心中又闪现出那晚在梦里与桂兰做爱的情景，好像觉得梦里才是真的，而眼前只是梦。顿时，他感到自己像一片云，轻飘飘的，一不小心就会被大风吹走，再也找不到回家的路。于是，他猛地放开了张桂兰，一脸的愧疚与恐惧，他说："桂兰，对不起。"

说罢，转身就走。

张桂兰似乎被刘大田这一举动惊呆了，她用十分不解的目光看着他，他这人怎么了，是不是哪里出了毛病？她认真地看了看自己，我这是怎么了，是不是我哪儿出了差错？在她一会儿回过神来之后，忙说："大田兄弟，这事就算你答应了。"

刘大田停下了脚步，没有回头，只是轻轻地嗯了一声。

第三章　去果园

一

刘大田嘴上答应了，可心里却不想把去果园的机会让给王大明，但他已答应人家了，还能说话不算数？要是其他人他还可以反悔，可偏偏答应的是张桂兰。张桂兰虽然和他没有啥关系，但总觉得她在他心目中跟其他人不一样，到底怎样不一样呢？他自己也说不清楚。还记得那次在队里的会上，就是王大明闹得最凶，要不是看在张桂兰的分儿上，说什么也不会把这次去果园的机会让给他，他如果真有本事就自己争去，还来求他刘大田干什么？

清晨，小鸟在空旷的田野上飞翔，在村前庄后的树枝上欢唱，为宁静的田园增添了许多灵性与动感。而在村边、路旁、山里、溪中玩游戏的孩子们，则欢蹦乱跳，自由自在。他们与草地上、灌木丛中的各色花朵一样，无忧无虑，自由绽放。牛羊们悠然自得地在绿荫中漫步，在溪流中畅饮。那些田野里挖土的咔咔声，伴随着人们劳作时的说笑声，在山间回荡，让山村里变得热闹非凡。

刘大田除了认真地干活，哪还有心思欣赏这田园美景，更没心思与别人说话，他低着头，心事重重。想来想去，他似乎想通了，觉得王大明为什么想去果园，是因为他平时干活不如别人，他刘大田却不一样，哪样活儿他干不好？要不就把这机会让给他吧，也好了却一桩心事，算是还张桂兰一个人情。

但他还是有点想不通，到底凭啥要将这样好的机会让给王大明，到底他刘大田欠他什么？如果不让，这事也讲得过去，是村里定的，改不了。可他觉得这样做，有点为人不地道，别人可能做得出，可他却做不出来。他想来想去，真不知怎么办才好。

中午，刘大田趁队长收工回家时，急匆匆地跑到队长家，仿佛他是在生队长的气一样，气冲冲地说："队长，我找你有点事。"

队长一看，感到莫名其妙，他这是在生哪门子的气呢？队长笑着说："我说刘大田，你收工回家后不弄饭吃，跑到我这儿来干什么，下午可要挑粪上坡，是重活哟，你有啥事？说吧。"

刘大田愣了愣，仿佛不愿把这话说出来，他还是有点舍不得放弃去果园，他瞪着眼睛看着队长，仿佛把所有的气都要发在队长身上。

队长急了，他也瞪着眼睛看着刘大田，说："刘大田，我哪点亏待了你？你到底有啥事，快说，别在这儿瞎瞪眼睛，你那样子真是吓人。"

刘大田说："我，我……总之，我有事找你。"

队长急了，他退后了一步，缓和了一下情绪，用平和的目光看着刘大田。心想，这刘大田到底怎么了，平时说话跟干活一样，爽快耿直，有啥说啥，今天却变得扭扭捏捏的，真是急人。他大声说道："我说刘大田，你今天到底有啥事，怎么变得婆婆妈妈了，耿直点，有啥事就说，没事就回去，吃了饭还得干活呢。"

刘大田鼓起勇气说："麻烦队长和村主任说一声，果园我不去了。"

队长听了后，不知是生气还是吃惊，他大声吼道："我说刘大田你是不是疯了，别人想去都去不了，你竟然不去了，是啥原因？"

刘大田低着头，他不敢抬头看队长，也深知队长费了不少心才把这事定下来，真有点对不起他。他轻声说："我，我……觉得在队里干活更自在一些。"

队长长长地叹了一口气，说："刘大田呀刘大田，你是真傻还是在装傻呢？不说村里是如何研究的，就是队里那次开会，你也看到了吧，为了能去果园，大家争得像吵架一样，他们争什么呢，他们为什么要争呢？我想你刘大田再傻也不会傻到连这个也不明白吧？"

刘大田听后，他低下了头，很想把这事说出来，但他觉得这事不能让队长知道。本来他与张桂兰也没什么，万一队长知道了，依他的脾气，不狠狠骂自己一顿才怪。当然，如果队长骂自己就能把这件事摆平，那也就还好，更重要的是，要是队长知道事情的缘由，说什么也不会同意的。队长是什么人，是为老百姓办事的，是为大家主持公道的，凭队长的经验，他哪样事情不比一般人想得远？不管队长怎么问，他就是不说。

可队长仍耐心地劝道："大田呀，我知道你心好，处处为别人着想，但关键时候还是得为自己考虑。机会嘛，只有一次，错过了就不会再有，你得想清楚哟！"刘大田再也听不下去了，他更有点站不住了，大声说："队长，你别再说了，反正我不去果园了。"

队长看了看刘大田，也没再说什么了，又坐下去继续吃饭。其实，队长当然也舍不得刘大田去果园干活，因为他知道如果这个干活不拈轻怕重的人走了，队里有些重活就不好安排了。只是他觉得刘大田把这次去果园的机会放弃了，真的可惜。

刘大田看到队长再也没说什么了，看来还是默认他不去果园了，便说："队长，我还有个事。"

队长似乎不耐烦了，他抬头看着刘大田，说："刘大田，你今天到底是怎么了，哪有这么多事，你还有啥事？快说。"

刘大田说："我只能把这个去果园的名额让给王大明，其他的任何人都不行。要是队长不同意王大明去，那我就自己去。"

队长听后，觉得这当中有什么原因，但那是他们自己的事，他作为队长也不便过多地问。王大明在队长眼中，没有什么好印象，平时在队里干活，专找轻活干，偷奸耍滑的。还自认为他读了几天书有文化，总是夸夸其谈，不管开个啥会，都是他的意见最大，仿佛全队的人都在亏待他似的，这样的人走了更好，省得费力。

队长严肃地说："刘大田，你得想好，一旦改成王大明去果园，就再也改不过来了哟。"

刘大田十分肯定地说："我知道，队长这个事你看……"

队长说："好，这事就这么定了，王大明去果园，你以后别反悔，更别怪我，机会我是给了你的，是你自己放弃的！"

刘大田说："队长放心，我绝不怪你，更不会反悔！"

二

王大明如愿以偿地去了果园。那天晚上，他得意扬扬地说："桂兰，给我倒一杯酒来，我要好好庆贺一下。"

张桂兰问："庆贺什么呀？"

王大明心里有说不出的高兴，仿佛这下他就要出人头地了，找到一种自信的感觉。他说："我去村里的果园了，你还不知道？"

张桂兰低头沉思了一下，没出声。她心里最清楚，他这个机会是怎么得来的，可她从来没有告诉他，怕他误会她的一片好心，更不想让他背上什么心理包袱。她就把这事埋在心里，她想只要她不说，是没人知道的。刘大田呢，他更不会说的。

两杯酒一下肚，王大明的话就多了起来，说："我说嘛，他刘大田有啥本事？我不管从哪方面讲，都比他能干，比他强。他整天除了像个傻子一样下苦力外，还能干什么，大老粗一个。真是老天有眼，总算给了我这个吃'皇粮'的机会。"

张桂兰没出声，只是抱着小儿子喂奶，一会儿又劝道："大明，你少喝点酒，别喝醉了。"

王大明说："今晚我高兴，要喝个痛快，来，再给我倒一杯来！"

张桂兰又给他倒上一杯酒，再也没管他了，抱着小儿子去里屋睡觉去了。过了好一阵，王大明酒气熏天地走进来，掀开被子，伸手去脱张桂兰的衣服，他说："桂兰，我们好久没亲热了。今天呀，我心情好，我们就好好亲热亲热。"

张桂兰猛地推开他说："满口酒气，滚一边去！"

王大明也许是喝了酒，他把张桂兰紧紧地抱在怀里，伸手脱掉了她的衣服，亲吻她抚摸她，可她却使劲地推开他，还穿上衣服起来，走了出去。王大明不明白她这是为什么，他也起来走了出去，问道："桂兰，你这是怎么了？"

张桂兰没出声，而是站在门外，心事重重的样子。

王大明看着她，有些心疼地说："好了，桂兰，你不愿意亲热，我们今晚就不亲热了，回屋睡觉吧。"

第二天，王大明高高兴兴地去村里的果园干活了。果园里每天几乎都是搬乱石头，放炮打窝，活儿比在队里要轻松得多，也简单一些，这让他感到了从未有过的轻松。他别的本事没有，面子上的事他做得很好，不管在干部面前还是在社员中，都有很好的口碑。

果园里还利用空地种了些豌豆、胡豆、麦子等，以补充食堂的伙食。村干部们也没有干涉这事，相反地隔三岔五还可以借故去果园里，随便弄些豌豆、胡豆之类的做下酒菜，高高兴兴地喝两杯。这个果园，从某种意义上来说，也就成了村干部们喝酒吃饭的小伙食团。所以，不管是生活补贴还是周转资金方面，果园都受到村里的特别关照。

王大明凭他那点小聪明，很快得到村干部的赏识，不到半年时间，便被提拔为果园的园长。有了这点小权在手，他便时不时趁夜深人静时给村干部家送点豌豆、胡豆，偶尔往自己家里弄点，年底还按队里最高工分在队里分粮。多少有点外水的王家，日子一天比一天地好起来。

王家的日子过得越好，张桂兰心里就越觉得过意不去，好像这一切本来就该属于刘大田，迫于无奈才使出这一招去求他把机会让给王大明。如果当初是他去而不是让王大明去，他今天也可能跟王大明一样，说不定凭他的本事，比王大明还要混得好些呢。

　　张桂兰越这样想，越觉得自己欠刘大田的太多，心里总觉得不是滋味。她没事时总是去刘大田小土屋旁边的地里干活，总想暗地里看看他在做什么，悄悄地从心里给他一些关照，以减少她心中的愧疚。可她每次去，不是看见刘大田的房门锁着，就是看见他关着门在屋里睡觉。她知道单身汉的日子，是那样的难熬，是那样的没有规律，可她又能为他做些什么呢？

　　刘大田主动放弃了去果园的机会，开始还有点后悔，但时间一久就忘了这事，依旧在队里专找那些挣工分多的重活干。工分一样挣得多，有的人就不理解他，一个人只要吃的够了，不养老婆也不养孩子，还这样努力挣工分做什么？可刘大田却不这样想，他不是硬是要挣多少工分，而是只有干起活来才能让他充实，让他高兴，更让他开心。他的日子依旧劳累而忙碌，只是晚上多了一些孤独和寂寞。每当夜深人静时，他总是坐在门口，看着山下热闹的农家小院。

　　乡村的夜静静的，一望无际的夜色似乎能够变换出任何想象中的东西，刘大田忍不住伸手试探，眼中的形象却突然消失不见，融于夜色中。与黑暗的尽头相接的是星空，星空是夜晚呈现的美景，点点繁星将夜色一分为二，交相辉映。更让他想入非非的是山下的张桂兰，她的院子里时而看见有人走动的身影，时而传来小孩哭闹的声音，他听得真切，更想得心动。

　　也不知啥时候，他看着听着就睡着了，醒来后已是深夜了，他就走回冷冷的小土屋里，倒在床上，可翻来覆去再也睡不着了……

三

今年刚开春，队里要抽出一些人去山上挑石砖下来，修一间保管室，队长第一个点名要刘大田去。他对这样的点名也习以为常了，凡是重活、累活、脏活，哪一次队长不是点名要他去干呢？他一点高兴劲都没有，反倒觉得自己在队长的眼里，只是一个天生干重活的命。不管怎么说，点都点到了，还是得干，反正都是干活。

他笑着说："队长，我还以为你不安排我干这活儿哟。这挑砖呀，比挑粪上坡轻松，要是你不安排我干这活，我肯定有意见。"

队长看着他那得意的神情，说："我说刘大田，你是铁打的？哪个都不想干那挑石砖的重活，而你居然还巴不得干，是想多挣点工分，多分点粮食，好娶老婆吧？"

刘大田听队长这么一说，他更得意了，他说："队长，你说，队上的哪样重活你没安排我干呢？你队长是什么人，是队上当家的，哪个敢不听你的呢？你每次安排我干最重的活，你到底是想要我多挣点工分，还是你喊不动别人只能喊我呢？"

队长没想到他居然这么说，寻思刘大田并不是傻子，啥都明白。表面上看他很傻，其实他聪明得很，也难怪平时小看他了。队长说："我懒得给你说了，你愿去就去，不愿去干挑石砖的活，你就去干别的活吧。"

刘大田见队长生气了，他笑了笑说："队长安排了，我当然要干哟。"

不管怎么说，这挑石砖的活虽然重点，但是按挑的数量记工分，只要努点力还是能挣高工分的，再傻的人，见了工分谁不想挣呀？因为需要工分分粮食，有了粮食才能填饱肚子。但还是有拈轻怕重的人，就像这挑石砖的活儿，工分虽高，但太累，就算队长安排到头上了，也只是磨洋工，去得晚收工早，路上一歇气就是好一阵，一天算下来挑不到几趟。

刘大田却不这样想，不管再重的活，只要队长安排他干，他就认真地干。每天早上他早早地吃了早饭，沿着那条小路向山上走去。山坡上静静的，白雾环绕，路边的草尖上还滴着露水，树叶在微风中摆动着，像还在睡意浓浓的梦中，偶有小鸟被惊动后飞起的声音，让山上多了一些生气。

不一会儿，刘大田到了山上，他走过去装好石砖，挑着就往山下走。在他挑了一两趟时，别的人才慢慢地来，有人问他："刘大田，你是睡不着还是什么，这么早就上山来了。这么重的活还是慢慢地干，身体才是本钱哟。哎，我说刘大田，你又不是分的粮食不够吃，家里又没有老没有小的，一个人吃饱了，全家都不饿，你这么卖力干什么？"

另一个人笑笑说："人家刘大田，还想多挣点钱来买大田哟！你看，他今早上起来已经挑了两趟，这是第三趟了。"

刘大田听后，没有生气，只是笑笑就走开了。

挑石砖的活儿，干起来比啥活都累，有的早早地收工回家休息去了。刘大田不知是真的不累还是他强忍着累，他只是坚持着硬撑着，这早已是他干活的一种习惯。他干他的，不管别人挑没挑，他仍一趟一趟地挑，直到挑到伸手不见五指才收工。

有一天中午，别人回家吃饭去了，刘大田又去挑了一趟，刚挑到晒坝放下，只见张桂兰端着满满的一碗白米饭来到他面前。她看到他一身汗水把全身衣服都打湿了，脸也被弄得黑乎乎的，心里便有一种说不出的内疚。要是刘大田不把去果园的机会让给王大明，他哪能像现在这样？果园的活儿肯定比这轻松，而且还有伙食团，像他这样一个光棍汉，至少收工后还能吃上热饭。

张桂兰十分关切地说："大田兄弟，你吃吧，省得你回家去做饭，吃了就好好休息一会儿，下午又要去挑嘛。"

刘大田接过饭，心里非常高兴，没想到她还给他送饭来。不知是真饿了，还是她这一举动来得太突然，他不知怎么是好，呆愣愣地看着她，却不知怎么表达对她的感激。他笑着说："桂兰，你专门给我送饭来，这不好吧，谢了！"

张桂兰的目光与刘大田的目光相对时，她感觉到全身火辣辣的，她心里明白，刘大田的目光中含有对她的渴望，也含有对她的爱意。她赶忙将目光转开，说："大田兄弟，看你说到哪里去了，谢什么呢，不就是一碗饭吗。"

刘大田端起饭就吃，可他脸上的汗水仍没干，张桂兰又递上一块毛巾，他接过毛巾，仿佛闻到这毛巾上有种很特别的味道，这味道是张桂兰身上的，他对这味道一直很敏感。他看了看，却舍不得擦，她说："你还看什么呀，上面又没有花，有啥好看的，你赶忙擦擦汗吧。"

刘大田说："我脸这么脏，别把毛巾擦脏了。"

张桂兰急了，说："就是看你脸脏，才让你擦擦。没事的，毛巾本来就是用来擦汗的，擦脏了我回去洗洗就是，快擦擦吧。"

刘大田只好接过毛巾擦了擦，又还给了她。

张桂兰接过毛巾说："吃了饭后，碗就放在这儿，我过会儿来拿。大田兄弟，挑石砖这活很累的，你要慢慢地挑，别干得太急，千万别把身体累垮了。"

说罢，张桂兰转身就走了，可她走了一会儿，又回过头来看他。只见刘大田坐在晒坝边，吃着她送的饭，她心里不知是高兴还是难过。要是他有个家，哪能像这样呢？别的人中午回家都有现成的饭吃，吃了还休息一阵儿才出来，可他在家是一个人，在外面也是一个人，有家也跟没家一样。

整整一个下午，刘大田心里都在想着这事。只觉得张桂兰对他好，至于为什么对他好呢，他明白她送饭也是为了感激他。他从没有得到过女人的关心，这种感觉让他心里像吃了蜜一样，甜丝丝的，干起活来似乎有了更大的力气。

第四章　说媒

一

夜里，王大明从果园回来，张桂兰给他烧了一盆洗澡水。他洗了澡后，张桂兰又给他倒了一杯酒，他用炒豌豆下酒，悠闲自得地喝起来。这时的王大明，仿佛变了一个人似的，当了果园的园长后多少有些春风得意。他说："我说嘛，我这辈子肯定不会就这么算了，小时候一个算命先生给我算过，说我有'官相'，这下不就证明他算准了吗？"

张桂兰不出声，好像没听见他说的，也没陪他喝酒，仍继续忙她的，一会儿抱孩子，一会儿收拾屋子。

王大明没管她，仍在继续喝他的酒，边喝酒边说："桂兰，你看自从我当了园长后，我们家的日子不是渐渐地好起来了吗？我王大明呀，今天是园长，说不定明天就是村主任，以后就是乡长呢！"

张桂兰正好走了过来，她好像对他说的话一点也不感兴趣，她对王大明说："大明，听说你们果园还要增加人，我看刘大田很不错，你就把他要去吧，他一个人生活也实在不容易，去了你们果园，不说其他的，就是每天收工后能吃上一口热饭。"

王大明说："他，你叫我把刘大田带到果园？你搞错没有，他除了能下点苦力外，还能干什么呢？告诉你，现在想来果园干活的人多的是，比他能干的人多得很。"

张桂兰仍轻言细语地说："大明，话不要这么说，刘大田也不容易，当初你去果园，如果不是他主动把名额让出来，你能去得了果园？你还能有今天吗？再说，我们是邻居，能帮就帮人家一把吧。"

王大明一阵大笑："哈哈，你说什么？我去果园是他让的？他是村主任还是队长，还能由他说了算？真是天大的笑话！怎么我没听说过？村主任那天跟我说，当初是他看我王大明有文化、有能力，才特意把刘大田卡了下来，把我要去的。你不信是不是，那你去问村主任，他堂堂一个村主任，还会说假话？"

张桂兰有点生气了，说："我说大明，你以为村主任说的话就是真的？枉你还是当园长的人，他们那些人，哪个不是人精，见人说人话见鬼说鬼话呢！"

王大明说什么也不相信，她居然还能说出这话来，以前真有点小看她了。他抬头看了张桂兰一眼，又喝了一口酒，十分生气地说："桂兰，你今天到底怎么了，总把话说得这么难听，你不要把所有的人都想歪了。你到底怎么了？老是在我面前提刘大田，他这人比猪还笨，你还让我把他要去干活。只要我还在果园，他这辈子都别想去。"

张桂兰听王大明这么说，生气了，大声说道："你以为你现在不得了，你知道你是怎么去的果园吗？不是他把名额让给你，我看你还能像今天这样得意？"

王大明听后，更加生气，他站起来，将手中的酒杯一摔，骂道："你不要说了，你再说我就揍你，你信不信？"

张桂兰狠狠地瞪了王大明一眼，嘴动了动想说些什么，但她却没敢说出来。

王大明又继续喝酒，喝了好一阵儿，仿佛他的气也消了很多。他说："桂兰，你什么时候同情起刘大田来了，他这么值得让你同情吗？这年头只要自己能填饱肚子，哪还管得了别人。他刘大田平时在队里那么红，那么能干，那么不得了，他还用得着求我吗？这事我看就别再提了，村主任已给我打了招呼，去果园的人选，他已经定了。"

张桂兰听后，急切地问道："是他的什么人吧？"

王大明说："那还用说。这个理就是再傻的人也知道，与村主任没关系的人，能进了果园吗？当然，最后还得要我表态才行，在村里是他村主任说了算，在这个果园，只能是我说了算。"

张桂兰说："那你也不能得罪村主任呀，果园毕竟是他管。不过，以后果园还要人，你还是考虑一下刘大田……"

王大明打断她的话，十分生气，他说："哎，我说桂兰，你今天到底怎么了，开口闭口都是刘大田，刘大田到底怎么了？"

张桂兰再也没出声，转身又去忙她的事了。

王大明喝了好一阵后，似乎有些醉了，一头倒在床上就睡去了。张桂兰怎么也睡不着，她翻身起床，披上衣服，站在屋外向山坳上一望，见山间刘大田的小土屋里还亮着灯，那暗淡的灯光，在朦胧的月光下，显得更加微弱，时隐时现。仿佛看见他拖着累得散了架似的身子，正在那里忙前忙后。

张桂兰那惆怅的眼神里充满着无奈，更多了几许关心。本来刘大田与她没有任何关系，却让她这么牵肠挂肚，让她这么揪心，她是不是在自作多情呢？她坐在门口，痴痴地看着山上那间小土屋，仿佛能感受到小土屋里的清冷与孤独。

　　此时，她哪里知道，在家里喝了酒的刘大田，也坐在门口，望着山下，他没有目的地望着，又好像在期待着什么。夜色是那样的朦胧，朦胧得让他的世界里充满着渴望。

二

　　农历三月间，正是青黄不接的枯交月份，去年分的谷子基本吃得差不多了，地里的麦子还未成熟，有的家里吃到这时都缺粮了，只能找人借。

　　张桂兰娘家隔房的妹妹张玉娟来到她家，她来的目的不说也知道，肯定是家里断粮了，找她借点粮食。还没等张桂兰问，她便说："桂兰姐，我这次来，是我娘叫我来借点粮食回去，你有多余的粮食吗？"

　　要是往年张桂兰还不敢说有粮食可以借，因为每年这时候，她也到处说好话借粮食，如果借到了，就在下半年打了谷子队上分了粮食后再还，还了吃到第二年的三四月又没有了，又只能借，这样的日子，真是艰难。

　　张桂兰是深知借粮食的苦处，不管怎样说，自己的娘家人借，说什么也得借点给她。再说现在她家不说过得多宽裕，多少还有点余粮。她笑了说："妹子，我本来想抽空就给你家带点粮食去，你妈这么大岁数了，不说吃好的，凑凑合合也得吃饱。说什么我们也是亲戚，哪个没有点困难，要相互帮助，才叫亲戚，你说是不是？"

　　张玉娟听后十分高兴，从心里羡慕她，她说："桂兰姐，没想到你家的日子过得这么好。现在呀，不图别的，只图有饭吃就行。现在好了，我姐夫当果园园长了，你家里的粮食肯定吃不完，要是往年呀，我还不敢来找你呢！"

张桂兰听了这话，觉得自己脸上有光，在别人面前也说得起话了，她笑着说："以前，我们家的粮食也不够，东借西借的也扯不拢，那种日子我真的过够了，而且过得太难了。自从大明去了果园后，粮食就渐渐地有点剩余了。因为他们果园有伙食团，不说其他的，就是每天节约一个人的伙食也不错了。再说，大明是果园的园长，三天两头不是去镇里开会，就是去县城办事，哪里不能吃到点哟。"

张玉娟是个勤快的姑娘，她又跟着张桂兰去干活。天上下着小雨，淅淅沥沥，下个不停，就像涌动的春潮般，胀满了人的心窝窝。她们去到村边青青的蔬菜地里，左一把，右一把，把化肥轻轻撒进地里。远看近瞧，张玉娟那身影，仿佛是绿地上盛开的一朵荷花，又仿佛是敲打腰鼓一路迤逦走来的曼妙女子，原来是如此的美妙！走一路，撒一路，雨点打湿了她的笑脸，一缕刘海儿粘在额上，更增添了她的妩媚与俏丽。

张玉娟不但勤快，还十分懂事。她们干完活回到屋里，她一边帮着张桂兰烧火煮饭，一边和张桂兰说着话。张桂兰从心底里喜欢她这个妹子。虽说是隔房的，但她俩比亲姐妹还要亲。张玉娟说："姐，你去过果园吗？大吗？在那里干活，肯定比在队里干活轻松，每天干了活后，大家在一起吃饭，说说笑笑，多有趣呀！"

张桂兰看了她一眼，笑着说："我当然去过，现在还不是很大，不过他们还在继续栽果树，说不准两三年就会变得很大。当然，也没你说的那样好，整天在果园干活，还是很累的，打窝、栽树、修枝、上肥，还是干体力活。"

张玉娟说："那姐夫当园长，他还干活吗？"

张桂兰笑了说："要干。你看队长干活不？肯定一样地要干，只是经常开会，买进卖出的，比别人干的活少点而已。"

张玉娟一脸羡慕地说："还是有文化好，姐夫才去几天就当上果园的园长了，这么大一个果园，他管得了吗？"

张桂兰说："他肯定管得了，果园就像我们队里一样，啥事都得由园长说了算。他就是事太多，整天忙果园的事，很少回家。"

在吃午饭时，张桂兰认真地看着玉娟，觉得她长相还不错，而且性格开朗，上过初中还算有点文化，应该是一个能持家的女人。她想如果把她介绍给刘大田，刘大田不知有多高兴。可他都三十多了，玉娟才二十几岁，岁数是不是相差大了点？其实岁数大点没什么，关键是刘大田是个忠厚老实的人，而且还是个能吃苦耐劳的人，如果把玉娟介绍给他，他肯定对玉娟好，而且少不了吃穿。农村人图个啥，只要嫁一个能心疼她，能有饭吃、有衣服穿，能好好过日子的人就行了。

张桂兰说："玉娟，还没有找上对象吧？"

张玉娟说："我娘说，还年轻呀！"

张桂兰给玉娟碗里夹了一块肉，说："你都二十好几的人了，不年轻了。姐可是过来人，一个女人早晚都要嫁出去的，还是要早点成个家好。如果晚了，好男人都被别人选完了哟！"

张玉娟笑着说："选完了好，那我就不嫁了。"

张桂兰说："玉娟，你跟着母亲，有人疼当然好，可母亲慢慢老了后谁又疼你呢？所以还是要找个适合的人成个家好。这样吧，我给你介绍个对象，你看行不行？"

张玉娟想了想，她抬起头看着张桂兰，问道："谁呀？"

张桂兰说："就是我家对面山坳上的刘大田，三十出头，干起活来特别能吃苦，只是爹娘去世得早，他一个人过日子。不过，这年头找男人图个啥？就是图能干活，多挣工分，年底多分粮食，就行了。"

张玉娟脸红了，她低下头思考了一下，然后轻声说："他这么大岁数呀，这事得给我妈说。"

张桂兰说："岁数是大了点，但他为人老实忠厚，每年在队上挣的工分最多，分的粮食也多，好多人家没粮食吃，可他的粮食却吃不完。姐是过来人，也懂得什么样的男人最疼女人，我看这个刘大田不说是顶好，至少也是一个不错的男人。过几天，我就去和你妈说说这事。"

三

张桂兰说话算数，过了几天她就回了一趟娘家，去和玉娟妈说这事："三婶，刘大田这人老实肯干，身体结实，又有力气，在队里每年挣的工分都比别人多。只是他爹娘去世得早，没读多少书，文化少。这年头呀，只要能挣工分，能多分点粮食，就比什么都强。"

玉娟妈说："大侄女，这事我没啥意见，不知玉娟咋想？"

在张桂兰的左右劝说下，玉娟和她娘都勉强答应了这件事。张桂兰又回家和刘大田说："大田兄弟，我看你一个人忙里忙外的，多不容易呀。我一直想给你介绍一个对象，可一直没有合适的，现在我娘家有个隔房的妹子，长得不错，人又勤快，是个持家的好姑娘，你看如何？"

刘大田简直不敢相信，他以为张桂兰又像原来那样，又想请他帮忙。

她这人在他心目中，是个不简单的人，她只要一来，总不会白来，一定有事找他，说不定几句话就又把他绕了进去，每次就是让他帮忙。本来他想马上走开，但一听她说的也是好事，出于应付，他笑着说："桂兰，你别笑话我了，哪个大姑娘能看上我呢？"

张桂兰像不认识他一样，上下打量了他一翻，说："你这个人还是长得很伸抖的，就是穿着土了点，岁数大了点。不过，没事，身体还是很结实，能干活就行。"

刘大田被她说糊涂了，他也看了一下自己，说："桂兰，你在说什么呀？你是不是又有啥事要我帮忙，你别绕来绕去好不好？不过现在，但凡你的事我得考虑好了再说。不能再像原来那样了，啥都帮你，结果把好事都让王大明占了。"

张桂兰听出了他的话，是在为他把去果园的名额让给了王大明而后悔，因为这事让他觉得自己吃了很大的亏。一想起这事，她也觉得对不起他。她一脸认真地说："大田兄弟，你别这么小心眼好不好，我以前是请你帮了不少忙，我在心里却一直记着你，感激你！"

刘大田听后笑了，说："桂兰，你别多心，我只是随便说说，哪个还记得以前的事呢？"

张桂兰说："大田兄弟，我这次不是找你帮什么忙，是我在帮你的忙。我给你介绍对象，是真的，绝对没有骗你。明天赶集就去看一下人，要是你们都没意见，这事就成了。"

刘大田呆愣愣地看着张桂兰，他好像觉得她说的不是真的，在他心目中，这样的好事是不会轮到他的，哪能说来就来了呢？但他看得出，她说的是真的，他只好笑着说："好的，桂兰，这事你得多帮帮忙哟。"

张桂兰笑着说："我知道，你就放心好了。"

　　第二天，刘大田早早地起床，换了一身干净的衣服，心情格外舒畅，但也特别紧张。一路上，有的人挑着鸡鸭鹅，有的人背着大米、玉米、胡豆等。大家有说有笑，可就是刘大田很少说话，有人问他："刘大田，你今天是怎么了？像个傻瓜一样，不说话？"

　　刘大田笑着说："没什么，我这不是在听你们说吗？"

　　也有人发现不太讲究的刘大田，今天怎么穿上了一件新衣服："哎，刘大田，你今天穿得这么好，是不是去相亲呀？"

　　刘大田忙说："相什么亲呀？你们别乱说。"

　　刘大田来到街上时，眼看着街上的人就开始拥挤了，叫卖声此起彼伏。赶集的人都在那条长长的街道上买卖东西，人多了便拥挤不堪。刘大田来到与张桂兰说好的小卖铺门口，张桂兰早已在那里等着。她看见刘大田来了，说："大田兄弟，你怎么这么晚才来呀，我都等你好一阵了。"

　　刘大田说："我很早就出了门，在街上逛了一阵，心想还早嘛。"

　　张桂兰说："好，你别再走了，就在这儿等。这相亲呀，可不比做别的事，要有耐心。"

　　刘大田和张桂兰在那儿等着，一会儿玉娟妈带着玉娟来了，刘大田赶忙往旁边躲，被张桂兰叫住："我说大田兄弟，你平时干起活来什么都不怕，没想到这事你还这么胆小，胆大点，站得伸伸抖抖的，让她们好好看看。"

　　然后，他们彼此看了一眼，二话没说就走开了，站得远远的，只有张桂兰跑来跑去，一会儿去给玉娟妈说刘大田的好，一会儿又跑过来给刘大田说玉娟漂亮。在来回好几次后，张桂兰问刘大田："大田兄弟，人你也看了，我这妹子可是长得水灵灵的，跟天仙一样，你觉得她如何？"

　　刘大田愣了一会儿，随后，很激动地说："她这么漂亮的女人，能看上我吗？"

张桂兰笑着说："这事呀，就包在我身上了，只要你没意见，我想肯定能成。"

刘大田说："我是求之不得，哪还能有啥意见呢，只要她不嫌弃我就行了。"

张桂兰听刘大田这么一说，马上又跑过去问玉娟妈："三婶，人你也看了，有啥意见没有？你是同意这门亲事还是不同意呢？"

玉娟妈想了一下，说："这小伙子身体结实，人也老实忠厚，是个能干活儿的人，我没意见。"

张桂兰又问玉娟："玉娟，你呢？"

张玉娟一脸羞红地说："看他那傻模傻样的，以后还能有什么出息？要是有姐夫一半聪明就不错了。不过，这事得由我妈做主。"

张桂兰笑了，估计这事十有八九能成。

于是，张桂兰喊刘大田把玉娟母女俩请到一家小饭店里，炒了两个菜，简简单单吃了一顿饭，就各自回家了。

没几天，这事让王大明知道了，他骂张桂兰多管闲事："你看他刘大田这个样子，哪一点配得上玉娟？玉娟人长得不错，又读过初中，知书达理。把她介绍给刘大田，岂不是鲜花插在牛粪上，不是害了她吗？"

张桂兰说："这年头女人嫁人图个啥，不就是图男人能挣工分，年底能多分点粮食，再把肚子填饱？你说，还能图个啥？"

王大明说："反正我不支持这事，那是你娘家的人，是好事还是坏事都是你的事。"

第五章　婚事

一

　　这婚事却被张桂兰说成了。可她心里却没底，到底把玉娟介绍给刘大田是好事还是坏事？他们从年龄上就相差近十岁，这样的婚姻到底能维持多久呢？依她对玉娟的了解，她是不太满意这桩婚事的。

　　张桂兰一边在地里干活，一边想着昨晚王大明说的话，他说的也不是没有道理。不知道她介绍的这桩婚事，到底是对还是错？她心里明白，刘大田虽然能干活，力气大，在队里干活数第一，年底分粮比别人多，但他家底子薄，整天除了下苦力外，又能干点什么呢？她把玉娟介绍给他，是有点委屈了玉娟，但也算还他一个人情，更能减少她心里的愧疚。

　　张桂兰也多次问过王大明："大明，你说我把玉娟介绍给刘大田，他俩合适不？"

　　王大明没好脸色，说："我不知给你说了多少次，他俩在一起根本不合适。你看玉娟长得水灵灵的，又有文化，而他刘大田呢，土里土气，整天就像傻子一样。不说别的，他俩走在一起，凭外人看也不像一对。我说你呀，简直是疯了，别的不管，偏去管这闲事。"

　　张桂兰也左右为难，这事都已经介绍了，玉娟妈也同意了，总不能又去拆散他们吧？只能从好的方面想，两边劝劝，把这事促成了。说真的，她也不仅是为了还刘大田的人情，用山里人的眼光来看，刘大田确实算得上实实在在的人，老实厚道，干活数第一，年底分粮在队里也数第一，玉娟如果嫁给他，凭他这一点，一辈子能少吃少穿吗？人活一辈子，能过日子就行！

这样想来，张桂兰心里也觉得踏实多了。

这桩婚事在张桂兰的再三劝说下，终于定下来了。刘大田便隔三岔五提点米、背点麦面去玉娟家。先前去时，玉娟不理他，似乎看他老实巴交的样子，心里很是不喜欢。但刘大田似乎不在意这些，他是个闲不住的人，一进屋就帮着干活，不是帮着玉娟挑点水，就是去帮玉娟妈干地里的活，这让玉娟妈喜欢起她这个"女婿"来。他干起活来本来就行，在玉娟家干活更是卖力，比干自己的活还认真。让先前说他如何如何的人，都在玉娟妈面前夸她这个女婿不错，如果玉娟嫁给了他，这辈子不愁吃不愁穿哟！

玉娟妈是个十分要面子的人，她听到有人夸她这个"女婿"，心里乐滋滋的。想这么多年来，玉娟爹去世得早，她也是为了不让别人指指点点，从没和任何男人有过说不清的事，更没有改嫁。现在老了，看到女儿长大了，能嫁个靠得住的男人，也算是了结了一桩心事。

晚上母亲把玉娟叫到屋里，轻声地说："玉娟，我知道你心里是怎么想的。大田虽是土里土气的，但人家忠厚老实，干活是没的说。你既然都答应了这门亲事，你也不能再这样对人家了，说什么也得对人家好点，你这样不知他的心里有多难受。"

玉娟说："我怎么了，你说我不应这样对他，那要我怎样对他呢？"

母亲说："妈也知道你的脾气，像这样的人有什么不好呢？妈是过来人了，妈懂得哪样的人才知道心疼人，晓得哪样的人才靠得住。看你嘛，妈不为难你，你爱怎么样就怎么样吧。"

玉娟走了出来，依旧对刘大田不冷不热，刘大田似乎没看出什么，脸上仍洋溢着开心的笑容。

刘大田从心底感激张桂兰，是她在真心实意地帮他，只有她真心实意地对他好，别人瞧不起他，只有她不把他看成是一个傻瓜。他越这样想，心里也越觉得愧疚，想到那晚喝了酒后，竟对她动手动脚，还有那次在苞谷田里，也同样对她无礼，可她没有怪他，反倒还这么帮他。他总想找机会补偿，可有些事发都发生了，又怎么补偿呢？

刘大田每当想起这些，心里就矛盾着。只要一有空，他就去张桂兰家，帮她挑挑水，帮她照顾小孩。房子漏雨时，宁可他一身被雨水打湿了，也要上房顶帮她遮盖好。张桂兰对他也十分热情，看到他淋湿后，急忙找王大明的衣服给他换上，还拿来干净的毛巾给他擦擦被雨淋湿的头发，然后帮他把脏衣服洗了。

王大明看到这些，不以为然，好像刘大田天生就是一个该帮他做事的人一样。不叫他歇着，也不叫他干活，意思是他愿干活儿就干，愿歇着就歇着，愿吃饭就吃，愿走就走。只有张桂兰从心底里心疼他。有时，刘大田帮她干地里的活，夏天的阳光很炽热，便叫他回来休息休息，直到稍微凉快点再去，天黑了，便叫他明天再去，干完活，叫他吃了饭再回家……

多数时候，刘大田总是干完活就走，有时连水都不喝就回家去了。

刘大田与玉娟家你来我往地有好几个月了，都到了谈婚论嫁的年龄。玉娟妈说："你们就把婚事办了吧，好了了我一桩心事。"

二

刘大田没事就往玉娟家跑，只要一进屋，坐都没坐一下就去帮着干活，这让玉娟妈十分高兴也十分心疼。每次刘大田去了后，她都要把平时自己舍不得吃的鸡蛋拿出来，煮给他吃。懂事的他却没有端到就吃，而是偷偷放进玉娟妈和玉娟的碗里，这更让玉娟妈高兴，知道他是个会心疼人的人。

玉娟依旧对刘大田不怎样，说好也不算好，说不好也没有什么不好，勉强承认了这桩婚事。有时，玉娟去坡上割猪草或拾柴，刘大田也跟着去，可玉娟似乎不太理他，他也不在意，只是跟在她后面，找些无关紧要的话和她说，她也偶尔和他说说话。

在割猪草时，刘大田叫玉娟休息，他去割，玉娟也不和他争，她就站在旁边看着他割，看到他弄得满头大汗时，才说："你歇会儿吗？"

刘大田用手在脸上擦了擦，笑着说："没事，不累。"

尽管这样，玉娟还是离他远远的，生怕刘大田对她怎样。有时干活累了，他们坐在树下歇着，他也只是偷偷地看着她，根本没有要动手动脚的意思。有一天晚上，刘大田喝了酒，看见玉娟一个人坐在院坝里乘凉，他走过去挨着她坐下。玉娟妈早已睡觉了，明净的月光将整个院子映照得格外美丽。

刘大田动情了，他好想与玉娟亲近一下或者有点小"动作"，可他看了看身边的她，却轻轻地问道："玉娟，我可以亲亲你吗？"

本来玉娟也被这月光映照得含情脉脉，似乎在心中等待他有点什么行动，可她听他这么一问，不知是好气还是好笑，她看了他一眼，起身就回屋睡觉了。

玉娟妈明白女儿心里是怎样想的，趁她还没有明确说出不愿意的话来，最好早点把婚事办了。她是过来人了，知道女人，嫁了人心就定了。她问道："玉娟，把你们这婚事办了，你同意吗？"

玉娟不说同意也不说不同意，只低着头不出声。

玉娟妈生气了："你是怎么了，同不同意你说句话呀？"

玉娟抬起头，没好脸色地说："你说办就办吧，还问我干什么？"

玉娟妈说："那行，这事就由我做主，下个月办。"

按刘大田的家庭条件，是根本办不起什么喜酒的，如果硬是要办几桌酒席，恐怕他只有借钱借粮食了。但这酒席一办下来，亲戚朋友吃了抹嘴就走了，剩下的账还得他们慢慢地去还，这又何必呢？都是过日子的人，能省就省吧。经张桂兰与玉娟妈商量后决定，就叫刘大田稍稍备点彩礼，把玉娟接过去就行了。

那天，刘大田穿得像模像样的，自己挑着彩礼，去了玉娟家，把玉娟接了过来。

新婚之夜，刘大田把张玉娟头上的红头巾掀开时，她没笑也没有抬眼看他，一切平平静静的，他简直不敢相信自己的眼睛，一个美丽的大姑娘就在自己眼前，以前想都不敢想的事，转眼间就真的变成了现实。他呆愣愣地看着她，越看越觉得这不是真的，越看越觉得不像玉娟，简直是天仙。他说："玉娟，你嫁给我实在是委屈了。我会对你好的，只要我有口饭吃，绝不让你饿肚子。"

张玉娟低着头，没出声。刘大田愣了一阵又说："玉娟，我知道配不上你，你这么年轻，这么漂亮，随便嫁给谁都比嫁给我强。如果……如果你不愿意，这婚就别结了……"

张玉娟低着头，仿佛没听见他的话，仍不出声。

刘大田不知怎么办，仍呆愣愣地看着张玉娟。她仍坐着，一动不动，两人就这样一愣一坐，过了好长时间，刘大田说："玉娟，累了吧，你睡吧，我出去乘乘凉。"

刘大田转身出去了，习惯性地坐在堂屋门槛上，看着山下那一片宁静的田野和村庄。月光映亮了山下的农舍和田野，让乡村变得美丽迷人。此时月光像一片轻柔的白绸子把乡村包了起来，一阵清凉的夜风轻轻吹拂，送来温馨的泥土气息和庄稼幽香。

夜色越来越深了，刘大田依旧在那里坐着，一片寂静包裹着整个乡村。远处那黑压压的树影，在月光的映照下，如同一双双一对对相亲相爱、相拥相依的人。仿佛那些树，也在为他刘大田祝福。他想，刘大田，你还算个男人吗，不守着自己漂亮的新娘，出来发愣干什么？今天可是你的新婚之夜呀！

此时，刘大田的心情不知是激动，还是因为觉得自己配不上玉娟而感到不安。但很快，还是激情占了上风，他又起身回屋。屋里，玉娟已吹灭了煤油灯，上床睡了。

刘大田上床去，他在玉娟身边睡下，伸手去抚摸她，被玉娟猛地一下把手掀开。他又用手去脱她的衣服，又被她狠狠地推开了。他停了一会儿，似乎有种欲望充溢着全身，他再也控制不住自己。他想，为什么要控制自己呢？一切都是理所当然的事，玉娟已是我的人了，还顾忌什么，还有什么不敢做的呢。他使出了全身气力，一下子将身子压在玉娟身上，从上到下地撕扯着她的衣服，抚摸着她柔柔的、嫩嫩的身体……

玉娟骂道："你这个畜生，你不是人，我……"

刘大田一声不吭，尽情地释放男人的本能。

三

这一夜，张桂兰失眠了。她怎么也睡不着，穿衣起床，走出房门，独自坐在房前的那棵槐树下，看着山坳上那间小土屋，还有从窗口映出的灯光。她的情绪很复杂，不知怎么的她感到很失落。她静静地听着，想听到从那间小屋里传出的欢笑声，想听见从那间小屋里传出的说话声，可她什么也没听到，直到看见屋里的灯被吹灭。她依然坐在那里，凉凉的晚风吹拂着她的脸，真说不出心里是啥滋味。

此时，不难想象那间小土屋里刘大田和张玉娟在做什么，也许小屋里充满着从未有过的欢乐甜蜜，充满着从未有过的幸福美好。张桂兰的心里好像一块石头落地了，欠下刘大田的人情，总算是还了，真有一种无"债"一身轻的感觉。同时，她的心里也有一种说不出的惆怅、伤感，只觉得心里空荡荡的。

夜渐渐深了，人们早已睡觉了，整个山村里静静的。张桂兰转身回到屋里，王大明今晚没回来，两个儿子已睡着了。她给大儿子把掀开的被子又重新盖好，又上床将小儿子抱在怀里，心里觉得踏实多了，因为她所做的一切，都是为了能养活两个儿子。

娶了媳妇的刘大田干活更卖力了，他总是起早摸黑地干。不管再苦再累，心里都比以前更踏实了，回家有人把饭煮好，夜里玉娟给他烧好洗澡水，洗了澡后还可以搂着媳妇那热乎乎的身子睡觉，对他来说，这是最大的幸福。虽然，玉娟煮饭洗衣服样样都干，但每次刘大田想与她亲热时，她总以各种理由拒绝。刘大田不知是怕玉娟生气，还是觉得只要有一个人在身边陪着，做不做那事也一样，就没强求。只要玉娟推开他之后，他就再也没去烦过她了，哪怕他再生气也只在心里，从没说出来。因为他明白，能娶到玉娟，不知是他哪辈子修来的福气。

有一天，刘大田为队里修保管室，在抬石头做基脚时，绳子一下断了，脚被压到了，顿时鲜血直流，众人急了，急忙把他抬去了公社卫生院。玉娟找队长借钱："队长，刘大田出事了，我借点钱去医院治他的伤，行不？"

队长没好脸色，说："没卖耕牛也没卖粮食，队里哪有钱呀？如果都像你这样，哪家有点事都来借钱，那队里成什么了，你以为是开银行的呀？再说，刘大田是自己不小心弄伤的，队里没责任吧？"

张玉娟生气了，说："队长，你话别说得这么难听嘛，谁能保证自己一辈子都不会出点事呢？看到别人的牛打架好玩，说不定哪天自己家的牛打架还拉不开。说别人容易，要是自己遇上我看还不是一样。再说，这活是你安排的，你说队里没责任，那就是你的责任了，你是队长，不管从哪方面讲，我不找你又找谁呀？"

队长被玉娟一席话说得哑口无言，他想了想，换了一种口气说："我懒得给你说了，反正队上没钱，你想别的办法吧。"

张玉娟说："队长把话说到哪里去了，队里没钱，难道大田的伤就不治了？那好，这个人我就不管了，一会儿我就把他背到你家去，由你怎么处理都行！"

队长一听，吓得赶忙走开，他边走边说："你别耍无赖哟，我又没说不去医治，只是说队里没钱，叫你先想办法医好再说。"

话倒是这样说，刘大田受伤后，张玉娟心里比谁都急，他再不好也是她丈夫，平时虽在心里觉得他不怎么样，但关键时刻见真情。她在没有其他办法时，只好去找在果园当园长的王大明借，王大明说："我说嘛，桂兰当初把你介绍给刘大田时，我就坚决反对，现在怎样？出这么一点事，就没办法了，玉娟，我要不是看在你的面子上，我才不想管这事。"

张玉娟说："姐夫，不管怎样说，我已经嫁给他了，说什么他也是我的丈夫，我也就是他的人了。他今天出了事，我得想办法凑点医药费，把他医好。你是知道的，我家哪有钱，队里也叫我们先垫付医药费。这事我只好求你了，你无论如何也得帮我，不看在大田的面上，也得看在我和桂兰是姐妹的分儿上吧？"

王大明看了看张玉娟，他深深地叹息一声说："这个刘大田也是，处处充能干，哪样重活都抢着干，好像队上没有了他活儿就没人干得了似的。这下好了，把自己弄成这样，是工分重要还是人重要，要是他真有个啥，我看你这辈子还怎么过？"

王大明越说，张玉娟就越着急。她说："姐夫，我求你别再说了，这事出都出了，你说我还能怎么着呢，你就借点钱给我吧，我还要赶去镇医院。不然，医生不给他开药，要是晚了伤口感染了，不就更麻烦了吗？"

王大明听玉娟这么说，本来他还想说点什么的，再也没说出口了，就掏出一百元钱递给她说："好，好……这是果园准备买化肥用的，你先拿去吧。"

张玉娟接过钱，转身就走，边走边说："等大田的脚好了后，再想办法还你。"

刘大田在镇医院住了不到一个星期，伤口好了许多，他就要求出院了，说回家养伤。医生劝他多住几天，怕万一感染后成残疾，他坚决不肯。玉娟也劝他多住几天再出院，他就是坚持要出院，他说多住一天就多要一天的住院费，回家一边养伤，还能一边干点轻松的活。

玉娟没办法，只好把刘大田从医院接回家。

第六章　受工伤

一

　　回家这天，张桂兰拿着十几个鸡蛋来看刘大田，说："大田兄弟，你怎么不多住几天医院呢？让伤好了再出院啊，钱不重要，只要人好了才是正事。"

　　张玉娟说："桂兰姐，你又不是不知道，他这个人就是这个牛脾气，说要出院就要出院，队长也劝过他，医生也劝过他，他都不听，你说他这人怎么能这样呢？"

　　刘大田这脾气她早就知道，有些地方她可能比玉娟还了解他。只是她出于各方面的情况，不能像玉娟那样直接地关心他，所有的关心和理解只能在心里。张桂兰笑着说："玉娟，以后就看你的了，男人得有一个女人管才行，你看他以前一个人自由自在惯了，所以才变成这样。其实，我认为大田这性格很好的，要是我家大明有他这种性格就好了。"

　　张玉娟笑了，她不明白桂兰说这话的意思，她说："我说桂兰姐，姐夫还不好呀？人家是园长，知书达理，你还不知足？"

　　张桂兰笑着说："玉娟，你这几天要给他吃好点，更不要让他干活，万一伤口感染就麻烦了，一定要好好照顾他，等他把伤养好就好了。他这个人，就是闲不住，总是想干活，这次一定要看好他，让他好好休息儿天才行。"

张玉娟说："你看他这牛脾气，哪个管得住他嘛。"

张桂兰也深知他就是这个脾气，但却不像玉娟说的那样不懂道理，至少有些地方他还是比较通情达理的，只是玉娟不太了解他。她说："其实呀，大田也不像你想象得那样，他还是很懂道理的。哎，玉娟，我家里还有一只鸡，刚开口叫，本来我是想喂到种粮食时拿去卖，现在大田兄弟更需要补身体，一会儿我给你捉来。"

刘大田听后说："不行，桂兰，你还是留着。我这身体好得很，不需要补，不信，我起来走给你看。"

张玉娟看他真要起床，赶忙把他按住，说："你好好躺着，起来干什么呢？桂兰姐是一片好心，给你补补身体也是好事。这样，一会儿我去捉，称一下算成钱，我们出钱跟她买，行了吧？"

张桂兰急了，说："玉娟，你怎么把我当成外人了？毕竟我们是姐妹嘛，说到钱就不亲热了。一会儿，我就去给你捉来，晚上你就好好炖给他吃。"

张玉娟看她一脸真诚的样子，知道她说的是心里话，也就不好再推辞了，笑着说："桂兰姐，你这么说，我和大田谢谢你了。"

张桂兰说："玉娟，有个事我想告诉你。昨晚听大明说，大田的脚是给队上干活弄伤的，属工伤，大明决定去找村里和队上把这事说说，按规定队上不但要出医药费，每天还要给工分。"

玉娟听后，高兴地说："真的呀，姐夫真有本事，那就请他一定要帮这个忙。你看我家大田，三天说不出两句话，姐夫不帮他说，他能说出啥道理？"

张桂兰说："看你说到哪里去了，我们是姐妹，咱们不就是一家人吗？一家人不说两家话，让他好好养伤吧。"

刘大田说："那就麻烦你了，如果真这样，我这工伤呀，还真值。"

张玉娟一听不高兴了，说："我说大田，你是不是脑子有病？难道出了工伤还是好事，你知道不，要是再伤重一点，你这脚就废了。"

刘大田也不出声了，只偷偷地傻笑。

其实，张玉娟和刘大田不知道的是，王大明之所以愿意去帮刘大田争取工伤，是张桂兰一直劝说的结果。王大明原本坚决不同意，后来动了点小心思，竟然也就同意了。

不知是真的有规定，还是王大明的面子大，经王大明出面一说，刘大田的医药费终于全部由队里解决，在家养伤时，跟在外干活的人拿一样的工分。

王大明回到家里，把这事告诉了张桂兰，张桂兰一点也没有高兴的样子，仿佛一切都在她的预料之中。自从他当了园长后，不管走到哪里都有人高看起她来，就是平时对她说话凶巴巴的队长，在她面前也客客气气的，她又不是傻子，难道还不明白这是为什么？还不是看在王大明是园长的分儿上，他们不看僧面看佛面，这事又是他亲自出面找村主任，能办不成吗？

晚上，张桂兰把酒菜端上来，王大明倒上一杯酒，边喝边说："桂兰，我当初劝你别把玉娟介绍给刘大田，你就是不信，现在怎样呢？"

张桂兰说："现在怎样了，他们还不是过得好好的，我把玉娟介绍给刘大田，难道错了吗？"

王大明看了她一眼，搞不懂她为什么这样不高兴，他说："你今天怎么了，是吃了火药还是什么？我帮你家妹子办了这么好的事，不但不感谢我，还要惹我生气。你以为我是在帮刘大田？他算老几，我会这么去帮他？说真的，我是看在你家玉娟的分儿上才去找村主任的，明白吗？"

张桂兰说："你愿帮就帮，不愿帮就拉倒，又没有哪个请你去。"

王大明继续喝酒，他也懒得理她了，管她说什么，也不愿再听了。

没过几天，张玉娟就从队里拿到了医药费，她把从队里报销来的钱还给了王大明，十分感激地说："姐夫，这事真得感谢你，要不是您的面子大，在村主任和队长那儿说得上话，莫说得到工分，就是医药费也可能拿不到。我家大田呀，不知有多高兴，他在心里可感激你啦。"

王大明接过钱，用眼睛瞅着玉娟，笑着说："玉娟，你说这话就见外了，你和桂兰是姐妹，我难道不帮一家人还去帮外人？叫刘大田好好养伤，把身体养好才是大事。"

张玉娟听王大明这么说，从心底里敬佩他，真是有文化的人，说起话来句句中听，哪像刘大田，说起话来直来直去，听不出一点关心和体贴的味道。

刘大田是个闲不住的人，在家里闲着拿队里的工分，心里总是不踏实。于是，他便拄着一根木棒去找队长要活儿干。队长一看他这样子，说："刘大田，你是平时干活没干够，还是不干活你就活不下去？看你脚伤还没好，硬来要活干，万一伤口感染了就更麻烦了，我们队里还要出更多的医药费。队里哪里有钱，你还是回去休息吧。"

刘大田说："队长，不会的，我的伤口快好了。整天在家不干活还拿工分，我真觉得过意不去。"

队长看了刘大田一眼说："我说刘大田，你是不是脑子有毛病？有的人找理由请假不干活，我叫你回家休息几天，你却硬要来干活，你这人到底怎么了？"

刘大田说："队长，不管怎么样，我就是想要干活，你给我安排点活儿吧。"

看来只能给他找点轻松的活儿干了，队长想了好一阵后，说："那这样吧，你去干那粪管员吧，就是用仪器测各家猪粪凼里粪的浓度，不合格的粪，在收粪时对半记。"

刘大田从队长手里接过这个酒杯大、一尺多长的仪器，拄着木棒一拐一拐地去各家测猪粪的浓度。

二

这活儿轻松，看得出是队长有意在照顾刘大田。他心里明白，既然队长为了照顾他让他干这活，那就得干好，不然怎么对得起队长的一片好心呢？但真正干起来，却不是像他想象的那样，真是一件难办的事。

有一户姓李的人家，看见刘大田来了，赶忙把他叫到屋里，煮了两个鸡蛋给他吃，还说："刘兄弟，麻烦你在测粪浓度时，关照一下。昨晚我家那老头子不小心把洗澡水倒在粪凼里，这不是有意的，也不知道你们今天要来收粪打田。"

刘大田去到粪坑边看了看，里面粪很少，几乎全是水。他又认真看了看，仿佛这水是才倒进去的，粪坑边还有倒过水的印迹。姓李的赶忙跑来说："刘兄弟，你看嘛，这坑里的粪全是猪粪，我从没往里面倒过水。不信，你再认真看看。"

刘大田又认真看了看，其实他早就看出来了，只是刚才吃了人家煮的鸡蛋，他当着那么多人不好明说，他又用那仪器扔进去测了测浓度，笑了笑说："我看了，也测了，浓度达到了。当然还是有点水的成分，只是水的成分不大，合格。"

姓李的高兴地说："谢谢大田兄弟。"

刘大田走到一旁后，悄悄地对她说："其实，这水是才倒进去的，我眼睛一看就知道了。也许你不是有意的，那我就关照你这一回，下次就不行了。"

"要得，要得。"她又往刘大田的荷包里塞了两个鸡蛋。

刘大田当时心里还挺高兴，但事后想起这事，觉得很可笑，心里却也有些不安起来，要是这事被队长发现了，怎么交差，那他在队长心中还算个啥人呢？他做事向来很正直，干活、为人都从没让别人说过什么。如果再这样，那他还怎么为人。他就暗自下决心，以后不管是谁，都严格按规定办，不然他怎么向队长交差，要是有一点点不好的影响，传到队长耳朵里，依队长的脾气，不狠狠骂他一顿才怪。

还有一家，猪粪凼里的猪粪满是水，当着刘大田的面就把半箩草灰倒进去，还拌了拌，让他去测浓度，他想这不是明摆着让他又一次作假吗？刘大田生气地说："昨天明明通知了，我们今天要来收粪，你不但往里面加了水，还当着我的面倒灰进去，你这么做，怎么行呢，这不是有意在坑队里吗？"

这户人家的人说："刘大田，这年头谁坑谁呀？我这样做，不外乎想多算点肥料工分，下半年好多分点儿粮食吃，纯属为了填饱肚子，请你别把这事说出去。"

刘大田想：这家人也不容易，老的七老八十，小的也只有几岁，光靠两个人挣点工分分粮，年底平均下来每个人的粮食还没有他一半多。只好把这事当没看见一样，测了浓度：合格。

没几天，队长找到刘大田说："我说刘大田，你这粪管员是怎么当的？你看这几天收来打田的猪粪，都是清水一般，田里没有粪，庄稼还怎么长，下年还有谷子打不，你怎么这点事都干不好？那这样，你就把这个粪管员的活儿交给老李，你还是回去休息几天吧。"

刘大田一时不知道该说什么好，他知道是他没有严格按要求测量粪的浓度，但他也是出于好心，没想到好心却办了坏事。他呆愣愣地看着队长，本来他对收粪这事就感到很不安，听队长这样一说，他心里更是觉得愧疚，更不知这事该怎么说，他再傻也不会傻到把真实情况说出来。他低下头说："队长，是我没干好。但我也是认真干活的，也从没偷过懒，只是还没全面掌握那测量器的技术，还让我再学学，相信我会干好的。"

队长更生气了，他大声吼道："你还学个屁，像你这样的猪脑壳，学一辈子也学不会。我说刘大田，你平时干力气活是没的说，可干起这轻松活，你就不行了，你这辈子就是个干重活的命了。你把测量器交给老李，好好回家休息吧！"

刘大田只好把测量器交给了老李，一拐一拐地回家去了。

张玉娟知道这事后，骂刘大田连这个都干不好。每天只知道下蛮气力，这么轻松的活都干不成，简直没用。还说他怎么不跟姐夫学学，人家多会处事呀，去果园没几天就当上了园长。他做得了啥事？给人家提鞋，人家还不要呢。

刘大田不管张玉娟怎么骂，他就是不出声，觉得她骂得对，自己就没有干轻活的本事，只有去干那些粗活、重活、脏活。但转念一想，干粗活、重活又怎样了，还不是一样挣工分吃饭。他干轻活不行干重活不比别人差，干重活是凭劳力吃饭，有啥不好？相反地难道还去和别人计较，再说自己与队长、村主任非亲非故，难道有好事还轮得到他？总之，不管玉娟怎么骂，他都没有吭一声。

张玉娟骂了好一阵后，见刘大田死人般不吭声，也没趣了，她说："你怎么不说话呀，你哑巴啦？以为你很委屈，你也不想想，我委不委屈，我是你的老婆，整天看你像个窝囊废一样，你说我心里是啥滋味？"

刘大田看见张玉娟越骂越生气，还差点气哭了，忙赔笑着说："玉娟，如果你心里不痛快，你就继续骂吧，只要你高兴了，骂多久都行。其实，你骂得没错，我干这些事就是不行，我只能干下体力的活，但是一样挣工分呀！"

张玉娟说："挣个屁，你看我姐夫，哪样粮食没往家里拿，你就是晚上不睡觉也干不成他那样的。"

三

正在这时，张桂兰走了进来，她也听见了他们在吵什么，她暗自叹息，刘大田这人怎么了，连这点事都干不好，还能有什么出息？莫说他，就是让一个小孩子也会干，只要把测量器往粪坑里一放，不就完事了，多轻松呀，好好的活却干成了这样，莫说玉娟，就是她桂兰也会生气的。

毕竟她最了解刘大田，不是他真的干不好这活，是他心眼没别人多，因为他忠厚老实，往往别人三两句好话，就让他改变了主意。说白了，就是他没有歪心眼，这样的人到底是好还是不好，她也说不清。她控制住情绪，装作啥事也没有，赶忙劝道："玉娟，你别骂大田了，他是个老实人，老实人干老实事，你当初嫁给他时，不就是看在他能干活的分儿上吗？遇上这样的男人，总比整天与你吵来吵去的好吧。"

张玉娟听张桂兰这么说，觉得再当着外人骂他，有点不通情理，便缓和了一下语气，说："事情倒是这样，可我就是怄气。你想想，他连这点活都干不好，别人怎么看他，他不觉得丢人，我还觉得丢人呢！"

张桂兰把玉娟拉了过来，让她先消消气，然后笑着说："别说了，玉娟，我有个事想告诉你，听大明说，果园里栽的果树有的已长得很高了，估计明年就可挂果，果园要扩大，还要人去果园干活。听说要找一个有文化的人去当会计。这个事，你想去就去找你姐夫，让他把你要去当会计，好歹我们是一家人嘛！"

玉娟本来还在气头上，但听张桂兰这么一说，似乎不再生气了，而是把目光转向张桂兰，赶忙端凳子给张桂兰坐，说："桂兰姐，这事是姐夫叫你来告诉我的？"

"不是，是我听他偶尔说出来的，所以我先来把这个事告诉你，你有时间也好找你姐夫说，毕竟我们是姐妹，无论如何他都会帮你的。你想，如果你去果园干活，不但活儿轻松，你家里也可以节约一些粮食，还偶尔有点其他的收入……好了，不说了，你心里明白的。"

"我只上了个初中，果园这么大，这个会计我当得了吗？"

"玉娟，说别人我不知道，难道我还不了解你吗？你很聪明，我想你肯定能当得下来的，再说哪样事情不是边做边学呢？你一定要有信心，像你姐夫一样，他以前哪里当过园长，现在还不是一样当得好好的。"

张玉娟笑了，她似乎忘了刚才还在生气，一下子像来了精神，而且一脸的高兴，仿佛她已经去了果园一样，她说："谢谢你，桂兰姐！要是我真能去果园，一定好好干，姐夫是园长，哪里不懂我问他就行了，肯定能干好的。"

"这就对了，你别还没去就没信心了。在你姐夫的手下干事，他会关照你的。当然，想去果园的人很多，因为果园是按队里的最高工分来分粮，你想队里的最高分是多少，是男人干一天活的工分，是栽秧、打谷子、挑粪、上坡才能做到的，每天干这样的活，你说你行吗？"

刘大田听着，他比张玉娟还高兴，他想，如果玉娟去了果园，她不但活儿轻松，工分也高。看到她整天在队里干活，多累呀，有时他想帮她也帮不上，看到她很累，他多心疼呀！他说："要是玉娟去了果园，当然是件好事。桂兰，这事就只有麻烦你帮一下忙，给大明说说，让他一定要帮这个忙。"

张桂兰笑了，说："当然，我抽时间给大明说说。你想呀，反正果园要人，他要哪个去果园不是一样，不管怎样玉娟和我是姐妹，帮自家人总比帮外人好，你们说是不是？"

下午王大明刚回家来，张玉娟急匆匆地来到他家，对王大明说："姐夫，听说你那果园又要招人了？"

王大明笑了说："我说玉娟，你的消息真灵通呀！是有这么回事，不过具体方案还没下来，等这事定了再说吧。"

张玉娟说："姐夫，你别瞒着我了，你是园长，下什么方案，要什么样的人，还不是你说了算？"

王大明看着张玉娟，被她这话说得不知怎么回答了，平时看她斯斯文文的，没想到她脑子反应这么快，说得他哑口无言，他说："玉娟，你真行呀，啥事你都明白。"

张玉娟继续说："姐夫，我还知道你果园里还差一个会计，是不是？"

王大明突然明白了什么，他想肯定是桂兰告诉她的，便说："玉娟，我明白了，肯定是桂兰告诉你的，她这个人就是嘴快，这样下去，弄不好还真的会误事。"

张玉娟说："你说对了，就是桂兰姐告诉我的。怎么，你认为她不该告诉我？姐夫，这就是你的不对了，她也是念在姐妹情分上才说的，你说是不是？"

王大明一听，一脸不高兴的样子，走过去指着张桂兰说："你呀，真是嘴快。你看看，这事我怎么办？昨天村主任找到我说要让他儿媳妇来果园当会计，我能怎么办呢？不答应呢，那我就别想再当这个园长了，如果答应了，今天玉娟又来找我，我该怎么办呢？"

张桂兰说："他村主任的儿媳妇算个啥，与你不沾亲不带故的，玉娟可是我们一家人。"

王大明说："你懂个屁！"

张玉娟听他们两口子吵起来，她明白王大明说的话是真的，他虽然是园长，但毕竟是村里的果园，凡事由村主任说了算。在村里，村主任是什么人，说他王大明是园长他就是，说他不是他就不是了。如果因为她的事，让他把这个园长丢了，说什么她心里也过意不去。她说："那这事就算了，我理解姐夫的处境，村主任是得罪不起的。这次就算啦，如果以后有机会，再说吧。"

王大明说："你看看，人家玉娟多懂事呀，哪像你，公私不分！"

第七章　困惑

一

时间一晃又过去了一年多，农村实行了土地承包制。这下，刘大田除了种自家分得的那点土地外，多数时间闲着没事干，便被别人请去帮着栽栽秧，打打谷子，谁也没给他工钱，都是帮忙。而自家那点地里种的粮食，对于他来说也是有限的，只够两口子吃。

其余时间，刘大田就在地里转转，悠悠闲闲的。真是"英雄"无用武之地，以前到处是地，他总有干不完的活，而今地都成了各家各户的了，有劳力弱的，多干几天或请人帮着干上几天，照样能干完。而像他这样劳力强的人，自家那点土地没几天就干完，剩下的时间除了去帮别人干活，就是在家里闲着，他认为闲着的日子才是最难熬的。

刘大田有早起的习惯，他仍像去地里干活一样，扛着锄头就往地里走，一路上他看见别人不是忙着挖土，就是忙着挑粪淋菜。他却笑着说："你家的菜怎么现在才淋呀，淋晚了长势就没原来好了。"

那人抬头看了看刘大田，笑了说："我儿子和儿媳都出去打工了，只有我一个人在家种全家四口人的地，一下子能干得完吗？只能慢慢地干，有些活哪能干得那么好哟。还是你刘大田好，两个人的活，两个人干，多轻松哟！"

刘大田听后，感到很自豪，他说："当然，我家那点活，我一个就能干完。原来在集体时，队里哪样重活不是我去干？再重的活儿，我从来没推辞过。现在这点活，就像玩儿一样，一会儿就干完了。"

那人听后不以为然，相反地却有点瞧不起他，说："我说刘大田，你干活这么行，凭你的力气，出去打工肯定能挣钱，你现在这样整天待在家里，除了干点农活，又能有什么收入呢？我儿子儿媳妇，每年都要往家里寄上万元的钱回来，比在家种那点地强多了。"

刘大田先前的得意劲没有了，他说："我天生就是干农活的料，我才不出去打工呢！在家干农活多好。整天无忧无愁的，多舒服哟！"

说罢，刘大田扛起锄头就走，他在自家的地边转了转，看了看，又慢慢转回家了。在家煮早饭的张玉娟把早饭煮好了，问道："你去哪儿了？"

刘大田说："我去山那边的地里转了转，我们地里的菜长得绿绿的，比别人地里的菜长得好很多。"

张玉娟似乎懒得听他说这些，说："吃饭，吃了你又好去转，好好去看你的菜吧。"

张玉娟的活儿更多了，她也比以前更忙了，似乎跟所有人一样，都一心一意想让自家富起来似的。她在家煮饭喂猪，空了也忙地里的活，可不管怎么努力，一年下来，也没有多少经济收入，日子仍过得紧巴巴的。

细心的张桂兰发现，张玉娟结婚两年多了，虽说两口子的关系看起来不是很好，倒也像在一起过日子的人。可她的肚子仍是扁平的，这到底是怎么回事呢？他们结婚这么久了，而且也是夜夜睡在一张床上，难道没干那事？不可能,刘大田不会傻到连什么也不懂吧？是不是玉娟不和他亲热，也不可能，嫁都嫁给他了，虽然玉娟一直不满意他的土头呆脑，但总算嫁鸡随鸡，嫁狗随狗。那又是什么原因呢，是他们其中一个没有生育能力？

想来想去，张桂兰想去问个明白，可这是人家两口子的事，怎么去问呢，那不是狗拿耗子多管闲事？但她转念一想，又不能不去问，因为玉娟是她介绍过来的，更是娘家的妹子，她不关心谁去关心呢？还有，刘大田虽然与她没有任何关系，但从内心讲，觉得他就是她的什么人一样，总是悄悄地在心里关心着他，怕他冷着、饿着、苦着，她自己也弄不懂，这到底是为什么。

有一天，张桂兰把张玉娟叫来帮着掰苞谷。苞谷秆亭亭玉立，像一排排青春焕发、茁壮成长的乡村少女，只是多了些成熟的韵味，微风过处，叶子哗啦啦作响，像在演奏一支不知名的乐曲。她们钻进苞谷地里，被苞谷秆子严严实实地藏起来了。她们就小心地瞅着那些钻在宽大叶子下的苞谷，有些垂下身子和苞谷秆紧贴在一块儿，有些又高高在上，长在人的头顶以上……如果不细心地瞅，还保准有"漏网之鱼"。

张桂兰边用手咔嚓、咔嚓地掰着，边瞅着目标。张玉娟掰了后再回头搜寻一番，又有几个苞谷还没掰到。

张桂兰问："玉娟，刘大田对你怎样？"

张玉娟说："桂兰姐，你说的话我没听明白，啥怎样？"

张桂兰说："这个你还不明白，就是你们俩干那事没有，他行吗？"

张玉娟一脸羞涩，低着头说："今天，你怎么突然想起问我这个，多不好意思呀！"

张桂兰说："我是说，你们俩结婚已两年了，怎么你还没有怀上呢？"

张玉娟说："没怀上就没怀上吧，也能少些负担。"

张桂兰听后，感觉他们在干那事时肯定不和谐，因为她知道玉娟心里一直认为刘大田不怎么样。她说："玉娟，这就是你的不对，人家刘大田是老实了一点，但干活儿总算行吧。再说，他对你哪点不好，百依百顺，这样的男人到哪儿去找？既然你已嫁给人家，就不能不给人家生下一男半女吧？"

张玉娟说："我就是不想给他生，看他那傻样，说不定生下来的孩子也会像他那样傻，那才叫人笑话呢。"

张桂兰说："玉娟，我不知道怎么说你，要是你真看不上人家，当初就不应该嫁给他，说不定他也另娶上了。你既然嫁给了他，你们就是一家人，总不能断了人家的香火吧？"

张玉娟听后不知是觉得她说的有道理，还是有某种其他想法，总归没出声，仍帮着掰苞谷……

二

这天夜里，王大明回来了，高兴地说："桂兰，我告诉你一件事，你听了肯定高兴的。"

张桂兰正在忙着煮饭，这些话她似乎听得很多，觉得他说的那些事总跟她无关，她也就没回答，也没怎么听，仍在忙她的，一会儿弄菜，一会儿烧火。

王大明坐了一会儿，看了看她，又说："桂兰，你今天是怎么了，对我总是爱理不理的，你到底怎么了？"

张桂兰仍没好脸色，她只冷冷地说："我天天都是这样。"

王大明笑了，他走去她身边，像不认识她一样，认真地看了看她，看得她都有点不耐烦了，她说："你不认识我是吧？你是不是闲着没事干了，要是真没事，就帮我烧火，我既要烧菜又要烧火，忙得过来吗？"

王大明就坐在柴灶边，帮着烧起火来。他说："我知道，你心中肯定有事。管你有啥事，只要不是我惹你生气就行。女人嘛，整天没事想这想那，愁这愁那的，简直是自寻烦恼，没事找事。"

张桂兰只管忙她的，哪有心思听他说话，她说："家里的事多得很，整天都快累死了，哪还有心思聊天。哪像你，整天吃饱了没事干，过着神仙日子一样。"

王大明似乎理解她说的话，确实家里的活儿多，里里外外，哪样活不是她一个人在忙乎，真有点难为她了。过了一会儿，王大明说："哎，桂兰，我给你说个让你高兴的事，你愿听不？"

张桂兰说："你想说就说，不想说就别说了，哪件事还能让我高兴？"

王大明笑了说："这件事你听了肯定高兴。哎，桂兰，你怎么不相信我呢？快去叫玉娟来，我有个事要给她说。"

张桂兰一听，一下明白了是啥事，故意问道："啥事？"

王大明见张桂兰对这事感兴趣了，他却没马上说，像是有意吊她胃口似的，笑了笑。

张桂兰走过去，急切地问道："你找玉娟到底有啥事？"

王大明十分认真地说："反正是好事，你就去叫她嘛，她来了不就知道了。"

张桂兰放下手中的活，马上去把玉娟叫来了，王大明招呼她坐，便说："玉娟，你以前给我说的事，我总算给你落实了，明天就去我的果园当会计。"

张玉娟问："姐夫，村主任的儿媳妇呢？"

王大明说："我把她下了，她还以为她不得了，背后有村主任撑腰，啥事也不认真干，去年一年，果园的账就差了好大一截，那些账不知她是怎样做的，如果继续让她干，说不定把我这个园长卖了也赔不起哟。"

张玉娟听明白了，但她担心，别人都干不好的事，她能干好吗？问道："那你不怕村主任从中作梗，或者把你这个园长撤了，在村里啥事不是村主任说了算。"

王大明听后，显得不以为然，而且还特别有底气，他说："嘿，你不知道，村里的果园也实行承包制了，我第一个投标，没想到就中了标，这个果园由我承包了，承包期为三年。这是由县公证处公证了的，受法律保护。要是以前我还真怕他，可现在呀，我还怕他吗？他作为村主任，只要我每年交齐承包费，其他的他就没权干涉了。现在这果园，我说了算。玉娟，明天你就去我的果园上班。"

张玉娟听后，还有点担心地问道："姐夫，村主任的儿媳妇都干不好的事，我能干好吗？人家村主任的儿媳妇肯定文化高，人也长得漂亮，不管从哪方面讲，她都比我强，对吧？"

王大明笑了说："玉娟，你说得没错，她文化也高，人也长得漂亮，可就是做事不行。你放心，我不会看错人的，你肯定比她干得好。"

张玉娟听了这话后，不再担心什么了，十分高兴地说："那太好了。姐夫，我一定好好干。"

张玉娟回家后，把这事和刘大田说了，他也替玉娟高兴，说道："玉娟，这下你去了果园，我们家里也会像桂兰家一样，一天天好起来的，我知道你有文化，早晚会有出息的。"

张玉娟也十分高兴地说："当然，哪像你整天只知道下苦力，也不知道出去挣点钱。你呀，以后在家好好干活吧，其他的你不用管，我会把每月的工资拿回来的。"

刘大田虽然嘴里没说出来，但也不得不佩服王大明有本事。别看他以前在队上干活时连句话都说不起，现在却是一个有头有脸的人物了。以前是集体，现在土地下到户了，果园也是他承包了，他现在可跟以前不一样了。不管从哪方面讲，王大明都比他强，而且强十倍甚至百倍。

晚上，张玉娟高高兴兴地炒了几个菜，还给刘大田倒了满满的一杯酒，他从未享受过这种待遇，好像这事是他给她落实的。管他呢，只要她高兴，他就更高兴，于是，他端起酒就喝。

张玉娟边吃饭边说："大田，我去果园上班后，你要把家里的猪喂好，年底可以卖一头，剩下一头自己吃，小鸡崽要天天关在鸡窝，别在外面跑丢了……别老是帮别人干活，给别人干活只是吃顿饭，又没有谁给你工钱，多拿点时间把自家的地种好点，才是真的！"

刘大田一听一个"嗯"，但酒一喝，啥事都忘了。

上床后，张玉娟主动把刘大田拉进怀里，她这样做反而让他感觉有些不自在。感觉到她今晚有从未有过的兴奋，她很激动地望了他一眼，自己又拽了被子，把身子轻轻地贴了过去，他紧紧地搂着她，感觉一阵温暖，很舒服。也许是他们很长时间没有亲热了，他索性伸出胳膊抱着她，她的身子被他这一搂，眼睛微微睁开，但她没有动，任他的双臂环绕着她的身体，一股女人身上特有的体香进入他的鼻孔，她仍然闭着眼睛。

刘大田情不自禁地亲了一下她的脸，以前也亲过，但他从未感觉到有这次亲得那么热烈。经他这么一弄，感觉她的身体在发热，两人很快就进入了甜蜜而美好的"梦境"中，好像只有这一次，他感到了从未有过的激情，过了好一阵，他气喘吁吁地翻下身来，她好像还意犹未尽，但他已躺在她身边，呼呼地睡去了。

张玉娟笑笑说："真是死猪一头！"

三

　　第二天，张玉娟去果园上班了，当她刚到果园，就迫不及待地跑去园里转转。果园里到处是果树，树下的地里种着西瓜、香瓜、西红柿……树上结着香甜的水果，有杏、樱桃……就像孙猴子的花果山。艳阳高照，天气十分炎热，也许是太阳大，他们正在休息。有的人坐在树下闭着眼睛睡觉，有的人就在树荫下打扑克，玩着"争上游"，他们边打边为出牌的事争吵着，喊叫声此起彼伏，响彻整个园子。

　　张玉娟出现在他们面前后，大家都齐刷刷地把目光转向她，她的出现仿佛神话中那样，在那片林子里突然冒出一个仙女，让他们感到吃惊。

　　张玉娟虽说第一次到果园，也发现他们在用各种不同的目光看她，她大大方方地走过去，笑着说："你们在打牌呀，'争上游'我也会打，哪天有空，我也陪你们打。"

　　"请问，你是？"

　　"你还不知道，她是我们果园新来的会计，叫张玉娟。"

　　听说是新来的会计，大家一下子把各种不同的目光变成了十分尊敬的目光。这个谁不明白呢，会计虽不是什么官，但不管是记工分，还是报账什么的，哪样不经她的手，要是她不高兴，你肯定十天半月报不了账。要说园长权力大，那是没的说的，可最直接管他们的，还是会计。

"好的，张会计，哪天有空，就让你陪我们打，你会计都会当、账都会算的人，打牌肯定是高手，对吧？"

张玉娟笑着说："打牌与算账是两码事。要说打牌呀，我还要好好跟你们学学，不然肯定会输给你们的。"

自从张玉娟去果园后，刘大田就在家里煮饭喂猪，空闲了就去地里除除草、淋淋菜，那点承包地对于他来说，轻而易举地就做完了。多半时间里，他都显得无所事事，有人问他："刘大田，你怎么不出去找点儿事干，你看人们都出去挣钱了，你是干惯了活儿的人，整天这样闲着，你耍得习惯吗？"

刘大田笑笑说："我呀，现在耍得起了，我家玉娟去果园当会计了，她每月都有工资拿回来，你说我还耍不起吗，还怕没钱花？"

队里的其他人，经商的经商，做手艺的做手艺，外出打工的打工。可刘大田要手艺无手艺，经商呢又没有这个本事，外出打工呢又觉得岁数偏大，没有熟人介绍更怕进不了厂。整天就只好在那山坳上的小屋里，过着既悠闲又烦躁的日子。

张玉娟隔三岔五也回家来，看了家里的猪、鸡、鸭，总是说刘大田不该这样喂，又不该那样关，更对他整天干活后一身汗津津的气味，一闻就不舒服。有几次他想和她亲热，她却不让他碰。

刘大田说："玉娟，你是我老婆，怎么碰都不要我碰一下？你这样做，是不是有点过分？"

张玉娟用十分气愤的眼神瞪着他，说："我说刘大田，你整天做其他的事不行，只知道干这事。你也不想想，如果一个男人都窝囊到这种地步，还好意思要求老婆干那事？要是你像别的男人那样，一年挣上好几万，我天天陪你干也愿意，你有这本事吗？"

刘大田把伸向她的手拿开，呆呆地站在那里，不高兴地说："玉娟，这就是你不对了。你不在家，我把家里打理得有模有样的，你还说我没干活，我整天忙着屋里屋外，做的并不比你在果园的活儿少。"

张玉娟更生气了："你看看，现在土地承包了，村里好多人都外出打工了，别人都知道出去挣钱，你呢？却整天在家里待着，有出息吗？"

刘大田不想再和她说什么了，他却再一次伸手去抱她、亲她、抚摸她，却被她又一次推开，这次她还连推带打，真是从心底里不愿意。他拿她没办法，只好赌气走开，坐到大门外的凳子上，习惯性地朝山下望去。这一望，似乎让他的心灵多少得到一些安慰。

其实，张玉娟也不是真对刘大田有什么意见，只是看到村里很多人家都盖起了新房，自己家仍是那几间破旧的小土屋，也看到刘大田那窝囊废般的模样，心里真的难受。家里不管是买化肥还是零用，都得要她每月的工资拿回来开支。一个家庭，如果男人没本事，女人还能撑起一个家？嫁汉就是为了穿衣吃饭，可嫁到这样一个男人，她也不知如何是好。

这些事不想则罢，越想她越生气，她说："你一个大男人，连这点钱都挣不到，枉活了这么久。我不知该怎么说你，你自己也要争口气嘛。你想想，不说是我，换了任何一个女人遇到你这样的人，我想没一个有好心情的。"

刘大田只听着，更是无话可说。其实，他也不是一个贪玩不干活的人，是自家只分到这么点儿地，叫他怎么干，干什么活呢？

那几天，不管哪家请他去帮忙干活他都没去，而是去到那块平日里有人因嫌远而空着没人种的地里，把它当宝贝一样弄着，先是把地里长满的杂草除去，再用锄头深挖一次，经他这么细心一弄，这块地还真不比坡下的地差，黑黝黝又疏松的土……还真像一块像模像样的地了。虽然这地离他家远点，挑粪浇水都不方便，但这块地好像有灵性，仿佛知道它被人嫌弃过而格外争气似的。

他就在这地里种下麦子，由于坡高路陡，施的肥和浇的水都比坡下的少，但地里的麦苗却长得绿绿的，比坡下地里的庄稼还要好得多。在别人看来，这块地不怎么样，而在他的眼里，简直就是一块"宝地"。

第八章　风流事

一

　　王大明承包果园后，第一年刚起步，收入不多，但也赚了好几万。镇里看到了这一点，将他作为先富起来的典型加以宣传，以带动其他人走种植业的致富之路。县有线电视台、县报记者还来采访过他，一时间，他就成了新闻人物。

　　王大明名利双收了，他决定把家里的几间破土屋改修成一楼一底的楼房。他先是买砖、预制板等材料，在一切准备好后，请匠人来开始修。现在修房子不像以前了，请人帮忙，到时开工分。土地承包后，除了请少数乡邻好友帮忙外，工匠们都是要开工钱的。在工匠们进场后，从搭脚手架到砌墙、抹灰他们都干得很认真。这些人都是村里的农民，他们很能吃苦，很能干活，特别是那些女人，与丈夫一起出来，把娃娃放在家中。她们的身影，她们的笑声给工地带来了活力，让坚硬的钢筋水泥不再冰冷，让尘土飞扬的施工现场色彩不再单调。

　　在修房子期间，王大明请刘大田去帮他干活，每天都开工钱，刘大田当然乐意去了。从拆旧房子，到挖地基、打沙、挑砖，前后一个多月，他天天在场。张桂兰总是特别关照他，看他热了，赶忙打盆热水给他洗脸，看他累了，就叫他休息一会儿。

有一天夜里，吃了晚饭，在砖工、石工走后，张桂兰叫住刘大田，关切地问："大田，你与玉娟的关系到底怎样？"

刘大田不明白她问这个干什么，他说："啥怎样？"

张桂兰看了看他，以为他听懂了的，是在装作没听懂，她说："就是你们俩到底……夫妻那事怎样？"

"两口子睡在一张床上，能不做吗？哎，桂兰，你问这事干吗？"

"那既然在一起了，玉娟的肚子怎么还是扁扁的呢？"

"这个……"刘大田想了想，说，"我也搞不懂。"

"大田，这事你们一定要引起重视，这是关系到你家传宗接代的事，是不是你们哪个没有生育能力呢？"

"不会吧，大家都好好的。"

"那又是怎么回事呢，是不是去医院检查一下，如果是哪个没生育能力，早点吃药，总不能一辈子不生吧？"

刘大田以前还没在意这事，听张桂兰这么一说，他认真地想了想。与玉娟结婚后，虽说她不太喜欢和他干那事，但夫妻之事也算正常，怎么她却老没怀上，这到底是怎么回事？是他刘大田身体有毛病，还是玉娟身体有毛病呢？

刘大田抬头问道："桂兰，是不是男女只要在一起就能怀孩子？"

张桂兰笑了，说："我说大田，你难道这个都不懂吗？只要身体没毛病，只要男女做了那事就会有的。就像土里种粮食，播了种就自然会长出苗来的。"

刘大田明白了，他又问道："桂兰，你和王大明是多久才有的？"

先前张桂兰还表现得很大方，但刘大田这样一问，她也不好意思地低下头，说："哎，大田，我是在问你们的事，你怎么问起我们来了？我是关心你们才给你说说这事，一定要引起重视，你们年龄都不小了，也结婚两年多了，该有个孩子了。"

刘大田默默地点了点头。

夜里，刘大田想着这事就觉得张桂兰说得没错，玉娟嫁过来已两年了，怎么还没生出一男半女呢？干脆今晚就去一趟果园，把这事给玉娟说说，明天好去医院检查一下。

事不宜迟，刘大田马上起身往果园走去。乡村的夜是美丽的，一望无际的夜色，似乎能够变换出任何想象中的东西，他忍不住伸手试探，眼中的形象却突然消失不见，融于夜色中。

刘大田朝着果园走去，他猜想玉娟此时可能在看电视，或者早就睡了，他这么晚去看她，会给她一个惊喜，她肯定很高兴的。在乡村静谧的夜色下，也是一片繁忙景象，地里偶尔冒出的零星灯光，飘忽不定，那是村民夜间照明的灯光，有的是在外面干活吃了饭回家，有的是去请人明天帮忙干活的，总之，他们为了自己的事忙碌着。

这时，他碰到了队长，队长喝得醉醺醺的，他拿着手电筒，看见是刘大田，问道："哎，刘大田，这么晚了，你不回家还去哪儿呀？你别去干什么坏事哟。我提醒你，违法的事千万干不得。"

刘大田说："哎，队长，你每次看到我都在教育我，我真那么坏吗？"

队长笑着说："现在土地下放到户，我不安排生产了，镇里叫我多宣传遵纪守法的知识，多宣传科技致富的典型。别人整天忙乎着，不可能有时间干坏事。你呢，整天在家闲着没事，说不定你脑子一进水，就整出点什么事来。"

刘大田不想再听他说什么了，说："队长，我这是去果园。"

队长问道："你去果园干什么，你是想去果园干活吗？我说刘大田，你是不是脑子有毛病，那次果园点名要你去，你却不去，现在又想去。我这个当队长的，在集体时，可没少关照你吧？"

刘大田笑着说："是的，队长，你确实很关心我，我记得的。哎，队长，你这是去了哪儿呀？"

队长说："今晚是刘大娃喊我去喝酒。他呀，出去打工挣到钱了，说什么也得请我喝几杯，我能不去吗？"

刘大田闻到队长满身酒气，他说："队长，不早了，你回去休息吧，我还要去果园呢。"

队长说："刘大田，和我一起回去吧，有什么事明天再去。"

刘大田说："我没事，我是去看看在果园干活的老婆。"

队长听后笑着说："哦，我明白了，原来你刘大田是想老婆了，那你快去吧！"

二

刘大田来到果园，已是夜深人静了。只见那已长到半人高的果树，在微风中轻轻地摆动，那茂密的枝叶间不时发出吱吱的响声。他沿着果园里的那一条小道，往果园内的房子走去，果园那排房子是砖瓦房，虽然修得不是很好，但趁着夜色也能看得出这房子不是私人的，起码从修的样式看也是集体的。

他自言自语道："怪不得大家都想来果园，不看别的，就是这房子住起来都舒服。要是当初不把名额让给王大明，我现在也是在这儿干活了。都怪我，一时鬼迷心窍，都是张桂兰那女人，使个招儿让我上当。"

骂她也不对呀？想想张桂兰哪点对他不好，想尽办法把她娘家的妹子介绍给他，要不是她介绍，他刘大田这辈子也别想娶到玉娟这样年轻漂亮的老婆。还有什么理由恨人家呢？相反地，应好好记得人家，更要好好感谢她才是。

果园外没有围墙，可以随便进入。当刘大田走近那几幢房子时，他不知道玉娟住的是哪一间。听别人说自己的老婆住哪儿，不用看就是闻味道都能闻到，可他怎么闻不到呢？难怪玉娟对他不好，他不讨女人喜欢，是不是没这方面的功能呢？不对，别的男人具备的，他身上一样都不少。

他想凭直觉去辨认，却怎么也辨认不出来。他再细看，只见其中一间屋里亮着灯，他就慢慢地走过去。心想这间屋还亮着灯，这里住的人肯定还没睡，正好问问玉娟住的哪间。可他刚走过去就听见有人说话，再细听是张玉娟的声音："姐夫，我们好歹是一家人，你总不能看着我家大田，整天在家闲着没事干吧，何不把他叫到你这儿来，他干活是没的说的，给果树上肥、打药等，哪样活儿他干不了？下半年下果子时，他挑果子肯定是不成问题的。"

王大明嘿嘿一笑，伴着走动的脚步声，他说："玉娟，你怎么老是说到这个事？他刘大田天生就是下苦力的命，他来果园又能干什么呢？再说，让他在家里把地种好，还可以把家照看到，这样你回去才有个落脚的地方嘛！"

张玉娟的声音突然变得温柔，多少有些挑逗性，她说："姐夫，这就是你的不对了，大田再不好，也是我的男人，他虽然只知道下苦力干农活，但这果园就需要这样的人嘛。你呀，总是瞧不起他，其实他只是人老实了点，干活儿肯定比你行。"

"好好，这个嘛，让我考虑考虑再说。"

"算我求你了。姐夫，你家的房子都修得这么好，我也想把那山坳上的几间小土屋变一变，修成漂亮的楼房。你无论如何也得帮帮他，你帮他也是帮我，我和桂兰可是亲姐妹哟。"

"好，我一定帮，一定帮你，就看你怎么做了。俗话说得好，天上不会掉馅饼，你要得到好处，你得先给别人一点好处吧？"

"你说这话我就不太明白了，大田来果园干活，是凭劳力挣钱，能有什么好处呢？再说，你要谁来干活不是要，你说对不对？哎，姐夫，你到底想要我做什么？我可是把你果园的账算得好好的，你安排的事，我哪样没完成呢？"

"玉娟，你是真不明白还是有意在装糊涂？我说的不是这个……"

"姐夫，这个我就更不明白了，你得说清楚点嘛。"

"玉娟，你来果园后，我哪样没关照你？安排活儿时我尽量让你干轻松的活，发工资时我也是按最高标准给你发的，凡是你有这样或那样的事，你说一句，我哪样没帮你，你……你还不明白，我心里是怎么想的？我问你，姐夫对你好不好呢？"

张玉娟笑了，说："当然好，而且好得很。这个不只是我知道，全果园的人都明白。"

王大明也笑了，说："对了，你总算明白了吧？"

随后传来一阵窸窸窣窣的声音，刘大田听得真切，又好像听不清，只听见玉娟带点撒娇的声音说："别乱来呀，姐夫……你再动手动脚的，我可要喊人啦。"

　　刘大田一时明白了，他愤怒地紧握起拳头，准备冲进去。依他的脾气，不把王大明打得半死才怪，但他不知是胆怯，还是觉得这事一旦闹大，传出去多丢人呀！

　　正当他不知所措时，又听见玉娟说："姐夫，大田来果园干活的事，就算说定了。你是园长，你答应了我的事，不能反悔哟，我该回我的寝室睡觉了。"

　　王大明急了，说："你别忙，玉娟，你就答应我一回吧。"

　　张玉娟娇笑着："姐夫，时间不早了，我也该回宿舍了，我托你的事你可要记住啊！"

　　说罢，推门出来了，径直走去她的那间寝室。王大明追了出来，门已被张玉娟关死了，任王大明怎么推也推不开，他又在门口站了好一阵，仍不见她开门，只有失望地走了回去。

　　这时，刘大田把紧握的拳头松开了，他顿时松了一口气。自言自语地说："这回就算便宜了你，总有一天拿稳当了，老子会找你算账。你龟儿子这点花花肠子，你以为我不明白吗，我早就看出来了。你以为我老实，拿你没办法，走着瞧！"

　　刘大田再也没进屋去，他明白：如果他这时出现，只能让玉娟伤心，更让王大明恨他，王大明恨他不怕，相反地他还恨他呢。只是不知怎么去面对此时的玉娟，好歹她是他的老婆，她不要面子他还要呢，这样见她，只能让她难堪。等气消了好好跟她说，再说她不是没让王大明……

　　他想着，站了好一阵，满腹心事地往回走，心里乱糟糟的。

三

从这以后，刘大田再也没心思干活了，越想越觉得难受，后来就在家里蒙头大睡。他恨王大明，这个狼心狗肺的家伙，想当初要不是自己把去果园的机会让给他，他难道还能有今天吗？现在果园是他承包了，他是老板了，就可以无法无天了？等着吧，总有一天会收拾他的。

要说他对别的女人有点想法，似乎还可以理解。可玉娟和桂兰是姐妹，不看在他刘大田的分儿上，也得看到玉娟和桂兰那层关系。尽管只是王大明对玉娟有那想法，可玉娟却不是那种人，他相信玉娟的人品。

他翻来覆去睡不着，起来倒上一杯酒，坐在门槛上心事重重地喝起来，两杯酒一下肚，他心中的气就来了，骂道："好你个王大明，不是娘养的，六亲不认，早晚要遭报应的。想想我哪点对不起你，真是好心没好报。你以为欺负得到我，我是这么好惹的吗？"

他骂了一阵，又伤心地哭了一阵。最后，不知是喝醉了，还是骂累了，心中的怨气得到发泄，靠着门框睡着了。

这天，张玉娟回来了，她仍跟原来一样，不冷不热的，依旧说这儿没做好，那儿没收拾干净。刘大田没理她，吃了饭就早早地躺在床上了，玉娟说啥问啥，他都不出声。

张玉娟生气地说："大田，你今天到底怎么了，哪个又惹你了？你整天在家闲着，想吃就吃、想睡就睡，还嫌日子过得不好？你还觉得这不是那不是的，你到底想怎样？"

刘大田像没听见一样，他仿佛觉得此时的玉娟像变了一个人，让他不想见到她了。虽然那晚玉娟拒绝了王大明，但从说话中听得出，他们多亲热呀，这事在他心中被他一点一点地想象着。他无法理解玉娟，自己对她哪点不好？可她还要这样对他。难怪每次想和她干那事时，她总是不愿意，现在终于明白了，她心中早就有王大明了。

张玉娟又说："刘大田，你还是个男人吗？不但不想办法挣钱，反而整天在家生气，你还有点出息吗？如果真有本事，冲我生什么气，出去挣钱呀！人有了钱，想做什么就做什么，哪像你待在家里一点出息也没有。你也像别人那样，出去挣钱把楼房修起来，让别人看看，那才叫男人。"

不管玉娟怎么数落他，他都只听着，仍不出声。

张玉娟也许说累了，或者真以为刘大田睡着了，她忙了一阵家务，又把头洗了后，走过来坐在床边，推了推刘大田说："哎，我说大田呀，我告诉你一个好消息，姐夫叫你明天就去果园上班，你去不去？"

刘大田一听她说姐夫，气又冒上来，他翻身坐起，气愤地说："别提你那什么狗屁姐夫了，我一听就心烦，他有什么了不起，除了有点臭钱外，他还能有什么，他会不得好死。"

张玉娟听后，似乎发现他知道了些什么，她看了看他，说："哎，刘大田，你嫉妒人家是不是？你说人家不行，那你去承包一个果园嘛，你也去挣这么多钱给我看看。你这人也真是，他又没惹你，你还咒人家不得好死，他哪点得罪你了？"

刘大田想把这事说出来，但还是没说出口，他只是用气愤的眼睛看着她，看了好一阵，他说："我就是要咒他，咒他不得好死，你心疼他了？他是你姐夫，多好的姐夫，他安的什么心，我还不知道？"

张玉娟这下明白了，她愣了愣，又用手推了推他，缓和了一下语气，说："大田呀，我不知道怎么说你，姐夫也是为了你好，才叫你去的，考虑到你没有手艺，出去打工呢你又没胆子，所以才叫你去果园，你就去果园干活吧。"

刘大田好像火气更大了,说:"以后别在我面前提你什么姐夫,一提起我就来气。"

张玉娟被他这一举动弄得不知如何是好,只呆呆地看着他,过了好一会儿,说:"你今天吃了火药啦,人家可是好心好意叫你去,我也巴不得你能去挣点钱,你却这么生气,你今天到底是怎么了?"

刘大田说:"你说我今天怎么了,你心里明白!"

张玉娟说:"我到底怎么了?哎,刘大田,你说清楚点,我整天在果园里忙来忙去,加班加点地干活,你说,作为一个女人,我为了什么?别人嫁个男人能挣钱,我呢,还要靠我挣钱来养活你,你说我心里是啥滋味?你不但不理解我的苦心,反而还整天找我吵,你说,你还要我怎么样?"

刘大田嘴巴动了动,眼睛瞪得老大,想说什么,仍没说出口,又倒下去睡了。

不管怎么说,张玉娟明白刘大田心里想的事,她没再说什么,只默默地在屋里站了好一阵,然后又回果园去了。

心中有了这个结,刘大田就整天想着这事,他下定决心一定要拿到把柄,不然他枉为男人。他就三天两头悄悄去果园房子外面,躲着听动静,但啥收获都没有,不是看见张玉娟独自坐在自己的寝室里打毛线,就是看见她在算账,很少见王大明在。

王大明已成了大忙人,果园里买化肥农药都是他一手经办,联系买家也是他一人在跑,他不是去一趟省城就是去一次县城。除了这些,他作为种植专业户,在县里成了宣传的典型,县里开会,总叫他做经验介绍,镇上开会也让谈体会,这种应酬很多。这样一宣传,有来学习经验的,也有请他去传经送宝的,他这段时间在外面忙来忙去,很少有时间在果园。果园里的事情，都交给了张玉娟来安排，她也把果园打理得井井有条的。

刘大田一想起那事，就整晚睡不着觉，他认为这是作为男人的最大耻辱。天下无不透风的墙，果园里的人渐渐传起张玉娟和王大明之间的事。张桂兰也渐渐听到了一些风声，可是她始终不相信自己的娘家妹子会和自己的丈夫干那种事。可王大明自从有了钱之后，渐渐地变了，这也是不争的事实，他现在回家的次数越来越少了，即使回家了，对她也很冷淡。因此，张桂兰感到很痛苦。

第九章　捉奸

一

　　农村土地承包后的两年间，全村上下已发生了很大的变化。多数人出去打工或经商挣钱，只有少数在家种地。自家的土地自己慢慢地种，除了栽秧、打谷之外，一般不请人。小孩子也没闲着，放学后也会上坡割草、放牛，帮着大人做事……每户人家的活都干得有模有样的。

　　原先那些打谷子都想与刘大田一张斗的男人，多数人把包产地承包给了别人，自己出去经商或做手艺去了。山里的很多小土屋都变成了砖瓦房或楼房，看到那些出去打工的人，一个个回来穿得跟城里人一样，说起话来那么有底气，真像是在外面发了财似的，他真有些不敢相信，但这也是事实。

　　以前凭力气刘大田能拿队里的高工分，打谷子时队里把他当成了一个人物，大家争着要与他一张斗，而他每年分粮食时也比别人多，这曾让他风光，让他觉得满足，可是转眼间，一切都变成了另一番景象，他变成一个无所事事的人，越来越穷，甚至让别人越来越瞧不起，就是他都有点瞧不起自己了。

　　张玉娟已很久没回家了，刘大田心里乱糟糟的，他不知道她在果园是真忙还是有意不回家。他想去果园看一下，但又不敢去看她，因为他怕看见她与王大明那亲亲热热的样儿，如果硬说他俩有点什么呢，又没拿到真凭实据。而且，王大明现在有钱了，人有了钱，当然讨人喜欢，他又凭啥能跟王大明相比，自己生活得好好的，又为什么要跟人家比？

刘大田简直不敢相信，一切都变得这么快，他过去所有的说没了就没了。好像是上天对他不公平，本来有些东西属于他，却让给了别人，这只能怪他自己。他变得茫然，变得失落，变得不知以后的日子该怎么过。这时，他倒了满满的一杯酒，又一口一口地喝起闷酒来，一点下酒菜也没有，他一样地越喝越来劲，越喝越发愁。

这时，张桂兰又来到他屋前的那块地里割猪草，见刘大田一个人在喝闷酒，知道他心里有事，不然依她对他的了解，他是个闲不住的人，就是没事也要去地里转转。她走进屋来，说："哟，大田，你怎么一个人喝酒呀，怎么不弄点下酒菜呢？这样喝，对身体不好，是不是你有啥心事？"

刘大田看了她一眼，有几分醉意地说："桂兰，坐下，陪我喝一杯。"

"酒我不喝，陪你说说话是可以的。"张桂兰在桌子对面坐下，"大田兄弟，玉娟有多久没回来了？"

"有一个多月没回来了。"刘大田说，"由她吧。如今，我是一个没用的人了。想以前，队里哪样重活不是点名要我干，打谷子谁不想和我一张斗……现在不同了，一切都变了，我没手艺又没钱，还是一个穷光蛋。"

张桂兰说："话也别这么说，你一样地有用，你是一个能干活的人。玉娟的事，我也多少知道一点，但我……我也拿他没办法。"

刘大田说："都怪王大明，当初如果不是你来求我让他去果园，他能有今天吗？他忘恩负义。不说感谢我，这个机会是我给他的，要是他还有良心的话，也不应这样做。再说，他不看我的面上，说什么也得看你和玉娟是亲姐妹的分儿上吧？"

张桂兰说："你别喝了，大田，这事以后慢慢说，你还是去休息吧。当然，这事……都怪我，当初不该建议让玉娟去。哪知道她这一去就发生那样的事，你说，这到底如何是好？"

刘大田越说越生气："你告诉他，桂兰，叫王大明不要太过分，他钱再多，总不会不要命吧？反正我现在是一个没用的人了，总有一天，我会找他算账的。"

张桂兰听出刘大田话里有话，她赶忙劝道："大田，你别把这事想得那么严重，也许只是人家嫉妒大明，有意编的谣言，你千万别相信哟！要冷静点，别冲动，你有什么难办的事，尽量找我商量，我会帮你的。"

刘大田气愤地说："桂兰，本来有些事你也明白，我也明白，你却来劝我，是王大明叫你来的？他怕了，不做亏心事还怕鬼敲门？早知道怕，他为什么要做对不起别人的事呢？"

张桂兰赶忙解释："大田兄弟，不是王大明叫我来的，他也不可能叫我来。何况这事只是谣传，还不一定是真的。如果真是这样，你想，王大明是我丈夫，他能让我知道，我知道了还能容忍他吗？"

刘大田通过前几次，认定了她也不是什么好人，哪一件事不是她早已谋划好了的，哪一次绕来绕去没把他刘大田绕进去？他说："你别说，你心中想的什么，我还不明白？你是怕我把这事闹大了，王大明就当不成先进，当不成园长了，到时候，你家哪来的收入？你的日子还能这么好过吗？桂兰，你说是不是？"

一席话差点儿把张桂兰说哭了，她觉得很委屈。要说以前她做的事是有些对不起他，是有原因的，她是迫不得已才这么做。今天，她却啥目的也没有，是好心好意来劝他，却被他误会，她觉得很难过。她说："大田兄弟，不管你相不相信我，我都不怪你。今天，我是看你不高兴，才来陪你说说话，既然你这么说我，那我就走了。不过，我还是劝你一句，有些事别想得那么严重，想多了自己苦，听我一句劝，想开点吧！"

　　说罢，张桂兰起身走了，刘大田看着她的背影，还看到她在偷偷地擦眼泪，觉得有些过意不去，难道今天是真冤枉她了？他又喝了一口酒，也哭了。

二

　　张桂兰听刘大田这么一说，明白他是真知道这事，他是怎么知道的呢？是玉娟告诉他的，不可能，那是丢人的事，她会这么傻吗？那他又是怎么知道的呢？是在果园干活的人告诉他的？可能那些人是不怀好意，有意挑起事端。不管怎样这事被传了出来，肯定不是谣传，无风不起浪。对于刘大田来说，这肯定是个致命的打击，她很理解他，更是有一种同病相怜的感觉。

　　张桂兰回到家里，坐也不是站也不是。她总觉得憋屈，王大明是自己的丈夫，他在外面乱搞，难道她心里就好受吗？要是他与外人有点什么，也许吵吵闹闹就算了，可他却是和她隔房的妹子发生关系，这个不只是她，就是外人知道了，不笑掉大牙才怪。最可怜的是他刘大田，明知道这事，却拿王大明没办法，更不敢把玉娟怎么样，看他整天喝酒解愁，谁看了心里都难过。

　　她也无心做事，走进屋里想在床上躺一会儿，可躺在床上却怎么也睡不着，心里老是想着这事。眼前却晃动刘大田那无助的眼神，她翻身起床，又向山上刘大田家走去。

　　刘大田还在喝酒，而且喝得有些醉了，他看见张桂兰又来了，便问道："你还来干什么，又是王大明叫你来说情的？告诉你，我这儿没有什么情可讲，我早晚会找他算账的。"

　　张桂兰尽力调整情绪，在他面前尽量显得平和。她说："大田兄弟，别人传的谣言，你别太相信，要亲眼见到才是真。你想呀，大明承包了果园，赚了点钱，不知让多少人眼红，又是什么县先进，你说那些人心里如何想，他们难道不想找点这样那样的事，整垮他的果园吗？"

　　刘大田更生气了，说："这是，是……我亲眼所见。"

　　张桂兰吃惊地看着刘大田，这句话让她不敢相信是真的。一直以来，她都以为那只是谣言，就是她不相信她家大明，也得相信玉娟，她们虽然是隔了房的姐妹，但也是亲的嘛，她怎么会干出这种对不起她的事。想想王大明，哪天干了点像模像样的活儿？家里里里外外的活儿，不都是她在忙碌，她在打理？他怎么能这样呢？越想她心里越不好受，但她还是尽力控制自己的情绪，万一激怒了他，依刘大田那牛脾气，还不知要闹出些啥事来，她看了看他，装作没事一样。

　　张桂兰说："大田，我问你，你一定要讲实话。你是看到他们两个在床上干那事？"

　　刘大田说："不是。"

　　张桂兰又问道："那你是在哪里看到他们？"

　　刘大田说："他们在一间屋里，他，他还……"

　　张桂兰听后笑了，她是聪明人，俗话说拿贼要拿赃，捉奸要捉双，光凭他们在一间屋里就认为他们有那事，可能是有点讲不过去。再说，大明也是读过书的人，又当着园长，玉娟是她娘家的亲妹子，说什么他也不会干出那种丢人现眼的事吧。她说："我说大田，这就是你想多了。你想呢，我家大明是园长，你家玉娟是会计，说不定他们正在一起算账呢。你说算账和商量事不在一间屋里，还能在两间屋？再说他们也算两兄妹，说话亲热点，也正常嘛，你别多想了，肯定没那事的，我了解我家大明。"

刘大田不知怎么跟她说，就又喝了一口酒，气愤地说："你爱信就信，不信就算了，反正我是看到他们……他们，不说了。"

张桂兰先前那绷着的脸，一下子放松下来，说："大田，不是我说你，凡事都要往好处想，只要你相信你家玉娟不是那种人，不就啥事都没有了吗？你又何必想得这么多，整天一个人在家喝闷酒，不如去果园看看她，让她陪你说说话，可能你心情就会好的。"

刘大田怎么一下子想得通呢？不说他帮了王大明很多忙，就是王大明能有今天也是他给的机会，越想越觉得心头不舒服。他抬头看了看张桂兰，心里突然产生一个想法，王大明做初一，他就做十五。他站起来，似醉非醉地用眼睛死死地盯着张桂兰："桂兰，你不是忘恩负义的人，你对我好……我心里明白。但你得还……还我那个人情。"

"我给你和玉娟做了媒，还不算还了你所有的人情吗？"

"你给我介绍玉娟来，算还人情？"刘大田说，"她是她，你是你。以前我看在王大明的分儿上，始终做不出……今天，他王大明做得出来，我就做得出来。"

眼看刘大田快扑过来，张桂兰急了，说："大田，你别乱来，有话好好说，我是来陪你说说话的。"

刘大田用红红的眼睛盯着她，说："还有什么好说的，他做得出，我也做得出，也想让你知道，我刘大田不是没长那东西！"

　　说罢，刘大田就歪歪倒倒地扑向张桂兰，把她死死抱住，用手去撕扯她的衣服。她使尽全身力气，想挣却挣不脱，她心里难过，但她也不忍心让刘大田更难过，可这样做又觉得对不起王大明，作为女人的本能也不可能随便和一个人这样。她似乎正在犹豫，也没挣扎了，他就像疯了一样抱着她又亲又摸，她却闭着眼睛，不敢看他，只听见他在像牛一样粗粗地喘气。当他把牛一样的身体压上去时，她似乎突然清醒了，猛地睁开眼睛，啪的一个耳光打在他的脸上，骂道："你别以酒发疯，你不是说王大明不认亲，你也不认亲了，你还是刘大田吗？"

　　不知是张桂兰那一耳光打醒了他，还是她说的那句话让他清醒，他翻下身去，捂着脸，似乎酒已醒了一半，转身进屋去睡了。

　　张桂兰被刘大田这突如其来的举动气哭了，她赶忙从地上爬起来，穿好衣服，转身就跑回了家。

三

　　张桂兰虽然在安慰刘大田时，装得那么若无其事，但只要一静下心来，她比刘大田还要难过。王大明是她去求刘大田让给他的机会，玉娟是她介绍给刘大田的，在果园要人时也是她多次劝，王大明才答应要玉娟去的。一切都因她而起，仿佛她就是这事的罪魁祸首，所有的都是她一手造成的。这事就是刘大田不计较，她也无法原谅自己，更无法容忍他们干出这种丢人的事，一个是自己的丈夫，一个是自己的亲姐妹啊！

张桂兰越想越生气，不停地骂王大明真不是个东西……他能有今天，真的像他想象的那么容易吗？哪次不是她低三下四地去求人换来的。

她越想越觉得对不起刘大田，看他难受的样子，其实她更难受。王大明做得出，她为什么不像刘大田说的那样，为什么做不出呢？张桂兰神情恍惚地向山上刘大田的小土屋走去。刘大田坐在大门外想心事，看起来他好像昨晚没睡好，微闭着眼睛。看见张桂兰来了，他冷冷地问道："你又来干什么，是来看我笑话的？"

张桂兰再也没以前那么精神十足，看起来心事重重的。她说："大田，你怎么这么说呢？难道只有你一个人难受，我心里就不难受吗？"

刘大田冷冷地说："你心里还难受？王大明大把大把的钱给你拿回来，你还不高兴，你还装得这么可怜？"

张桂兰生气了，眼睛里流出了泪水，她说："大田，你不是天天喝闷酒吗？今天我来陪你喝，有个人陪你总比你一个人醉好吧？"

刘大田不相信地看了看她，但他还是有一种被她骗怕了的感觉，每次他都看不清她葫芦里卖的什么药。他站起来，十分气愤地说："我今天不想喝酒，要喝你回家喝去。省得别人看见了，让我说不清楚。我知道，你每次来都没安好心，你走吧。"

张桂兰站起来，走上前去，说："大田，你不是想要我吗？我今天就给你，把欠你的还给你，以后我们谁也不欠谁了，或许你和我心里都好受些。你来呀，动手呀！"

这一切似乎来得太突然了，让刘大田有些不知所措，他只是呆愣愣地看着她，更不知如何是好。

张桂兰大声说："你来呀，抱我呀亲我呀，你每次都不是想我吗，今天怎么了，让你来你却怕了？"

说着张桂兰就开始脱衣服，很快将衣服脱下，露出一对白白的、大大的乳房。刘大田似乎被她那发疯似的表情和动作吓着了，他说："不，不——"

说罢，刘大田转身跑走了。

正是七月，火辣辣的太阳照得大地闷热闷热的，张桂兰沿着那条乡间小道走着，大山绵延起伏的绿色，远远望去，宛然身着一袭绿毡。走近了，山上是深浅不一的绿。一阵夏风拂来，凉风习习，每一片叶子都像在为她鸣不平。

走了好一阵，她觉得累了，便坐在绿荫下歇歇，她心神不安地仰望着天空，是无尽的蔚蓝，那些曾展翅飞翔的鸟儿，这时也栖息在绿荫深处的枝头上，烦躁地鸣叫着。旁边地里的庄稼已长得密不透风，苞谷地里传来草被锄断的咯吱声，男人响亮的咳嗽声，还有女人爽朗的笑声。她苦笑了一下。

走了好一阵，张桂兰来到了果园，见王大明正与张玉娟亲亲热热地说着话，她心里的火气还正愁没处发，加上看见这情景，张桂兰猛地走去王大明身边，大声地说："王大明，你给我听清楚，你必须让玉娟回去，别让她再在这儿上班了，让她回家好好过日子，听见了吗？"

王大明不明白地看着张桂兰，呆愣愣的好一阵，他说："桂兰，你一来怎么就发这么大的火，谁惹你了？你叫我马上让玉娟回家，为啥？"

"为啥？"张桂兰气愤地说，"你自己心里明白，我在这里给你留点面子，不把这事说穿，你自己考虑吧。否则，你就别想再回我那个家。"

张玉娟装作若无其事地走了过来，亲热地拉着她，笑着说："桂兰姐，你这是怎么了，你是不是听别人说了什么，毕竟我俩是亲姐妹，我在这儿干得好好的，你为什么叫姐夫让我回去呀？"

"你少来这一套，你以为我什么也不知道？"张桂兰抽出被张玉娟拉着的手，用眼睛瞪着她，没好脸色，"你还知道我们是亲姐妹，你这样做还是亲妹妹干的事吗？还有，王大明啊王大明，你摸着自己的心想一想，你这样做，对得起刘大田吗？他以前哪样没帮你，他有哪点对不起你，不说是要记前情，就是作为隔房的亲戚，你又于心何忍？你是在欺人家老实，拿你没办法，你还有点良心吗？"

张玉娟说："桂兰姐，你说了这么多，我就是没弄明白，我们到底做了啥？"

张桂兰说："你还要我说穿吗？你别逼我，要是我真说出来，别人不知怎么看你们，你们不要脸，我还要呢！"

王大明再也听不下去了，他走上前去，伸手想打张桂兰，张桂兰退了一步，也不甘示弱地说："王大明，你真有种，自己做了亏心事，还不要我说，还要打人，你还是人吗？"

王大明愣住了，瞪着眼睛骂道："你这个人，是不是疯了？没事找事，家里的事不在家里说，跑到这儿来闹，你……你看我揍不揍你？"

张桂兰说："我没有疯，我清醒得很。我再说一遍，你要再不把玉娟放了，让她回家，你就别想回家了。"

王大明说："你说得容易，你说放就放？告诉你，这不是家里，这是果园，在这里我说了算，不说你，就是村主任、镇长都没权力干涉我，我偏不放，看你把我怎样？"

第十章　出走

一

张桂兰被王大明气哭了，哭得很伤心，她擦了擦泪水说："好一个王大明，你是天王老子了，没人能把你怎么样了。告诉你，总有一天，有人会找你算账的。"

张玉娟听着，好像每句话都是针对她的，她也发火了，说："我就是不回家，我就是要跟姐夫他……看你又能怎样？当初是你害了我，说服我妈，把我嫁给那个大傻瓜，让我一看他那样子，就恶心。他这么好，你怎么不嫁给他呢？"

张桂兰给张玉娟一个耳光："你不是我妹妹，他刘大田哪一点对不起你？他哪一点亏待了你？嫁鸡随鸡、嫁狗随狗，你真有那么大本事，为何不去深圳、广州，还赖在这里不走？"

张玉娟也与她对骂起来："我没有你这个姐，你简直就是疯子，跑这儿来胡闹。"

张桂兰气愤地骂道："我不看你是我娘家人的分儿上，今天不把你打得半死才怪，你给我滚出果园，马上滚！"

王大明赶忙拉住又想打人的张桂兰，她就像疯了一样，又与王大明打起来，她骂道："你这个狼心狗肺的东西，你以为现在你是园长了，无法无天了？你想想，你这样做还是人吗？简直连猪狗都不如，我今天就和你拼了，要死一起死。"

王大明打了她几下，但他还是不忍心再打了，松开了手，可张桂兰却又扑上去，与他撕扯起来，边打边骂道："你不是人，你连畜生都不如，畜生还知道认亲，你却是六亲不认，你真不是东西。"

王大明骂道："你这个泼妇，你这个疯女人，看我不打死你才怪。"说着又给张桂兰两耳光。这时果园的其他人也跑来了，他们拉的拉、劝的劝，才把他们拉开。眼看这事闹大了不好收场，王大明示意张玉娟先走，先躲躲再说。张玉娟转身跑回屋里，提起包哭着往外跑走了。

刘大田听说了这一切之后，也急忙跑去果园，没见到王大明和张玉娟，他顺便问了一下果园里的人，都说张玉娟早就走了，具体去了哪儿，谁也不知道。他又马不停蹄地跑去张玉娟的娘家问，都说她没有回来，娘家人问到底出了啥事，他支吾着，没说出口。

刘大田又到处去找，凡熟人家亲戚家都找遍了，也没有找到张玉娟。他知道，她这一走肯定不会再回来了。因为他心里最清楚，她当初嫁给他时，也是不太愿意的，只是经不住大家一直劝，才勉强同意的。当年在生产队时，他干活行，年底分粮比别人多，他们的关系还可以勉强维持。现在土地承包了，他家越来越穷，这让本来就看不上他的玉娟，更是恨他无能了。

半夜了，刘大田拖着疲倦的身子，回到他那间小土屋，一点睡意也没有。看着他与玉娟睡的房间，还有她那些洗好的衣服，心想：玉娟这一走不知何时才能回来，也许她再也不会回来了，不知不觉眼泪就流了出来。

张桂兰躺了一阵，思来想去就是睡不着。她起床，出门一看，见山坳上的小土屋里仍亮着灯，以为玉娟回来了，她赶忙走去看看。她从窗口往里一看，没看见玉娟，只见刘大田一个人坐在床上低声哭泣。她本想转身就走，不惊动他，但看他如此伤心，又站在那里没动。这事也因她而起，她本来是想叫王大明把玉娟放了，让她回家与刘大田好好过日子，没想到玉娟却走了。她不知如何是好，但看到刘大田那伤心的样子，万一出个啥事，那就更麻烦了。

张桂兰问："大田，找到玉娟了吗？"

刘大田似乎生气的力气都没有了，他只摇了摇头。

张桂兰说："大田，你想开点，玉娟也不是小孩子，她不会有事的，她早晚都会回来的。"

刘大田哭着说："想得开吗？她走了，再也不会回来了。这屋里又变得冷冷清清，我往后还有啥盼头呢？"

张桂兰更为他的伤心而伤心，她也哭着说："大田，都怪我，是我对不起你，你打我骂我都行，只要你高兴，你想对我做什么都行，这些都是我欠你的。"

刘大田再也没出声，仍低着头，伤心地流着泪。

张桂兰还想说什么，却再也不忍心看到他伤心难过的样子，转身就走了。她心里想着：这次是她惹下的事，明明是为了刘大田才去果园，想让王大明把玉娟放回家来，不就没事了吗？没想到事情被她弄砸了，都怪她当时说话过激了点。不知玉娟又跑哪儿去了，要是玉娟不再回来了，那又怎么对得起娘家人，怎么对得起刘大田，刘大田不恨她一辈子吗？都是因她一时冲动，一时没控制住自己，才把事情闹大的，唉——

张桂兰回到家里，猛地把正在熟睡的王大明拉起来，骂道："都是你干的好事，玉娟不见了，这事你怎么向刘大田交代？人家是在你的果园走丢的，你是园长，这事又是因你而起，你看怎么办？"

王大明睡眼惺忪地说："啥怎么办，我说你管的事也太多了吧？他的媳妇不见了，关我屁事。再说，她都这么大的人了，还能走丢了不成？"

张桂兰生气了，在心中骂他这个没心没肺的东西，说："人是在你的果园丢的，这事又与你有牵扯，你脱得了关系吗？万一出了人命，你负得起责任吗？"

王大明点燃一支烟说："要我负责，我负什么责？再说是她自己走的，我还没找他刘大田，他老婆把我买农药的钱带走了！我还要他赔钱呢！再说，就是出个啥事，他刘大田又能把我怎样？"

张桂兰气不过了，猛地给他一耳光，打得王大明金星乱冒。这是在家里，又是他的错，就没有还手，只用手摸了摸被打的脸，又继续睡觉。

张桂兰打了他，似乎还不解气，用手指着他骂道："你，你真不是人，是畜生，是杂种！"

二

第二天一早，伤心了一夜的刘大田，将忧伤变成了愤怒，他手里拿着一把菜刀，冲进王大明屋里，大声喊道："王大明，你给我滚出来，我今天要杀了你，你不是人，你不把我玉娟找回来，我就要杀你全家。"

王大明听见吼声，伸个头出来望了一下，回头就从后门跑出去了。他知道刘大田的脾气，啥事都可能干得出来，论力气他肯定打不过他，再说就是打赢了他，他也是理亏的。虽然刘大田说不出什么，但大路不平大家铲，全村这么多人，难道没有一个人出来说几句公道话吗？三十六计，走为上计，走了百事大吉。

王大明边跑边说："桂兰，你要小心，要看好我们的两个孩子，别让他砍到了。"

张桂兰赶忙走出去，说："大田，有话好好说，你这样不是办法，再说杀人要偿命的，你划得来吗？"

刘大田把菜刀在张桂兰头上左划右晃地说："你也不是好东西，都是你这害人精，一次又一次地骗我，才把我害成这样。现在好了，害得我人也没有了，家也没有了。你害人不浅，你也不是人。"

张桂兰看这阵势，也被吓得不知如何是好，但她尽力说好话："大田，都怪我，你别急，我们都在想办法帮你找，三天，三天后给你把玉娟找回来。如果找不回来，你再……也不迟。"

其实，刘大田这次不是真来杀人，他是想逼他们把玉娟找回来。因为他觉得，玉娟去哪儿了，王大明肯定知道，等他先把人找回来了，再找他算账也不迟。他把举起的菜刀，放了下来，说："那就三天，要是三天后，你们不把玉娟找回来，我要你全家的命，你给我听着，第一个要杀的就是王大明。"

张桂兰见他把菜刀放下了，她说："放心，大田，我这就去找，我想肯定会找到她的。再说，玉娟也许是还在气头上，等过几天她气消了，就会回来的。你想想，你那儿才是她的家，她不回你那儿还会去哪儿？在别人那里待几天可能行，总不能在那儿住一辈子吧？"

刘大田大声吼道："你别再说了，你的话我听得够多了，没一句话是真的，全是屁话。你再说，我现在就砍死你，你信不信？"

　　张桂兰再也不敢出声了，刘大田骂骂咧咧地走了。

　　很快三天就到了，依旧没有找到张玉娟，也没有打听到她的下落。有人说她去广州打工了，又有人说她人长得漂亮，跟着一个做生意的老板走了，刘大田听着这些闲言碎语，心如刀割。他再也无法忍受了，兔子急了咬人，这事难道就算了，那他还算个男人吗？

　　那天夜里，他先是喝了一阵酒，不知是酒的作用，还是他本来就伤心，他又哭了好一阵。突然，他又拿着一把菜刀，满脸怒气地直奔王家。他想反正玉娟走了，他家也没有了，要过不好大家都过不好，不砍死他王大明，他刘大田还是条汉子吗？他刚到屋后面，张桂兰一把拉住他说："大田，你去不得，听我的话，你赶快走吧。"

　　刘大田气愤地说："我要去杀了王大明，再来杀你，你们都不是好东西，都在骗人。说要帮我把玉娟找回来，三天了，连个人影都没见着。你们以为我刘大田老实，好骗好欺负？我今天就杀几个人给你们看看！"

　　张桂兰不知说啥好，吓得腿都软了，话也说不清楚了。她不顾一切地扑过去，推他走，他用力一推，反把她推倒了。她急忙爬起来，说："啥都别说了，你赶快走，这些算我欠你的，你赶快走，快走呀！"

　　刘大田举起菜刀，大声吼道："你们心虚了，怕了，是不是？你这狐狸精，还想用那一招来骗我，没门！"

　　张桂兰说："大田，听我一句话，王大明已把派出所的请来了，在屋里喝酒呢，要是他们把你抓住，你会去坐牢的，你还怎么去找玉娟。如果玉娟回来了，你去坐了牢，她还能跟你吗？"

　　刘大田一听有派出所的人，多少还是有些畏惧，他愣住了。但他也不甘心就这样算了，他本来是想杀了王大明后，再去自首的，不管坐牢或者偿命都行，现在倒好，警察早就来了。但不管谁来了，他都不怕了，因为他心中对王大明的恨，让他生不如死。

张桂兰说："不管怎样，你拿刀杀人就是犯法。别再干傻事了，我知道你也过得很不容易，快走吧，留得青山在，不怕没柴烧。"

刘大田分不清是真是假，他更来劲了，边说就边往屋里冲，说："老子就是不走，就是不怕，就是要杀了你们。"

张桂兰又用力去挡住往屋里冲的刘大田，他手中的刀无意间划到她的脸上，她"哎哟"一声，鲜红的血直冒，他吓呆了，听说屋里有派出所的人，又看见自己已伤了人，蒙了。这下由不得多想，转身就跑走了。

张桂兰走回屋里，派出所的干警一看出事了，一起追了出来，却没见到刘大田，王大明便带着民警四处寻找他。

王大明说："如果今天不抓到他，他早晚都会再来杀人的。"

民警说："对，以防后患，今晚必须抓到他。"

躲在前面不远的苞谷林里的刘大田，听得清清楚楚，他一动不动，连大气都不敢出，等王大明他们走远了，才轻脚轻手地爬起来，跑去外地逃生去了。

三

在刘大田逃走后，王大明总是提心吊胆地过日子，刘大田就像一个幽灵一样，好像时时跟踪着他，仿佛随时都会出现在他身后，一刀向他砍来。为此，他像患病一样，晚上睡不好觉，白天一点精神都没有。张桂兰又是带他去看病拿药，又是请来巫师做法事，渐渐地他有了好转。白天可以到处走，晚上不敢出门，几乎很少回家，多半时间就在果园住，因为果园里人多，万一刘大田来报复他，他喊一声，果园里的人比家里人多，对于他来说安全些。

张桂兰想尽办法治好了王大明的病，但只要一静下心来她还是难过，不但害怕更是自责。她有事无事都去刘大田屋外的那块地里转转，看到他那间冷冷清清的小土屋，心里更难过。晚上，她也走出来，向山上那间小土屋望去，好想像原来一样，看到屋里亮着灯，看到他走进走出。可她望来望去，却再也没看见屋里亮着灯，不知是自责还是失落，泪水悄悄地流下来……

前不久，她回娘家，玉娟妈伤心地问道："桂兰，玉娟去了哪儿，你知道吗？如果知道，你就告诉三婶吧，好久都没她的音信了。唉，早知这样，当初就由了她，不逼她嫁给刘大田了。"

张桂兰看到三婶那么伤心难过，不知说什么好。三爷去世得早，三婶把玉娟一手拉扯大不容易。再说玉娟与她相依为命，她一辈子没改嫁说白了就是为了玉娟，玉娟成了她生命的全部。张桂兰也暗自难过，但事到如今，又能做些什么呢？什么对她来说都不重要了，唯一让她高兴的是能把玉娟找回来。

玉娟妈又说："大侄女，你有啥就告诉我，不管出了什么事，我也不会怪你的，我就想知道玉娟的下落。"

张桂兰看了看玉娟妈，走过去扶她坐在椅子上，说："三婶，这都怪我，当初如果我不来做媒，就不会这样了，我觉得对不起你，真的。"

玉娟妈说："桂兰，我不怪你，你也是为了我家玉娟好。你只是一个牵线人，以后的日子怎么过，全是他们自己的事。听三婶的话，你就别再自责了。"

张桂兰想把实情告诉她，可怎么也没说出口，因为说起来丢人，她只是深深地叹息了一声。

玉娟妈似乎看出了些什么，她直愣愣地看着桂兰，想从她眼睛里看出些什么，可桂兰淡淡一笑，赶忙调整下情绪，把心中的难过与伤心尽力压在心底。然后，她转过身去，找了张凳子坐下。

玉娟妈明白，桂兰不想告诉她，肯定有她的难处，就不必再逼她了。她说："唉，也不知他们家出了啥事哟，听说大田也不知去哪儿了。他们也是，再有天大的事，去了哪儿也得告诉我一声，我这么大年纪了，你说我担心不？"

张桂兰说："你老人家不要担心，他们都这么大的人了，不会有事的，可能他们是去打工了。说不定呀，大田和玉娟还在一起，生活得好好的呢。三婶，你这么大岁数了，好好养好身体，年轻人的事由他们自己去解决吧。不然，到时玉娟给你生个白白胖胖的外孙，你还抱不动哟！"

玉娟妈苦笑了一下，说："桂兰，你别宽慰我了，我也听说了一些关于他们的事，他们怎么还会在一起呢？事到如今，哪还希望抱什么外孙，只希望他们都没事，都平平安安的。我老了，有些事我也管不了，由他们去吧。"

玉娟妈的一席话，像一把刀刺在张桂兰的心上，她想不明白王大明当初为什么要这样，玉娟也更不应这样，他们这么一弄，把好好的一个家毁了。她回到家里，心里又想到那事，她觉得愧疚，她欠刘大田的太多了。

有一天，张桂兰家猪圈里两头半大的猪翻圈跳了出来，不管她怎么赶也赶不进圈，而她在这边赶猪就往那边跑，她又去到那边赶，猪又往这边跑，赶来赶去，不但没把猪赶进圈，反而让猪把邻居种的菜糟蹋了好多。

那邻居不但不帮她赶猪，反而操起手大骂，不管她怎么赔不是，并说踩到多少赔多少，邻居都不领情。

张桂兰望着山上那间小土屋，要是刘大田在，不说是喊一声，就是不喊，只要他看见了，也会跑来帮她赶猪。她被气得不知如何是好，甚至伤心流泪。

这时，正好从这儿路过的村民看见了，他二话没说就帮着她赶猪，男人还是不一样，办法多，力气大，连赶带推终于把两头猪赶进了圈，而且还帮她把猪圈门用石板加高加固了许多。

不久，张桂兰圈上的两头猪就快出栏了，她准备把这两头猪卖了，她请来村里杀猪匠买猪，因为卖猪要请人帮忙抬上拉猪的车，她第一个就想到山上小土屋里的刘大田，可现在屋里没人了，他不知去了哪儿，仿佛他这一走，让她的生活中少了些什么。她就另请几位邻居帮忙，费了好大的劲才把猪弄上了车。等忙完以后，她就买来好酒弄起好菜请他们吃晚饭。

这时，他们一边喝酒，一边说："桂兰，听说你被刘大田砍了，到底是怎么回事？这小子平时看起来老实忠厚，怎么突然就拿刀砍人呢？这其中肯定有原因，哎，他这辈子也不容易呀！"

张桂兰说："没有呀，他无缘无故砍我干什么呢，你们说是不是？听说刘大田出去打工了，在外面还发财了。"

那邻居似乎知道其中的原因，他喝了口酒，看了看张桂兰，他哪里相信她说的话是真的。他说："桂兰，刘大田的事我都听说了，你别再瞒着我们了。说真的，刘大田这个人老实忠厚，只是他娶错了一门亲，平时看玉娟人长得不错，也是一个持家的女人，没想到她……哎，不说了，这事你家大明也有责任。"

张桂兰再也没出声了，只能装作没听见，转身走进里屋去，但他们在外面说的话她听得清清楚楚。她知道，村里人说话一就是一，谁不对就不对，从不转弯抹角。在她实在听不下去时，她走出来，边给他们倒酒边说："你们别只顾着说话，多吃点菜，今天呀，算麻烦你们了。要是你们以后有什么事，只要我家大明能帮上忙的，一定帮忙。"

他们听张桂兰这么一说，再也没人说这事了，只是一个劲地喝酒，喝好吃好后就各自回家去了。

第十一章　出车祸

一

　　王大明承包的果园合同到期了，村里有不少人看到他赚了钱，都争着要承包，经过村委会研究，认为王大明经营有方，仍叫他继续承包，但必须提高承包金，一听承包金比以前高了一倍，王大明却不愿再承包这果园了，他打算用这三年所赚的钱，去城里做生意，好挣大钱。

　　这不是王大明异想天开，通过这几年搞果园，他熟悉了一些能挣钱的门路，也认识不少官场中人，有时办点事也能省不少力气。更重要的是，他结识了一些生意上的朋友，这才是他真正的资源。他这人说别的本事不怎么样，说点好听的话，用点小恩小惠去打通各种关系，还是很有一套的。这样，他虽然说不上在圈子里是个呼风唤雨的人物，但至少在大家的眼中形象不错。

　　王大明很生气地说："这几年，果园在我的管理下，有了点起色，大家看到就眼红了。其实，这个果园也不是他们想象的那样好经营的，以为果树就是摇钱树，让他们来试了才知道这里面有多辛苦，挣钱哪是那么容易的。"

　　村主任开门见山，他说："王大明，你别叫苦了，这几年你赚钱没有，不只是你一个人知道，难道群众没有眼睛？我最后问你一次，你是真不愿意承包，还是因为承包金高了，你就不想再承包了？"

王大明说："大家看到我赚了钱，就眼红起来了，莫说现在的承包金高了一倍，就是按以前的承包费少一半，我也不想承包了，谁有能力谁承包去。我早就不想搞这玩意儿了，在这山沟沟里，能干出个啥名堂，想发财就到城里去，那才是有本事。"

村主任笑着说："我就想听你这句话。告诉你，想来承包这果园的人多得很，现在大家都看好农业开发，你可别后悔哟！"

王大明笑着说："让他们承包去，谁还稀罕这破果园！"

王大明办完移交后，由于他这几年承包果园有了一定的积蓄，去城里租了一个门面，做起了批发农副产品的生意。由于经营果园，他也认识了一些人，更有一定的经营经验，他这农副产品生意却做得红红火火。

有了钱的王大明，更是风流潇洒，白天泡大酒店，夜里泡歌厅，生意上的事，多半是交给手下的一个女秘书打理。女秘书聪明能干而且年轻漂亮，大眼睛、白皮肤，盘了一个云髻在头顶，样貌姣好，整个人有一种难以形容的美丽。

有一天，张桂兰去城里找王大明，刚走到办公室，就看见他的女秘书坐在王大明的腿上，张桂兰简直不敢相信眼前的这一切，她想转身走出去，但又心生怒火，王大明是她张桂兰的丈夫，凭什么要怕他们，她冲了过去，发火道："你们这是在干啥？这大白天，这么亲热也不怕别人看见，你们也太过分了！"

王大明看了看张桂兰，也不在乎她说什么，好像还没把她当回事，说："你进来怎么不敲一下门？这是规矩，你以为这是在家里啊，想怎么就怎么来啊？告诉你，这是在我的公司。公司就有公司的规矩，不管是谁都得遵守。"

张桂兰走过去推开女秘书："遵守个屁。你这不要脸的东西，你们太过分了，我告诉你——王大明，你以为你现在是老板了，有钱了，可老娘不稀罕。"

王大明冷笑了一下，说："你也不撒泡尿照照，看你那样儿，像一个啥东西，敢来管我的事，你给我出去，出去！"

张桂兰哭着转身跑出去，乘车回乡下去了。她回到家里，更是伤心绝望，回想这么多年来，她哪一点对不起王大明，不管他干活如何，从没嫌弃过他，他想要什么，她总是想尽一切办法去帮他，没想到他现在有钱了，却变成这样了。以前她听说过，男人有钱就变坏，她还不相信，现在她算明白了。

最让张桂兰难过的还是刘大田，她从心里觉得对不起他，是她害了刘大田，如果不是她叫他让王大明去果园，他会这样吗？是不是上天有眼，这就是她的报应？不管怎样，事情是她造成的，再怎么她也认了，可对于她欠刘大田的，她不知怎么才能还得清。她时不时走出去，看着山上那间小土屋，总盼望着刘大田能出现，可每次都让她失望，小土屋静静地立在那里，看上去像是被时间洗去了以往的热闹和温暖，留下的只有像雾一般的回忆。

王大明好久没回家了，张桂兰明白，他现在心里哪里还有这个家？整天花天酒地，由他去吧。他心里既然没有这个家了，那她也就当没有他，人家村里王寡妇没有男人，不也照样活得好好的吗？再说又不少脚不少手的，难道还饿死不成？

张桂兰仍在家里干农活，带着两个儿子过日子，大儿子已经上小学了，她也没有精力去管王大明的事。他很少回来，而她整天也忙里忙外，王大明对她来说已经不太重要，只要看到两个儿子健康平安，心里比什么都高兴。

第二年开春，又到了农忙季节，乡下的农活一天比一天多了起来，尤其是到了收割麦子或栽秧的时候，农活多得做不完。偶尔也感到很疲惫，总希望有人来帮忙，看到别人家有亲戚帮忙，心里特别羡慕。她看到刚放学回来的儿子，欣慰地说："等你们长大后，家里的农活就有人干了，挑的挑，做的做，到那时我们的日子也好过了。"

大儿子大虎说："妈妈，爸爸不是说拿钱回来请人做吗？你就别去干了，去请人干吧。"

张桂兰一听，马上生气地说："以后不准提你爸爸，记住了吗？"

二

天才放亮，远处有袅袅娜娜的薄雾，四野一片寂静，黄黄的麦穗上也缀满了露珠。张桂兰不停地弯腰，远远地看见田里的人影时有时无。当她把蚕豆收割完，太阳早已从东方升起。她又赶忙回家弄饭，儿子大虎和小虎才起床。

大虎揉着眼睛，问道："妈妈，饭煮好没有，我吃了要去上学，迟到了要被老师叫去罚站。"

张桂兰烧水给儿子洗了脸，她说："还有冷饭，我这就去热。"

说罢，张桂兰从里屋拿了两个鸡蛋来，放在锅里炒，炒好后给两个儿子一人分一个，小虎端起就吃，大虎看着她问道："妈妈，你碗里怎么没有鸡蛋？"

张桂兰笑着说："儿子吃，妈妈不爱吃鸡蛋。"

懂事的大虎却将碗里的鸡蛋分一半给她，她却又给他夹回去，说："你吃，吃了身体好，长大了才好帮妈妈干活儿。"

农忙的时候，人们很辛苦，都是披星戴月地干。有的人家，老人只在家烧烧饭，晒晒麦子，间或送送茶和点心。而地里的活则是全家人出动，气氛其乐融融。张桂兰却只能一个人干活，她不是怕累而是觉得心累。因为家里和地里的活都是她一个人干，再苦再累有个盼头还好，可王大明几乎不管家里，可能他心里已没有这个家了。她看着田里的小麦，一日比一日黄，她不禁焦急万分，她的心里不知有多难受。

一天，张桂兰正在田里忙农活，有人带口信来说："桂兰，你家王大明出车祸了，叫你马上去县医院。听说还很严重，你快点去哟！"

还在为他生气的张桂兰，吃惊地问："什么，王大明出车祸了，不可能吧？前几天我去县城，看到他还好好的。"

"是真的，桂兰，你快点去。这种事还能有假吗？谁也不会开这种玩笑的。"

张桂兰还是不信，但她想了想，是不是王大明有意用出车祸来骗她呢？现在，她有点信不过他了。他哪里还是以前的王大明，现在的他让人无法理解，更让人感到可怕。这次，或许他又是在下什么套套！

"哎，桂兰，你还愣着干什么，快去县医院啊，你家王大明真的出车祸了。"

这下，张桂兰相信这事是真的了，瞬间所有的忧虑、所有的怨恨都烟消云散了，她赶忙回家，换上一件干净的衣服，马上赶去县医院。等赶到医院的时候，王大明已面目全非，躺在了太平间里。她放声大哭起来，以前的是是非非、恩恩怨怨在这一刻也已全部勾销了，脑海里只浮现出他们十年多来的夫妻情分……

张桂兰请人把王大明的尸体拉去火化了，带上骨灰盒回到乡下，再回过头来清理王大明的财产，公司里的所有资金都被女秘书卷走了，整个公司除了有点存货外，其他什么也没有了。

张桂兰请律师去争取一些财产，可律师告诉她这种案件很难找到证据，还不如放弃算了。没有办法，她只得认命。张桂兰依旧沉浸在失去王大明的伤痛中，他再有一百个不是，也是她丈夫，不管他怎样对她，她都觉得他们之间还是有感情的，可现在，人说没有就没有了，这让她难以接受。可她不得不面对现实，他去了，一家人还得生活，还有两个儿子需要她照顾，她得振作起来。

不久，县银行来到她家收贷，说王大明生前在县银行贷款五万元。张桂兰说他贷的款就找他去。他们说他已死了到哪儿去找他，夫债妻还，是有法律规定的，她丈夫死了就该她还。

张桂兰说："我哪有钱还贷款呢？"

银行的人说："王大明贷款时是用这楼房抵押的，如果还不了，这楼房就得由银行来处理了。"

张桂兰听后不知所措，她那颗心一下子变得冰凉冰凉的，她急得大哭起来，哭了好一阵，最后才说："等我……想想办法。"

银行的人说："最多还能宽限十天。"

张桂兰想尽所有的办法，都无济于事。只好等银行把这栋楼房拿去抵押算了。

在村里谁又一下子能拿得出这笔钱来买这楼房呢？银行只有暂时封存

在那里，叫张桂兰十天内把所有东西搬出去。她拖着两个孩子，又能去哪儿住呢？她左思右想，在乡邻的帮忙下，就在楼房的旁边搭了一个草房住着，楼房无人买，更不让她住，大门上贴着纸条：县银行封。她想不通，好端端的房子，好端端的一个家，怎么说没有了就没有了。

张桂兰也去找过王大明生前的女秘书，她现在是公司老板了。见张桂兰来了，她没叫张桂兰坐，也没给她倒一杯水，只是冷冷地说："你还来干啥？你老公已经不在了，现在这公司是我的了，你还想来帮他还债？"

张桂兰气愤地骂道："你这个妖精，不但把我老公害死了，还霸占了他的公司，现在害得我家房子也被银行查封抵押了，你害得我们家破人亡，你不得好死。"

女秘书听后很生气，叫来保安，说："把这个疯女人给我推出去，她还敢来我这儿闹事，我是看在她死去的丈夫的分儿上，不然，看我今天怎么收拾她！"

张桂兰被保安拉了出来，保安轻声地说："嫂子，回去吧，我明白你的处境，听我一句劝，别再来这儿了。"

张桂兰只得听了保安的劝，无奈地回去了。日子如流水般，不知不觉中已过去了好长时间。按理说，以她的条件，再想找个男人，那是坛子里摸乌龟——十拿九稳。可让人们不明白的是，她却只字不提再婚的事。

乡下的天黑得晚，张桂兰喂了猪和鸡，已经是晚上八点多了，屋外还有点微光。她来不及喘口气，又得照顾大虎和小虎，有时想哭也不能当着两个儿子的面哭。

时间应该不早了，远处传来数声犬吠。田野里，青蛙的呱呱声此起彼伏。起风了，吹得屋外的竹子唰唰作响。这天吃完饭，她打了个哈欠，走到窗前，对着夜空长长地叹了口气，似乎想把心中的疲惫和忧虑都叹了出来……

有一天，刘大田突然回来了，他已是西装领带，皮鞋擦得亮亮的，一看那派头，像是发财了。

随刘大田一起来村的还有县银行的工作人员，刘大田大摇大摆地走到王大明家的那栋楼房前，工作人员把贴在上面的封条撕了，说："刘大田，这楼房就属于你了。你赶快去办理过户手续，不然，到时出现什么麻烦，我们就不管了。"

刘大田推门进去，四处看了看，说："这楼房真漂亮呀！"

刘大田站在这房子里，真是感慨万千，此时他想得最多的是：真想不到呀，我刘大田也有今天！要是玉娟在家里，准会高兴得跳起来，不夸我有本事才怪，比她姐夫要强十倍百倍呢，还会说我没用吗？办完所有的手续后，刘大田就匆匆忙忙地赶回城里去了。

三

时间是治愈一切的良药，张桂兰好不容易熬过那些让她度日如年的日子，许多事情也渐渐地淡化了。当她看见这个快要散了的家和两个可怜的儿子的时候，她下定决心，一定要撑起这个家，不管再苦再累，也要把他们培养成人，还要让他们上高中、上大学，将来成为有出息的人。

张桂兰拼命地劳作着。白天她很早起床就到地里干农活，挖地、种菜，样样农活她都干，虽然她干起农活来不如男人那么得力，但凭她的勇气和坚强，地里的活还是干得像模像样。每次她下地干活，还要顺便割些猪草，一日三餐都是她操持。晚上别人都睡了，她还在家弄饭，吃了饭再弄猪食，在这些忙完后还要洗衣服，一直要忙到深夜，在这些忙完后还要缝缝补补。两个懂事的儿子要么帮着妈妈做事，要么一边做作业，一边陪着妈妈。

大虎说："妈妈，同学们都说爸爸以前是大老板，肯定有很多钱，都说我穿的还没他们好。妈妈，爸爸是不是给我们留了好多钱呢？"

张桂兰听儿子这么一说，她放下手中的活，抬头看了看他，说："大虎，别听别人瞎说，你爸爸没有给我们留下钱。你还小，有些事你还不懂，你现在要认真读书，将来才会有出息。"

大虎说："妈妈，明天学校组织为一位患白血病的同学捐款，同学们说我爸爸以前是大老板，这次一定要多捐点，我明天去捐不？"

张桂兰笑着说："儿子，不管家里有多少钱，你明天一定要拿钱去捐，帮助同学是应该的。"

说罢，张桂兰递了一百元钱给大虎，大虎接过钱，笑了说："妈妈，我拿这么多去捐呀？"

张桂兰笑了："大虎，这一百元钱，对于我们来说，可以买很多东西，挣这一百元也不容易，但对于那位患病的同学来说，简直太少了，只能为他献这点爱心了。"

大虎依偎在她的怀里，十分高兴地说："妈妈，你真好。"

前不久，张桂兰娘家的嫂子专门来到她家，劝她改嫁，说王大明已经走了，她还这么年轻，总不能一辈子守寡吧，不如趁早找个合适的人嫁了，也好有个依靠。开始她说什么也不同意，让嫂子费了好一番口舌，她想嫂子大老远来，也是为她好，就勉强答应了，她问道："嫂子，你想……

给我介绍哪一户人家呀？"

嫂子听她这样问，知道她同意改嫁了，忙笑着说："我说嘛，你也是个明理的人，会明白我的苦心的。好吧，嫂子早就给你看好了，他就是我娘家的一个隔房弟弟，去年他老婆得癌症死了，是个木匠，挣钱快，人长得也不比你以前的男人差。如果你愿意的话，哪天就安排你们见见面，如何？"

张桂兰似乎还有些不好意思地说："那他有孩子吗？"

嫂子说："他有一儿一女，你再带两个孩子去，你们家就更热闹了。"

她们的这一席谈话，正好被放学回来的大虎听见，他走进屋将书包狠狠地一扔，当场就哭着说："我不同意，妈妈要嫁她嫁，我才不去呢，我就和弟弟过。"

嫂子急忙说："小孩子不懂事，听你妈妈的。"

张桂兰说："大虎，你回来了，快叫舅妈。"

"我才不叫呢，她不是我舅妈，我不想见到她，快让她走。你不是要去给别人孩子当妈了吗？我才不是你儿子呢。"儿子说完，跑到屋里对着墙上他爸爸的遗像大声哭着，"爸爸，要是你在，妈妈就不会改嫁了……"

张桂兰赶忙上前去，抱着大虎说："好儿子，别哭了，妈妈答应你，不改嫁了。"

从此，张桂兰再也不会想改嫁的事，因为她每每想起大虎那无助和痛苦的眼神时，都会让她心碎不已，但同时也让她拥有了力量。白天去地里干活时，她强装笑脸与人说话，晚上在儿子睡了后，她却呆呆地坐在门口，不知是在等待什么，还是在回忆什么。有时一坐就是半夜，坐着坐着就睡着了，醒来后已是大半夜了，眼睛里还流着泪水……

要是以前，她睡不着时，还起来去外面走走，望望山上刘大田那间小土屋，想想他在做什么，或许不高兴的事就烟消云散了。现在，刘大田不知去向，他那间小土屋也变得冷冷的，仿佛那里因他的不在，而不再是她的担心和牵挂了。

第十二章　回乡

一

不久，刘大田又回来了，从他穿着打扮上可以看出，他现在已经有钱了。到了家乡的路口，他下了车，大摇大摆地往村里走，心想：今天的我可不是昨天的我了，以前在村里很多人都瞧不起我，但现在我也能好好地展示一下自己了。回家的路上，有好多人与他打招呼："大田，你这几年去哪儿了？我们都在担心你哟。没想到你还混得不错，发财了！"

刘大田笑着说："我这几年去了县城，找了很多事干。不过，依我的本事，啥活我都能干好，每到一处，老板都不要我走，都想让我长久地干下去。"

"就是，你以前在队上干活时，就是全队公认的能手。我早劝过你出去打工，你在外面肯定会发财的。"

刘大田得意地说："我不但干活行，比起其他打工的，我脑瓜子还要够用得多。我想着长期打工发不了财，就思考着怎么才能挣大钱，嘿嘿，我运气好，正好有个工地老板要承包一个土石方工地出来，他找到我时，你说我能不干吗？我当时一分钱都没有，但就敢接下来这个工程，联络我过去一起干活的几个工友，就热火朝天地干了起来。你看，我就这么自己当老板了。现在呀，我手下有二十多个工人呢，你们如果想去，跟我说声就是。"

他们听后高兴地说："没想到，大田，你如今是大老板了，还看不出你这娃有这本事，在你那儿干活累不累呀？今年过年，我儿子回来后叫他去你那儿干活，别再走得那么远了。"

刘大田说："在我那儿干活不累，活儿轻松得很。每月我发工资都要发好几万。凡在我那儿干活的人，都说我最讲信用，每月定时发工资，从不拖欠。你不知道，现在的老板，有几个像我这样，能月月按时发工资？"

"哎，大田，你那是啥子厂呢？"

刘大田说："我那是建筑工地。"

"哎，说半天，你那是修房子，那在你那儿干活要技术哟？"

刘大田看了看他们，心想他们真是没出过门，啥也不懂。他说："不要，啥技术都不要，只要有力气。"

"行，到时我儿子回来，就去你那儿干活，你得关照一下哟！"

最后，刘大田不知是去看他买的房子，还是去看桂兰，不知不觉地就到了她的草房里，桂兰请他吃晚饭，他没有推辞，下午他买了些鸡鸭鱼肉之类的回来，说："桂兰，菜我已买回来了，你就慢慢做吧，我好久没有吃到你做的饭了。"

张桂兰接过菜，笑着说："你整天在城里吃香的喝辣的，哪里还想吃我做的饭哟？"

刘大田笑了说："虽然我啥好吃的都吃过，但你做的饭，肯定比那些都好吃。"

张桂兰忙乎了好一阵，终于把菜弄好端上桌子，她给刘大田倒了一杯酒说："大田，没想到，这些年来发生了这么多事，以前的事，是我对不起你。"

刘大田说："算啦，过去的事情别提了。那次要不是你呀，说不定我还在派出所里关着呢。"他又喝了一杯酒，深深地叹息了一声："唉，当时也怪我太冲动，现在想来不值，真的不值得那么做。"

二

张桂兰没想到，刘大田现在跟以往不一样了，虽然从穿着上看还不太明显，但从他的说话中却感觉到，他变得识大体了。难怪有人说，人还是要出去见点世面才好，人不出门身不贵，火不烧山地不肥。他刘大田以前在家时，话不多，整天像个傻子一样，走起路都好像歪歪倒倒的。现在，不管哪个看他，也不是当初的刘大田了，站起来伸伸抖抖，走起路来像模像样的。

最让张桂兰吃惊的是，以前她怎么看也看不出他能像今天这样有出息，他一旦走出去就不一样了，难道外面真的能改变一个人？她说："大田，没想到你这几年在外面混，还真混出了点儿名堂。但不知道，你出去了以后，是怎么发财的？"

刘大田喝了一口酒，沉思了一会儿，这几年经历过的苦，受过的罪，都一一浮现在眼前，他说："我出去以后，身上没有一分钱，吃别人扔掉的剩饭，蹲过露天坝，最后终于在一个建筑工地上找到挖土方的活干。凭我能干重活的本事，很快得到老板的赏识，他最后由于事太多干脆就把这挖土方的工程承包给我，一干下来没想到净赚一万多。我有了点本钱，又去承包了几个类似的工程，这样干下来，也赚了些钱。"

张桂兰听后，感慨万千，她知道他是为什么出走的，要不是他因为这事不敢回家的话，他肯定早回来了。也许是天意，是上天逼得他走到今天的。所以还是好人有好报，那些年他在家是怎样过的，别人不知道，她还不明白吗？她不知为他的伤心难过而偷偷地哭了多少回。她说："大田，这么说来，你能有今天真的不容易。我呢，也许是命中注定，就像今天这样，一个人还拉扯着两个儿子，那种苦、那种累是没有人知道的！"

刘大田一想起王大明的死，他不但不同情他，反而还想骂他几句。但他想，他人都死了，骂他还有用吗？一切都过去了，只是苦了桂兰，一个人还要拉扯两个孩子。他说："桂兰，你命不苦，你还有两个儿子。我呢，老婆没了，家也没了。你说，我能比你好吗？"

张桂兰听后，一阵愧疚感涌上心头，她低下头，轻声地问："玉娟有消息吗？"

刘大田听她提起玉娟，脸上的笑刹那间就不见了，又陷入深深的痛苦和回忆中，他沉思了一会儿，回答说："没有，也许她这辈子都可能不再回来了。桂兰，你是她姐，她和你联系过没有？或者你听她娘家人说过吗，她到底在哪儿？"

张桂兰说："我也到处在打听，一直没有她的下落。"

刘大田说："哎，管他呢，她愿意回来就回来，不愿意回来就算了。现在呀，只要有了钱，女人多的是。我不再是以前那个没出息的刘大田了，再也不会因为她而伤心难过了。"

张桂兰又给他倒了一杯酒："大田，我家那房子，是你买了吧？"

刘大田觉得很不好意思，他抬头看了看她，说："桂兰，你别误会，我不是有意要买你的房子。那天，县银行的人专程来到工地上找我，劝我买，我想你这房子卖给别人也是卖，那时我手里还有点钱，所以我就买了。"

张桂兰并没有要怪他的意思，说："大田，你买下了好。你买总比别人买好。"

刘大田不懂她的意思，但看她那伤感的神情，他没有多问，只是说："你们母子可以搬进去住，反正我这几年还要到外面去做事的，有人住着总比没人住着好吧。再说，我也知道你是个勤快人，你天天给我打扫着，比什么都强。"

张桂兰说："那怎么行呢？"

刘大田显得十分慷慨，更有些得意，笑着说："这事就这么定了。"

随后，刘大田告诉她，他的工地上还要很多民工，他这次回来，准备去村里找一些人去帮他挖土方，保证工钱月月兑现。只是现在好多人都外出打工了，想找几个能干活的人都不好找，而工地上又是重体力活，一般人也干不了，所以，他正为这事发愁呢。

张桂兰说："我想去，不知我干得了那活儿不？"

刘大田听后吃了一惊，他从上到下打量了她一下，他也知道张桂兰平时在家比较能干活，但那是工地，干活的几乎都是男人，她去了又能干什么呢？于是说："你想去？"

张桂兰认真地说："是的，我干活虽然没男人强，但再重的活我也不怕，这个你是知道的，你看我能行吗？"

刘大田说："桂兰，你一个女人，怎么能去工地干那种重体力活呢？不过，正好差一个给工人做饭的，我看你正合适。"

张桂兰高兴了，问道："真的呀？"

刘大田说："那你的两个儿子怎么办？"

桂兰想了好一阵儿，说："我那上小学的儿子就放在他叔家，请他帮忙照看着，我那上幼儿园的小儿子呢，又怎么办？"

刘大田说："带去就是了，随便在工地附近找个幼儿园不就得了。"

张桂兰说："你还恨大明吗？"

刘大田苦笑了一下，说："他人都不在了，恨他还有啥用？再说，我今天不再是昨天的刘大田了，出去见了见世面，也多少长了点见识，现在我只想多挣点钱。"

张桂兰说："你买了这房，那山坳上的小土屋呢，拆不拆？"

刘大田说："拆它干什么，那是我爹留下的，是祖业，是根，肯定要留着。"

这时，张桂兰又端起一杯酒，独自喝下去，有些醉意的她脸红红的，看着刘大田，想说什么，嘴动了动，却没把话说出来。他看着她，似乎明白她要说的话，但又不太明白，他没有多问，只顾喝酒。

三

也许是喝了酒，刘大田躺在床上却久久不能入睡，家乡的夜色就像母亲的怀抱一样，成为他心灵的港湾，他也想大声地像个孩子一样哭上一场，把在外面遭受的苦、经历的累全部诉说出来，因为他这些年过得真的不容易。

那晚刘大田跑出去后，也不知道去哪儿。他没出过远门，在他心目中，好像县城就是最远的地方了。但他不敢去镇上的车站乘车，因为王大明家的警察就是镇上派出所的，万一警察在镇上守着就麻烦了，他只能在离镇上不远的山上坐到天亮，然后朝着县城的方向徒步行走。

他走了大半天，终于到县城了，筋疲力尽的他又累又饿，但心里又害怕，害怕镇上的警察在这里蹲守着他，后来实在饿得忍不住了，想着离镇上还有那么远，警察应该不会再找来了吧，于是便去到县城一家小面馆吃了一碗面条。

他又觉得自己是犯了事的人，不能去逛街，所以只敢去比较偏僻的背街那里转悠，累了就坐在楼梯上歇息。坐了好一阵儿，他想着家已是回不去了，身上又没带多少钱，只能去找活干，现在他不是出来挣钱的，是出来躲祸事的，只要能吃饱饭，有个住处就行。

可他这么想着，却又不知道找个啥活干，在这县城里他人生地不熟，又该去哪儿找呢？正好，一个老大爷来捡垃圾，由于年纪大了，他扯了几次都没有把垃圾桶里的纸板给拉出来，刘大田便走过去，帮他从垃圾桶里把厚厚的纸板弄出来，老大爷感动地说："谢谢你，年轻人。"

刘大田看了看那纸板，说："大爷，你捡这个纸板干什么？"

老大爷笑了说："我捡来卖钱，供我孙子上学呀。"

刘大田有点不明白，难道县城里啥都值钱，这些别人扔了的废纸也能卖钱？他说："这些还能卖钱呀？"

老大爷看了看他，知道他是才从乡下来的，好像啥也不懂，便说："当然能卖钱。"

刘大田想了想，既然这些能卖钱，他现在走投无路了，何不也干这个，以此维持生计，他说："大爷，我跟你学着捡垃圾吧？"

老大爷看了看他，说："年轻人，你是刚从乡下上来的吧？"

刘大田说："是的，我才从乡下来的，没找到活干，所以想跟你学着捡垃圾，赚点钱拿去买饭吃。"

老大爷说："这捡垃圾还用学吗，你也太认真了吧！当然，凡事都得有个人引路，我看你这人实在，你就跟着我捡垃圾吧，等你跟着我跑熟悉了，你就自己干吧，捡垃圾虽然发不了财，但保证你填饱肚子是肯定没有问题的。"

随后，刘大田跟着老大爷捡了几天垃圾，在他熟悉了情况后就自己去捡了。几天下来，他除了吃饱饭外，还能住上便宜的小旅馆，于是他就更加努力地捡垃圾了。一天，他到城边的一个建筑工地上转悠，看到外面有一些钢筋，以为是他们扔了的。他刚走过去捡时，就被工地上的保安看见了，把他带到了保安室，说："这是工地里的钢材，你也敢来偷？"

刘大田说："对不起，我不知道你们还要用，以为是你们扔了的。"

保安大声说："你明知道是要的，还来拿，这是偷盗，是犯法的，我得马上报警。"

刘大田一听他要叫警察来，一时被吓着了，他赶忙说："求求你了，别报警察，是我错了，我下次再也不敢来这儿捡了。"

这时，正好一个工头走了过来，问清情况后语重心长地对他说："兄弟，我看你也不差力气，就是随便找点儿活来干，也比偷窃好啊。"

刘大田说："我没有偷，我是捡垃圾。你以为我不想找活干呀，我是找不到，要说力气，我啥重活都能干。"

那工头看了看他，觉得他不像是小偷小摸的人，倒像是一个干活的好手，他说："我看你像是从乡下出来的，要不这样吧，你就去我工地上干活，怎么样？"

刘大田一听，没想到坏事还能变成好事，他高兴地说："真的？你工地在哪儿？"

工头说："就在这里，不过这里的活很重，是挖土石方，你觉得自己干得了吗？"

刘大田说："我干得了，以前在生产队干活时，哪样重活我都能干，队长还时常夸我呢！"

工头说："那就好，你这事我们就不追究了，你去工地上班吧。"

从此，刘大田就在这个工地上上班了，他觉得他能有这活干实属不易，在别人都不愿意挖那石子的硬邦邦的地方时，他却专门去挖。有人认为他傻，但不管怎么说，有了刘大田之后，他们挖土方的活肯定比之前轻松多了。工头了解到这个情况后，说："你们怎么天天都安排刘大田干这个，让人家专门干重活，你们却干轻活，那我发工资时就多给他发点。"

刘大田听后，赶忙说："没事，是我自己愿意干的，不怪他们。"

工头说："我看你就像一个十足的傻子。"

有一天夜里，上班后大家都去玩了，可刘大田却觉得没意思，他在工棚里怎么也睡不着，便跑去工地上干活，正好被从这儿路过的老板看见了，老板说："这么晚了，谁叫你还来干活的，快上来。"

刘大田赶忙走上来，老板生气地说："谁叫你晚上干活的，万一出了事故谁负责？"

刘大田说："老板，没人叫我干，是我睡不着觉，才出来干活的。"

老板听他这么说，气也不是笑也不是，便说："你记住了，下班后就好好休息，不准再私自来干活了。不过，你这种精神值得表扬。"

又过了一阵子，工头突然把刘大田叫到他的办公室，说："大田，你来这这么久了，我认为你干活最认真，也最踏实，是一个靠得住的人。这几天我要去外面办点事，这个工地就麻烦你帮我管理几天。"

刘大田说："好的，你放心，我一定会安排好的。"

在工头走后，刘大田不但每天安排别人干活，他自己还带头干重活，几天后工头回来了，见工地上的活儿干得很好，非常高兴，他说："大田，我真没看错你，好样的！我这几天正好去外面谈妥了一个大工程，我得亲自去那儿了，这儿就交给你吧。再说这点儿土石方工程，我根本就没看在眼里。"

刘大田说："这怎么能行呢，我又没干过这方面的工作，也不知怎么搞啊？"

工头说："好，那这个工程我现在就带你搞，完工后我们四六分成。"

刘大田接过这工程后，他有搞不懂的地方就打电话问工头，慢慢地，他也学会了承包工程和管理队伍。在这个工程完工后，他分得了四成利润，有了第一桶金。这时，又有一个小的土方工程来找工头做，工头觉得这工程太小，利润太低，就把这个工程介绍给了刘大田。

刘大田接过后，带着工友们热火朝天地干，不但工期完成快，而且质量还好。

从此，他就慢慢地成了小老板。

　　这天，初春的阳光暖暖地从头顶上照下来，让人感觉到全身暖洋洋的，张桂兰穿着一件干净的衣服，牵着小儿子，跟着刘大田沿着弯弯曲曲的山路来到村口公路上等车。

　　一会儿，一辆满载乘客的公共汽车，在他们的身边停下。刘大田说："车来了，快上去吧！"张桂兰上车时回望了一下远处的山村，此时她的内心多了一丝感伤，一缕惆怅，或者说是一丝迷茫……

　　汽车开动了，那在视线尽头的小山村，渐渐地远去。张桂兰那挂满泪水的脸上，又露出了苦涩的微笑。

第十二章　去县城

一

到了县城后，刘大田带着他们母子去县城逛了逛。他们在宽敞干净的街道上慢慢地走着，那整齐的商铺让他们高兴万分，那花花绿绿的商品让他们怎么也看不够，那穿着时髦的行人让他们好生羡慕。整齐漂亮的楼房拔地而起，鳞次栉比的商场琳琅满目，新潮高档的轿车川流不息，服饰华丽的人们眉开眼笑……不一会儿，他们来到新建的商贸城内，扑面而来的是珠光宝气、富丽堂皇，到处是新潮和时尚的各种商品，令人眼花缭乱，目不暇接。

刘大田说："桂兰，你还没来过县城吧？县城可大啦，可热闹了，白天和晚上都一样，想要啥都能买到。"

张桂兰高兴地说："县城我来过很多次，但从没今天这样开心过。"

刘大田睁大眼睛看着她说："哎，桂兰，你来县城干什么？我在县城，你怎么不来找我呢？"

不提还好，一提这事她心里不知有多气愤。本来王大明在县城开了门店做生意，按理说她和儿子应该来县城与他一起生活的。可他倒好，有钱了就在外面拈花惹草，把她和儿子抛在家里不管不顾，她来过县城好几次，但每次都看到王大明和其他女人卿卿我我，这让她默默流了好几次泪。不过现在王大明已经不在了，这事也就算过去了。

张桂兰有意避开他的话题，走到旁边一家商店，说："去看看，那里好像有小孩穿的衣服，如有合适的，我给小虎买一件。"

刘大田跟着进去了，可张桂兰看了好一阵儿，又看了一下标价。这时，刘大田说："桂兰，就买这件吧，我认为这件衣服很好看的。"

张桂兰说："没有合适的，不买了，走。"

刘大田明白她的心思，她是舍不得钱，他就很大方地让服务员把衣服装好，他付了钱买下了。服务员笑着说："这就对了，你老婆舍不得钱，你作为父亲就要大方点，儿子嘛，给他买件新衣服穿着，他肯定会非常高兴的。"

刘大田听后，在心里高兴着，他笑了笑，但马上收起了笑容，说："你可别乱说，人家哪里是我的老婆。"

服务员笑了说："不是老婆，那也是你的情人吧？"

刘大田不知是生气或是不好意思了，他来县城好多年了，对情人这个称呼并不陌生，虽然他没有情人。不是他不想找一个，而是他没能遇上，或者他根本找不到。他说："情人，哪像你张口一个情人闭口一个情人，情人能当饭吃？把衣服给我，我懒得和你说了。"

刘大田把衣服递给张桂兰，她却不知如何是好，说："你拿回去退了，我不要。"

刘大田又把衣服递给小虎，说："桂兰，我这可不是给你买的，我是给小虎买的，只要他喜欢就行了。再说，买都买了，还退得掉吗？这是县城，不像我们镇上，买了可以退。"

随后，刘大田叫了两辆三轮车，他让张桂兰母子俩坐一辆，他自己坐上一辆。张桂兰说："还坐这玩意儿呀？大田，何必花这冤枉钱呢，在家我们赶场走十里都行，到了县城还坐三轮车？有多远，我们走路，节省点钱嘛。"

刘大田笑了，他看了看张桂兰，知道她是过惯了苦日子的，处处都很节约。但他现在不是以前的他了，有时陪人吃饭，一桌少说也要好几百，那才叫心疼，那是钱，是一分一分挣来的，可在城里不比乡下，不花钱能行吗？他说："在县城不比我们乡下，走一步路都是坐车，方便。再说在城里，看着没多远，但走起来要走很久的，说不定看得到的地方，真正走起来比我们赶场还要远。"

张桂兰听后，明白似的点了点头。然后上三轮车，她抱着小虎，说："儿子，坐好，别摔着了。"

然后，刘大田叫三轮车往前走，后面的那辆三轮车也跟了上来。

县城里热闹极了，车辆来来往往，打扮时髦的行人也在路边的人行道上悠闲地漫步，有的奔忙于商店门口，有的也匆匆地赶路。最耀眼的是路边那一幢又一幢的楼房，张桂兰抬头看那很高的楼房，脸上露出了欣喜的笑容。记得最开心的是她在二十几年前来过县城，那次她是跟着父亲进城来的，父亲是来县城给队里买柴油机，说是队里管吃管路费，所以父亲就悄悄地带她来了，记忆中的县城是些破旧低矮的瓦房，街头的铺面也仅在那小小的几条街上，哪有今天这么繁华呢。

一会儿，三轮车在前面的一家饭店门口停了下来，刘大田叫道："桂兰，下车，肚子有点饿了，还是先吃饭吧。"

张桂兰看了看装修一新的饭店，她问道："这里贵不贵呀？要是贵，我们就去工地上煮饭吃，能节约就尽量节约嘛！"

刘大田说："不贵，这是小饭馆，随便吃点就行。要是大饭店，那就贵了。"

他就带着张桂兰母子走进饭店，店里的服务员迎上来，招呼他们坐下后，说："刘总，你好几天没来了，今天几个？"

刘大田指了指张桂兰母子："今天呀，我不是陪那些大老板，是陪他们母子吃饭，别像以前那样整得那么高档，今天随便弄几个菜，我们三人能吃饱就行，记住了吗？"

服务员笑了说："我说刘总也太小气了吧，你以前陪那些客人吃饭，那么大方，哪次吃下来不是好几百甚至上千。你今天陪他们母子就舍不得了，这就是你不对了，你总不能亏待他们母子吧？"

二

服务员的一席话把刘大田说得脸都快红了，他抬头看了看服务员，要不是看她是熟人，他肯定要骂她几句，他吃什么关她屁事，他点什么只管去弄就行了，还在这儿啰唆，真是没素质。他瞪着眼睛看着她，说："就按我说的去弄，哪里还这么多废话，真是！"

张桂兰见此情景，笑着说："只要能吃饱就行，多了也是浪费。在我们乡下呀，只要有点酸菜，也能吃，哪讲究这么多。"

服务员把菜谱递给刘大田，说："还是你点几个菜吧。"

刘大田又把菜谱递给张桂兰说："你愿吃啥，就点啥。"

张桂兰搞不懂这玩意儿，又递给他说："你说吃啥就吃啥吧。"

刘大田也边点菜边说："一个粉蒸肉，一个瘦肉丝，一个红烧肉……"

张桂兰问："贵不贵呀？"

刘大田说："嘿，这几个菜，能贵到哪里去？"他又看看张桂兰的小儿子："哎，小虎，你想吃啥？"

小虎说："我想喝可乐！"

刘大田笑了说："这个便宜。"又叫道："服务员，拿两瓶可乐来。"

服务员拿来了两瓶可乐，刘大田开了盖后递了一瓶给小虎，又递了一瓶给张桂兰。

张桂兰问："你呢？"

刘大田说："我喝啤酒。"

服务员看了看张桂兰和孩子，不知是出于职业习惯，还是有意和刘大田套近乎，她说："这是你老婆吧？你看她多好，总是护着你。刘总，你说是吧？"

刘大田急了，赶忙说："哎，你别乱说，她哪是我老婆，她是我的邻居，是我请她来我工地上干活的。你也真是，我们点了菜，你还不去弄，我们赶了这么远的路，还不饿呀？"

服务员笑了，拿着菜单走了。

刘大田转过头对张桂兰说："对不起，桂兰，她不知道情况，胡乱说的，你别生气。"

张桂兰说："我又不是三岁小孩子，不会为一点点小事就生气的。再说，人家不知道情况，她也是在关心我们嘛！"

一会儿，菜端了上来，满满的一桌子，服务员站在桌边给他们倒酒，刘大田拿过酒瓶说："我自己倒。"服务员便走开了。他给自己和张桂兰倒上酒，仨人就慢慢地边吃菜边喝起来。一瓶又一瓶地喝下去，她也差不多喝了一瓶,脸红红的了。看着刘大田连着喝了三瓶,张桂兰劝道:"别喝了,喝醉了不好。"

酒一下肚,刘大田的话也多起来。他说:"这点算啥,要是我陪其他人,起码喝十瓶以上。那天,我陪一个工地上的老板喝酒,他请了好几个高手来,其中还有两个女人。哎,当初我以为只有他们几个男的喝,就只和他们碰,哪知那两个女人也能喝,她们主动端起酒找我碰,一连碰了好几杯。你想想,我还怕她们不成,在家里,哪天没喝酒,最后她俩都喝醉了,我都没喝醉。"

张桂兰听后,知道他喝了酒,又在吹了,男人都有这个毛病。以前王大明回家也是这样,几杯酒一喝,话就多起来,天上地下好像没有他不知道的,天底下好像只有他最能干。刘大田毕竟在县城混了多年,接触的人多,肯定学到了一些,以前是她小看他了,现在看来,他还真不是大家说的那样傻里傻气,是一个有出息的男人。她笑了说:"当然,你以前天天在家喝酒,酒量就越喝越大。现在外面混的人,哪个喝不得酒呢?你看队长、村主任这家喝到那家,上街喝到下街,他们哪个喝不得酒。再说,你再不行,也肯定喝得赢两个女人嘛!"

刘大田听后,得意扬扬地笑了,说:"就是,还是桂兰最了解我。现在我喝酒肯定比队长、村主任行,不信,哪天我请他们喝酒比比。"

小虎喝了一瓶可乐,又吃了一点菜,在一旁玩去了,刘大田与张桂兰又慢慢地喝了两瓶,他问道:"还吃不吃饭,我已吃饱了。"

张桂兰说:"菜都吃饱了,不吃饭了。"

刘大田就叫服务员算账,服务员当面算下来,一共八十元。张桂兰说:"这么多呀?"

刘大田说:"这还算多,要是以前与别人吃饭,哪一顿吃下来不是三五百元。”

刘大田付了钱后，又叫了两辆三轮车，让桂兰母子坐一辆，自己坐一辆，直奔建筑工地。很快，三轮车就到了建筑工地。工地在城郊外的一个开发区内，四处是乱七八糟的石头与弃土，还堆放着一些建筑材料。整个工地一片忙碌的气氛，工人们往来穿梭地劳作着，好不热闹。堆砌在地上旁边的泥土，就是经过他们的手，从地基的土坑里推出的。突然，一辆推土的斗车车轮突然停止了前进，也许是被石头卡住了，也许是道路过于泥泞，他回过身，正对着斗车用力地拉。

刘大田赶忙走过去说：“小心点，别摔倒了，一定要注意安全。”

那位工人笑了笑，说：“好，谢谢刘总。”

张桂兰忍不住走去看看，只见他们戴着黄色的安全帽下，是一个个黝黑的面孔，脸上有着深浅不一的皱纹。看起来一个个都是那么精神，是那样干劲十足，更是那么真实的人。他们为了生存，正在忙碌着。

那些正在干活的人都上前打招呼：“刘总，你回来了。”

刘大田点了点头。

三

在建筑工地上，工人们看见跟在刘大田后面的张桂兰母子，都用惊奇的目光打量着她，又看看刘大田，好像把他们看成是一家人了。刘大田把他们母子领进了工地上临时搭建的工棚里，虽说是工棚，但也相当于农村的砖瓦房。他说："你们就住这里，工地上的住处就是这样子。"

张桂兰看了看工棚，虽说是临时搭建的，还是比农村的房子好。她说："大田，这工棚是你出钱搭建的吗？"

刘大田笑了说："当然是我出钱修的，怎么了？"

张桂兰说："那这个工程完工后，你还能在这儿住吗？"

刘大田看着她，心想，她怎么这么天真呀，工程都完工了，还能在这儿住吗？他说："桂兰，你问这个干什么？"

张桂兰看了看工棚说："你看，这房子修得多好，如果工地一完工，这房子就不要了，那多可惜，也多浪费钱呀！"

刘大田听后明白，她原来是在心疼钱，真是没见过世面。其实，钱哪个不心疼，要想办事就得花钱，工地上这么多工人，不修工棚又去哪儿住？难道去租房子给他们住？那不花得更多。他说："桂兰，这事你别担心了，我在承包时，就预算了这笔钱的。再说，工程完工后，把房子拆下来，材料一样会卖给他们，哪里还要我自己掏钱哟？"

张桂兰听得似懂非懂，她笑着说："大田，没想到你这工地上的事还这么复杂，我不懂这些事。没想到这几年你还真学聪明了，啥也糊弄不了你了。"

刘大田笑了笑，说："当然，我刘大田是什么人，哪个还能难得到我？哎，桂兰，那你们就休息一会儿吧，坐了这么久的车，肯定累了，我还有事要办。"

说罢，刘大田带上门就走了。

第二天，张桂兰就正式在工地上的伙食团上班了。伙食团也是临时搭建的，原来是由老王一个人煮饭，可工地上民工渐渐地多起来，一个人煮饭忙不过来，刘大田就安排张桂兰去帮着煮。张桂兰觉得这活儿还行，工地上别的活她干起来可能还不行，但煮饭对于她来说是轻车熟路了，她在家时几乎天天煮饭，就是家里来几桌人，也多半是她一个人煮。可由于她刚来，对什么都不熟悉，处处都来问老王，老王也耐心地给她讲，她与老王觉得还合得来。

中午十二点，民工纷纷来打饭菜，老王负责打菜，饭就由张桂兰负责。在打饭时，她不是给人打多了就是打少了，打多了的人笑嘻嘻地端着饭走开了，打少了的人要她再添一点，老王说："这样添下去，后面的人吃啥？"

张桂兰就不再添了，有人当面闹起来："我打的半斤饭怎么才这点儿，最多只有三两，我只给三两的钱，你也太抠了点吧。"

张桂兰不敢出声，看着他们也不知如何是好。

老王说："她刚来，不太懂，以后多打点就行了。"

"我今天吃不饱，怎么干活，不添不行。"

"好，好，给他添点。"

当着那么多人的面，一个人闹起来，大伙也跟着闹，眼看收不了场，老王尽力劝说，张桂兰差点儿被气哭了。正好刘大田走来，说："你们干什么，欺负人家才来是不是？有啥意见，过会儿找我说去。一顿少点不会饿死人，你们没吃过饭吗？对这点饭这么计较，还算男人吗？"

民工们听刘大田这么一说，纷纷走开了，也不再闹了。

刘大田又走进伙食团，说："桂兰，以后这些事得多跟老王学学！工地上不比乡下，大家都是为了挣钱才出来的，每顿饭也是从他们工钱里扣了伙食费的，他们挣点钱也不容易，也是血汗钱！"

老王说："刘总，你别说，我才来时也是这样的。她慢慢地熟悉了就好了。"

　　夜里，工地上的民工有的出去逛街了，有的静静地坐着，一个劲地抽烟，他们大都嗜烟如命，一天要是没有一两包总觉得生活好像少了些什么，休息的时候来一根，工作的时候还不忘点上一根。与他们相处过才知道，有烟抽是幸福的，他们才不管什么吸烟有害健康呢。

　　还有的人，三两个聚在一起，大声地说笑着，但细听起来都是些俏皮话。若不是经常听，真的很容易望文生义。而这些又是他们的机密语言，只有他们自己内部人员才听得懂。但有一点可以保证，那就是他们把人骂了，还能让人乐呵呵的。有什么不满，他们会说得很直，想骂谁就骂谁。在工地上骂得面红耳赤，到吃饭时却又相互敬酒，让人实在摸不透这些人的想法和性格。

第十四章　当老板

一

　　张桂兰屋里亮着灯，小虎已经睡了，她就是睡不着，还在为今天的事生自己的气。要是在乡下，不管地里的活或是家里的活，她哪一点比别人差？从没像这样当众出过丑，更没受过这样的窝囊气。那些民工也是，就是饭打少了点，用得着这样计较吗？要是在乡下，哪家还能计较那点饭呢？这也太小气了吧，所以有人说，城里人不大方，她终于明白了。

　　刘大田敲了敲门就走了进来，看见桂兰一脸不高兴的样子，知道她是个很要强的人，肯定在为今天的事情生气。他笑着说："桂兰，还没睡呀，是不是为今天的事生气呢？"

　　张桂兰没好脸色，好像就是他得罪了她一样，他也没在意，傻呆呆地看着她。

　　"你这人也真是，一点小事也让你这么难过？"

　　张桂兰说："伙食团的事真麻烦，没有我在乡下的事情纯粹。早知这样，我还不来呢。"

　　刘大田心想，她这点气算啥哟。当年他跑出来后，在垃圾桶里捡过东西吃，睡过露天坝，去找活干时人家把他当小偷赶走时，他连死的想法都有了，但还是挺过来了。现在，一样不是活得好好的吗？他说："桂兰，干任何事先前肯定是不熟悉的，过几天就好了，别去想了。外面的事就是这样，只有熟悉了就习惯了，习惯了就好了。睡吧，明天还要早点起床做早饭呢。"

张桂兰听他这么一说，也觉得是这个道理，她说："这些人也太小气了，饭少了一点点，用得着这么凶吗？好好说嘛，如果他们没吃饱，我再给他煮都行。"

刘大田说："这个你就不明白了，来我这工地上干活的人都是跟我一样，没技术没文化，全靠下苦力挣点钱，真的不容易，我这工地不是建筑工地，是一个挖土方的工程，全是体力活，你说他们每天干活这么辛苦，他们不吃饱能行吗？"

张桂兰说："好了，大田，我明白了，你回去吧，我也想睡觉了。"

刘大田还想说什么，听张桂兰这么一说，也只好关门出去了。

在刘大田走后，张桂兰躺在床上无法入睡，想着刘大田这些年来对她的关照，也为她做了不少事，她亏欠他太多了。至于刘大田心里是怎么想的，她其实也明白，一个男人在外打拼得多不容易啊，尤其像刘大田这样老实本分的人，能闯出一片天地来得付出多少努力，她多想把他想要的给他，可她却始终迈不出那一步。

刘大田每天几乎是提着公文包，忙里忙外，很少在工地上看到他。现在他是工地负责人了，事情肯定比原来多，但他具体在忙些什么，张桂兰就不知道了。可她总是在心里关心着他，而他也从没跟她说过什么，会不会也像王大明一样，在外面有了女人，依她对刘大田的了解，不可能。当然，人会变的，一旦有了钱，啥事不可能发生呢？

张桂兰向老王打听道："老王，刘总整天不在工地上，他一般在哪儿办公呀？他是不是在外面还有办公室，也会像其他公司一样，有女秘书之类的？"

　　老王笑了，好像听出了什么似的，他说："他作为一个工地老总，忙的事情很多。"

　　"那他整天在忙些啥呀？"

　　"他呀，忙的事肯定很多，你看他这工地上几十号人，每月要指望他发工资吃饭，你说他能没有压力吗？"

　　"那他的办公室在哪儿呢？"

　　"他哪还有办公室，像他这样做工地的人，哪还需要请什么秘书呢？前前后后，里里外外，他一个人打理就行了。一般就是联系工地，找这个老板，找那个老总，在外面混不容易的。唉，这个你我都不太懂。"

　　张桂兰听后似乎明白了，刘大田能混到现在，也真的不容易。难怪他每天回来都很累，整天一个人这样忙来忙去，身边没一个人关心他，心里也不知是啥滋味。只是她不知道他心里是怎么想的，是不是还在想着玉娟或者早已把她忘了？不管忘了也好没忘也好，他的心里肯定很苦，再苦他也得硬撑着，以后不管出于哪种原因，都得多关心他。

　　晚饭后，张桂兰就上街去了。县城的夜晚是光的世界，一条条街道上的路灯亮着，向后望不到尾，像一串串的明珠悬挂在夜空，又像一条条火龙，在夜色中腾飞。街道两旁，七彩的霓虹灯错落有致地闪烁着绚丽的光芒。广告牌上的明星，在灯光的映照下，笑得更加灿烂，更加可人。

　　张桂兰慢慢地走在街道上，远处来来往往的汽车灯光，像飞动的流萤，装点着夜幕下的城市。那高楼大厦的灯火，在夜色的衬托下，宛如悬挂在石壁上的水帘，又像飞流直下的光瀑，把城市装扮得玲珑剔透，格外壮观。

　　张桂兰走了一会儿，她来到一个路边店，买了些毛线，拿着就往回走。心想，她晚上没事时，帮刘大田织一件毛衣吧，他多辛苦呀！玉娟走了，没有人关心他，虽然一件毛衣比起身边有一个人关心还差得远，但也可以让他开心开心，至少能让他知道，还有一个人在关心着他……

这天，一辆小车开进来，停在了工地上，从车上走下来一个胖胖的老头，他问道："你们刘总在不？"

老王闻声走过去，一看这人看似有点眼熟，但很快就想起来了，是黄总，连忙客气地说："刘总出去了，请问你找他有什么事？"

他没有回答，就直接走进办公室，老王给他倒了一杯水，说："黄总，你找刘总到底有啥事，跟我说嘛，我好告诉他？"

黄总看了看老王，好像不想理他，冷冷地说："也没啥大事，就是我又有一个工程，急需找人做，不知你们刘总有兴趣没有？"

老王笑了笑说："这得等刘总回来再与你联系。"

黄总起身，说："过会儿，你们刘总回来，叫他马上来找我。"

老王说："好，你先喝水。"

黄总说："我哪有时间喝水，我的事很多。你一定要告诉他，说我来过，叫他尽快来找我。"

说罢，随后走出去上车走了。

刘大田回来后，老王告诉了他这件事，他高兴极了，说："你怎么不早告诉我？我还以为又是哪个来要账的，先前看见一辆车进来了，就赶忙出去了，现在呀，别人拖着我的账，我也欠着别人的账，别人不给我，我哪有钱付给别人？"

老王听后，明白似的点了点头，说："刘总，这个我明白，以后谁来找你，我会先问原因，我知道该怎么做的。"

刘大田笑了："老王，有你在这儿我最放心。"

二

刘大田在工地外的公路上，叫了一辆三轮车，径直往黄总家里赶去，刚到半路上，他想：这样去，不行呀，这个老狐狸，不拿点礼物去，他肯定心里不舒服的。这几年，他多多少少也懂得了一些打交道的规则，有些事是大家心知肚明的。他便叫三轮车马上掉转头，先去银行一趟，很快从银行里取出一沓钱，放在皮包里，这年头不讲点实际的，哪能办成什么事呢？他又看了看包里花花绿绿的钱，不免心疼起来，这么多钱给别人，他真的舍不得。再说他姓黄的又没出一点力，嘴一动就能挣这么多钱，这公平吗？不公平又能咋办，只有通过他们才能拿到工程，他只是一个干活的人，只能下苦力才能挣钱，这就是人与人的不同哟。

刘大田坐上三轮车，继续往黄总家的小区赶去。这个小区真大，小区内好比人间仙境，长廊九曲十八弯，假山喷泉，让人半天也看不厌。漫步到任何一处，都有人悠闲地说笑聊天，老年人在小区里练功、健身、跳舞，一幢幢高楼让他看得眼花缭乱。他不禁感叹道：住在这个小区里的人肯定都很有钱。

随后，他来到黄总的门前，按响门铃后，问道："黄总在家吗？"门开了，一个人出来问道："你是刘总吧？"

刘大田点了点头，说："我找黄总有事，请问他在家吗？"

"他交代过，如果你来找他，就叫你去那家常去的大酒店，他在那里等你。"

刘大田说："好，我马上去。"

刘大田明白，这个人比人精还精，本来想去他家送个红包把事搞定就行，他还非要去什么酒店，这不明摆着还要他买单，再吃喝一回吗？他黄总是什么人，哪一回不是他请来一大桌人，让刘大田买单？这有啥办法呢，这事搁谁身上谁心里都不舒服。但没有办法，只能伸起脖子挨一刀。

等他到了酒店时，等在那里的黄总就招呼他："刘总呀，我整整等了你两小时，你看现在几点了，十二点半了。我不知道怎么说你，这么大的事，你却没当回事。我告诉你，我也是看在咱俩多年交情的分儿上，才耐心等你，不然，我早就走了。"

刘大田傻傻地笑着，但他心里却有数，他黄总是什么人他还不知道吗！他说："不好意思啊，黄总，我有事来迟了，请你理解。一会儿呀，我多敬几杯酒，给你赔个不是。"

黄总听他这么一说，好像不再生气了，他缓和了一下语气，说："我知道，你是大忙人，你的事也多，我肯定理解。不过，我说刘大田，里里外外你一个人忙乎，多累呀，改天我给你介绍一个女秘书，保你啥事只须动动口，她就会给你办得好好的。"

刘大田一听，笑了："黄总，你别笑话我了，我哪里请得起女秘书哟。不说我没钱请不起，就是想请也请不到，你看我哪像一个什么老总，就是我出再多的钱，也没人愿意呢！"

黄总把刘大田领到一个雅间里，里面已坐着满满的一桌人。黄总介绍："这是分管城建的老李，这是建筑施工队的张队长，这是……"

刘大田快步过去和大家纷纷握手说："好！好！"

黄总早已点好了一桌子菜，刘大田一到就开始喝酒，边喝酒边谈包工程的事，黄总与刘大田初步达成协议，刘大田急忙问："合同什么时候签？"

黄总说："别忙，等建筑施工方定下来了再说，反正这事我们已经说好了。"

吃了饭后，刘大田又请所有人去KTV唱歌，大家都喝得醉醺醺的，一进KTV就各自玩去了。刘大田在服务台打了个招呼，今天的一切费用由他来付，服务台的老板与刘大田是熟人，说："好，刘总，你去玩吧。"

刘大田看不惯那些整天花天酒地，一看见女人就色眯眯的人，他不想陪他们玩，在心里骂着他们：这些人，喝了酒还不算，还要来这儿玩，以为我的钱是抢来的啊，我就这点钱让你们玩，把别人的钱不当钱。他气呼呼地对歌厅老板说："我还有事，先出去一会儿。"

老板说："好的。"

刘大田喝得有点晕乎乎的，他想出门去随便转转，可刚走没几步，就差点摔倒了，便叫了一辆三轮车，把他拉回了工地上，他下车后，便叫来张桂兰："给，给我泡一杯茶。"

张桂兰赶忙走出来，把他扶回寝室，给他泡一杯茶，又打了一盆热水来给他洗了洗脸，说："怎么喝得这么多？少喝点儿，对身体有好处。"

刘大田说："少喝点，少喝点行吗？"

说罢，刘大田喝了一口茶，就倒在床上睡着了，张桂兰给他脱掉皮鞋，把他的脚又挪上床，给他盖上被子，用怜爱的目光看了他好一阵，又摇摇头。

正当张桂兰要出门时，看见掉在地上的皮包，她捡起来，想给他放在桌上，但她又摸了摸，胀鼓鼓的，她拉开一看，惊呆了，厚厚的一沓钱，她赶忙抱在怀里，就坐在床边等他醒来，好亲手交给他才放心。

一会儿，刘大田又在梦中喊起来："喝，再喝，喝……"

桂兰喊："大田，大田。"

三

刘大田又呼呼地睡去了，脸上渗出了汗水，张桂兰又用毛巾给他擦了擦。她认真地看着他，似乎看出了他心里的苦、心里的累，他那闭着的眼睛里藏有伤痛和孤独。

刘大田醒来后，已是下午四点多了。他坐起，看见张桂兰坐在床边，问道："桂兰，你一直坐在这里，我睡了多久？"

张桂兰点了点头，又赶忙把皮包交给他："你睡了好久了，这一觉睡得好香吧？我是不放心这皮包，所以等你醒了后，交给你才放心。你呀，以后要小心点，里面这么多钱，万一被人偷了，怎么得了？记住，以后要少喝酒，钱要保管好。"

刘大田接过皮包，感激地说："好的，我一定会记住的。桂兰，太麻烦你了？"

张桂兰说："大田，你一定要少喝点酒，看你醉成这样多难受。"

刘大田说："为了应酬不喝不行呀。哎，对了，几点了？"

张桂兰看看墙上的石英钟："四点半了。"

刘大田赶忙下床，穿好衣服，张桂兰给他打了一盆水来，叫他洗洗脸。他赶忙洗了脸，又夹着皮包头也不回地说："哦，我还有事，得马上出去。"

等刘大田赶到歌舞厅时，黄总他们还在尽情地玩，他随便找个座位坐下，老板又安排了一个漂亮的美女作陪。美女说："刘总，跳跳舞吧。"

他回答说："我不会。"

又坐了一会儿，美女又说："点一首歌唱唱吧。"

刘大田只顾喝茶，也不搭理那位美女，美女只好无聊地坐在他身边抽着烟，气氛显得有些尴尬。等了好一阵后，黄总他们出来了，笑着说："该走了吧？"

刘大田起身去服务台结了账，然后和黄总一班人离开了歌舞厅。

路上，刘大田把烟给黄总点上，黄总接过烟说："该吃晚饭了。"

刘大田又叫他们在一家酒店里吃晚饭，随后又喝酒，一顿酒喝下来，刘大田简直醉得不行了，但他仍坚持给黄总他们叫上三轮车，然后，自己也叫了一辆三轮车，回工地上去了。

等到了工地上，已是深夜十点多，建筑工地上的民工已经下班了，民工们下班后多半出去玩去了，而工地上除了少数几个人在工棚里打牌外，几乎是没什么人的。

刘大田正好经过张桂兰的寝室门前，见她没关门，顺便往里望了一眼，小虎已经睡了，她坐在床边织毛衣，他没出声，站了一会儿，又转身往他的寝室走去。刚走没几步，一下就摔在地上，张桂兰听见了响声，出来一看，发现是刘大田，赶忙把他从地上扶起来，说道："你怎么又喝得这么醉？你呀，一点也不爱惜自己的身体。"

刘大田摔得满身是泥，张桂兰把他扶进屋里，叫他把衣服脱了。他把衣服脱下后，一屁股坐在床上，就想倒下去睡，张桂兰气急败坏地说："把裤子脱了，上面这么多泥巴呢。"

刘大田虽说醉了，但酒醉心明白，他愣了愣，张桂兰转过身去，他脱掉了裤子，只穿一个裤衩，倒在床上就睡。

张桂兰去打了一盆热水来，给他洗了洗脸，又叫他把脚伸出来，给他洗了洗脚，然后说道："好了，你就好好睡吧。"

也许是酒的作用，刘大田看着张桂兰，看得出来此时他的欲望就像虫子一样，在身上乱爬，他欲控制而不能。张桂兰似乎从他的表情上明白了他的心思，她心里也很矛盾，这么多年了，他心里想的啥，她难道还不知道？本来她想转身离开，却像被石头压着一样，挪动不了身体，仍在他床边坐着。

刘大田看了她好一会儿，像从她的表情上感觉到了什么，他起身，一下拉住张桂兰的手，说："桂兰，你别走，来陪陪我。"

张桂兰抽回了手，转过脸去，可她仍没有走开，她的手却被他紧紧地拉着。她说："别说话了，你醉了，睡吧。"

刘大田像没喝酒一样，下了床，伸手死死地抱住张桂兰："桂兰，以前有王大明在，我不敢对你这样。现在，他死了，你是一个人了。我呢，玉娟走了，我也是一个人，我们两个都是一个人，再没人说什么了，你答应我……"

张桂兰为难了，她看着刘大田，又想依了他，可不知怎么的，她还是在使劲挣脱，但他抱得太紧了，不管她怎么挣都没挣脱掉，无奈地说："大田，你听我说，你说得没错。可你想过没有，这样随便能成吗，那如果这样，别人都把我看成什么人了？"

刘大田说："不管别人怎么说，我都不怕，我就是要……"

张桂兰打断刘大田的话说："大田，你放开，这事以后慢慢地来。"

刘大田这时哪里听得进她的话，他更加疯狂地抚摸她。她猛地惊醒了似的，大骂道："刘大田，你不是人。"啪地给他一个耳光，趁机翻身起床，把衣服扣上，跑了出去，然后跑回了自己的屋里，轻声地哭起来。

这时，刘大田似乎也清醒了好多，他起床，站在门口，呆呆地看着张桂兰的房间，偶尔听见她那轻微的哭声，可她哪里知道，他的心里比她还难受，他也想哭，却怎么也没哭出来，只是心里一片茫然。

都怪自己喝醉了酒，不是，是自己那一直埋藏在心底里的欲望，在酒的作用下，爆发了出来。他从心底里喜欢她，只知道她现在已是一个寡妇，而他呢，是一个光棍汉，光棍跟寡妇在一起，是很正常的事情，可这事又偏偏这么难。

刘大田倒在床上辗转反侧，这一夜注定无法入眠。

第十五章　回家

一

　　过年了，建筑工地上干活的人都走了，张桂兰也带着小虎提前回家了。工地上空荡荡的，刘大田也想回家过年，可他却觉得没脸面回去，张桂兰肯定不会再理他了，说什么也得在她面前有点面子，不然，她会瞧不起他的。他想来想去，决定找个女人帮他一下，好让村里人另眼相看，认为他在外面混得不错，有了钱而且还找到了老婆。更重要的是，他想在张桂兰面前证明一下自己，她不愿意，难道他就没人喜欢了，可他又能去找谁呢？

　　刘大田虽然这样想，但还是觉得这样不好。他回到工棚里，别的工人都欢欢喜喜回家过年了，四处显得空荡荡的。他倒在床上睡了一会儿，可怎么也睡不着，想来想去心里总不是滋味。

　　于是，刘大田翻身起床，来到县城最西边的那条街上，来到他经常吃饭的餐馆，想喝两杯酒，以此打发孤独无聊的日子。可这家小餐馆却放假了，这就搞不懂了，别的餐馆都搞得热火朝天的，巴不得在过年时能大赚一把，可这家餐馆却关了门，他们是不是和钱有仇？既然这家餐馆关了门，那他只能去另一家了。

他刚要转身时，正好碰见在这家餐馆打工的服务员容容，因为他经常在这家餐馆吃饭，他们也成了熟人，他说："容容，这大过年的，餐馆生意这么好，怎么你们餐馆却不做生意了，放假了？"

容容说："老板说一年到头地忙，现在过年了，想让大家回家过个好年，好好地休息几天，钱是挣不完的。"

刘大田点点头说："你们是能好好过个年了，可我今天想喝两杯却没地方去了。"

容容看了看他，笑着说："刘总，你大过年的不回家过年，还喝什么酒呀？"

刘大田说："反正我是一个人，回不回家都一样。哎，容容，你怎么不回家过年呢？"

容容叹息一声说："我也不想回家过年。"

刘大田看了看她，心想他自己不回家过年是因为他一个人，而容容呢，她为什么不回家过年？像她这么漂亮的女人，应该不会没有男朋友吧？他问道："你为什么不回家过年呢？"

容容说："我回去了，父母要逼我嫁人，所以我才不回去呢。"

刘大田以为她是在说笑，但他看了看她的严肃神情，好像她说的是真的，他笑着说："逼你嫁人，嫁人还要逼？我说容容，嫁人是好事，你怎么会不想嫁人呢？"

容容生气地说："好个屁，他们要我嫁给我不喜欢的人。"

刘大田明白了，原来是这样，容容在城里打工这么久了，大概很难看上农村的小伙子了。他说："好了，不说你嫁人的事了。容容，你还没吃饭吧，走，去找一家餐馆，我请你喝酒，怎么样？"

容容笑了说："好呀，反正我一个人在这儿也不好玩，我也正想喝酒呢，走吧。"

他们来到另外一家餐馆，刘大田点了几个菜，要了几瓶啤酒，在菜端上来后，他倒上酒与容容喝了起来。刘大田边喝酒边看容容，看得容容有些不好意思了，但她装作不知道。

刘大田觉得，容容虽然是打工的，但她长相还不错，有一种城里女人的气质，他说："容容，我想请你帮我个忙。"

容容说："刘总，你要我帮你啥忙呢？"

刘大田喝了一杯酒，说："算了，还是不说了。"

容容说："你说嘛。"

刘大田又喝了一杯酒说："那我说了，你可别生气哟。"

容容说："好，你说吧，我不生气。"

刘大田终于鼓起勇气，说："我是……想，想请你给我当一天的老婆，你愿意……不？"

容容吃惊地说："什么，你是来找我当你一天的老婆？我说刘总，你是不是喝多了？"

刘大田说："你别误会，我是想让你假扮我的老婆，跟我回一趟老家，让我在乡亲们面前有点面子……"

听他这么一说，容容明白了，想了想说："原来是这样，我说刘总你是不是有病，像你这样有钱的人还找不到女人，难道面子这么重要吗？真是死要面子活受罪！"

刘大田很为难，他又不好意思把心里的事说出来，他憋红了脸，说："我有我的难处，说了你也不懂。一句话，你愿意不？"

容容说："反正我过年也不回家，一个人在城里又不好玩，我就当你一天的老婆吧，看看你到底要啥面子！"

刘大田高兴极了，说："那这么说，你是愿意了？我也不会让你白帮忙，你只当我一天老婆，我就给你三千元，你看行不？"

容容说："行，就三千元吧，反正还有人管吃管喝，划得来。"

刘大田说："说定了，明天一早我来这儿接你。我们一起回我老家，等过完年，第二天一早我就送你回来。"

吃完饭后，刘大田先是送容容回家，然后便沿着街道开心地逛，街上很热闹，到处洋溢着年的气氛，商店里摆满了花花绿绿的年货，到处都是提着大包小包的人们，这场景让他不禁感叹道：城里过年就是不一样，都是有钱人啊。

他走进一家卖衣服的商店，里面挂着各种各样的衣服，最贵的好几千一件，最便宜的也要好几百元一件。他看来看去，终于看上了一件西装，他叫服务员取下来看看，服务员笑眯眯地说："你买一件嘛，这衣服你穿起来肯定好看。"

刘大田看了看，又试了试，穿起来确实合身，他问道："这衣服卖多少钱一件？"

服务员说："给你打八折，七百元。"刘大田以为听错了，反问道："多少？""七百元，我是给你打的八折。"

刘大田说："你这衣服都值七百元呀？你别喊得太高，我不要了。"

那服务员还不甘心，问道："那你要出多少钱？"

刘大田又认真看了看，反面正面都看得十分认真，生怕有不好的地方没看到，他说："这样，我最多给你三百五十元。"

那服务员一把将衣服拿了过去，说："你这人也真是，也不看看衣服质量，就乱说价，我不卖了。"

刘大田也没说什么，径直走出了商店，随便转了转，就回去了。

二

第二天一早，刘大田换上一身新衣服，来到容容家来接她，又破例打了一辆出租车回老家了。

正是大年三十除夕夜，家家户户弄团圆饭、放鞭炮，山村里年味十足，热闹非凡。刘大田在村口下车后，带着容容专门在村里绕来绕去，巴不得让全村所有人都看见，乡亲们都向刘大田投去十分羡慕的目光。

正在打扫院子的王大爷说："哟，大田，你现在城里当老板，不但挣钱了，还找到这么漂亮的老婆，你真行。我那没出息的儿子，在外面打工三年了，不但钱没挣到，连媳妇也没能带一个回来。"

刘大田看了一下容容，想伸手去牵一下她的手，但又不敢。还是容容聪明，她看出了刘大田的心思，主动挽着他走。刘大田笑着说："当然，我肯定跟他们不一样。王大爷，你知道我以前在队上干活的，不管多重的活儿，我从来没含糊过。所以，我出去后，干活也一样，什么活也没怕过。当然了，现在我当老板了，根本不需要我亲自干活，每天坐在那儿喝喝茶、聊聊天，钱就来了。"

同村的张大姐也笑着说："大田，你现在当老板了，你那儿还要人不？如果要人，过了年后，我也想去你那儿干活。你那儿在县城，离家近，随时可以回来照顾家庭，不像我老公，在深圳打工，一年只回来一次。回一次家呀，有时比登天还难。"

刘大田笑了笑，说："当然行，张大姐，你老公还没回来过年？"

张大姐叹息一声说："可能要过了年才回来。听说是老板叫他看工地，说有加班费，哪个想要他那点加班费哟。大过年的，谁不想一家人在一起。明年他回来，不要他去深圳了，叫他去你那儿干，县城离家近，好经常回来照顾家庭嘛！"

刘大田笑了笑，说："张大姐，你是想他回来照顾你吧？"

张大姐不好意思地笑了，说："就是，哪个不想自己老公在身边呢？"

待走过那院子，容容就放开了他的手，她说："我还以为你带我回来，是见你妈哟，没想到你却是为了这个。刘总，我不知你在城里是怎么混的，别的像你这样的老板，情人小三围着转，你却一个也没有，你是情商低还是其他的地方有毛病？"

刘大田看了看她，一点也不生气，他嘿嘿一笑，说："我没有毛病，你看我这身体，像有病的人吗？"

容容说："好，我相信你身体没毛病。你看，现在你在乡亲们心中，多有地位，多风光呀！他们哪个不羡慕你？"

最后，刘大田低头沉默了片刻，就把容容带去他买的王大明的楼房里，开心地说："这就是我的房子，不错吧？"

容容笑着说："房子再好，也是空的，这么好的房子没人住，不就可惜了吗？你呀，得赶快找个称心如意的老婆，这样才对得起你这漂亮的房子哟！"

刘大田走进屋里，四处看了看，心里十分高兴，更显出得意的神情，感慨道："修这房子时，我不知出了多少力。从拆房子到挑砖、挑沙，到修房子，我天天都在。真是老天爷有眼，我真没白付出。如今，谁也没想到，这房子属于我了。"

张桂兰看见刘大田真的把一个漂亮的女人带回家来了，心里不知有多难受，但她也没办法，这房子是他买下的，只是让她暂时在里面住，再说他又不是她丈夫，也没有她管的份儿。她强忍着不高兴，招呼他进屋坐。

　　张桂兰问道："大田，她是你才认识的女朋友吧？你要带她回来，怎么不早说一声，我好准备一下。你看，这屋里乱糟糟的，多不好呀！"

　　刘大田知道她心里难受，他就更要气气她，他笑着说："是的，她是我才认识的女朋友，叫容容。桂兰，你看容容长得漂亮吗？"

　　张桂兰看了看容容，装得若无其事，但还是看得出，其实她心里很痛苦，她说："很漂亮的。"

　　不管怎样，人都来了，还是得好好招待。她一边弄吃的一边和容容说着话，还叫刘大田去把那只才从娘家捉回来的大公鸡杀了，说容容第一次来，不说是过年，就是她平时来，说什么也要好好招待人家。

　　刘大田本不想去杀鸡，便说："桂兰，这鸡是你从娘家捉回来的，还是不杀了，等过了年你再杀，好好补补你和小虎的身子。"

　　张桂兰说："我这身子不用补了，快把鸡杀了，我们好好热闹一下，好几年了我都没这么高兴过，今年又该高高兴兴地过个年了。"

　　看到这一幕，容容也十分感动，她不但亲热地陪张桂兰说着话，还一口一个桂兰姐地叫着，她把外面的衣服一脱，围上围裙就帮她炒菜，看她麻利的双手，开心的笑容，也算是一个能干、贤惠的女人，还有她炒的菜更是香喷喷的。

　　中午吃饭时，张桂兰不停地给容容的碗里夹菜，容容也不停地把炖得糯巴巴的鸡腿往她碗里夹，她们俩还真像亲姐妹一样。刘大田看着这情景，心里不知是高兴，还是难过，要是玉娟在，她们俩姐妹得多亲热，多开心呀！

　　当然，张桂兰表面看起来很高兴，可心里却很难受，这一点只有刘大田明白。容容又给张桂兰夹了一些香肠、鸡肉……她吃着容容帮她夹的菜，却装作开心的样子说："容容，我这大田兄弟从小没有了父母，没读多少书，但他老实忠厚，勤劳肯干，是个稳重持家的男人。我先前那个妹呀，嫌他家穷，也嫌他老实，走了几年到现在都没有音信，估计她这辈子可能都不会再回来了。现在呀，大田兄弟是个老板了，有钱了……"

刘大田打断她的话说："桂兰，你就别提过去了，你看人家容容第一次来，听到这些多不好呀！"

张桂兰笑了笑，说："行，不提了。容容，你别见笑哟，今天我高兴，就随便说说嘛。"

容容笑着说："桂兰姐，你想说就说吧，没事的，什么话也说得，什么话我也听得的，你说是不是？"

吃完饭后，张桂兰说："大田，今天下午我就在家洗涮打扫卫生，你带容容去村里走走，也要让村里的人看看，你找了个这么漂亮的老婆，好让那些背后说你如何如何的人瞧瞧，你这个老婆并不比哪个差，让他们也羡慕羡慕你吧。"

刘大田很为难地说："桂兰，这样不好，容容第一次来，人生地不熟的，多难为她呀。"

张桂兰说："没事的，我看你也难得这么高兴。容容，你愿意陪他去玩吗？"

容容愣愣地看了看刘大田，他直摇头，示意她别去，这样不好。可她听张桂兰这样说，好像话中有话，不管是出于什么原因，她却偏要和他走走吗！容容走过去拉着刘大田的手说："走吧，我们出去走走。"

三

张桂兰看着他们走了后，心里空空的。她哪还有心情打扫院子，只呆呆地坐在那里，想着与刘大田过往的一切，她真后悔每次刘大田想和她亲热时，她都拒绝了。她也不明白，她到底喜不喜欢他，到底刘大田是她什么人，值得她这么牵肠挂肚，值得她这么难过？

大虎穿着新衣服，在院坝里玩，跑过来问道："妈妈，刘叔叔带来的那个女人，是他老婆吗？我叫她啥呀？"

张桂兰本来就在生气，她一听儿子这样问她，就更生气了，说："小孩子不懂，别乱问，一边玩去。"

晚上，张桂兰已经把屋子里收拾得干干净净的，还拿出花床单和平时舍不得盖的花被子，帮他们把床铺好，叫他们早点儿睡。刘大田说："桂兰，明天她还得回城里上班，今晚她陪你说说话，你和她睡，我就和小虎睡吧！"

张桂兰心里明白，他是怕她受不了，不想当着她的面与容容一起睡，是在照顾她的情绪。她苦笑了一下说："她已陪我说了很多话了，小虎离不开我的，再说你们也累了，就早点休息嘛！"

刘大田说："这……这不好，桂兰，真的，就让容容和你睡吧。"

容容看着张桂兰，更看着急得不知如何是好的刘大田，拍了拍他说："好，听桂兰姐的，我们去休息吧。桂兰姐，你也早点睡。"

说罢，容容就拉着刘大田走进了屋里，关上门，望着刘大田笑了。随后她偷偷地观察他，看他急得团团转，更是站也不是坐也不是，她却咯咯地笑了起来。

　　刘大田坐在床边的凳子上，看着坐在床边的容容，着急地说："我也没想到，这事会变得这么复杂，你看……这下该怎么办呢？你说，容容，今晚我们怎么睡，难道我们真睡在一起？"

　　容容说："你看现在这事弄麻烦了，桂兰姐都这样安排了，我还能说啥，你说现在怎么办吧？"

　　刘大田说："容容，你放心，我要对你负责，说话得讲信用。"

　　其实，容容还是了解刘大田的，他这个人忠厚老实，不可能对她怎么样的。她一点也不紧张，仍显得有些轻松的样子，笑着说："你说，我们今晚到底怎么办好？"

　　经过好一阵不安后的刘大田，似乎也冷静了许多，轻声说："对不起，容容，没想到事情会这样，我不是有意的。真的，我对你绝对没有那种想法，你要理解！这样吧。你睡吧，我就在这儿坐坐。"

　　容容说："你就这样坐一晚？大田，天这么冷，你别感冒了哟。"

　　刘大田说："是的，不过你放心，我不会感冒的，更不会对你怎样的，我这人说话算话，你就安安心心睡觉吧。"

　　容容看了看刘大田，还想说些什么，却没说出口，就自个儿倒在床上睡着了。

　　刘大田坐在那离床不远的凳子上，他都不敢正眼看一眼睡在床上的容容。在这种情况下，他还是有点心动，在他看来，容容也算个美人。他越想就越坐不住，但他还是尽力让自己镇静下来，偶尔也偷偷回头去看睡在床上的她。

　　看上去，容容已经睡着了，但其实她还在防备着刘大田，万一她睡熟了，他真的对她做出什么事来，那就麻烦了。

　　好不容易才熬过了这一夜，天还没大亮，容容早早地起床穿好衣服，说："你快去床上睡会儿吧，我去帮桂兰姐弄早饭，也陪她说说话，等弄好了，我再来叫你。"

没等刘大田回答，容容就把他推到床上，还帮他脱去鞋子和衣服，让他躺下再给他盖好被子，就走了出去。

等刘大田被张桂兰叫醒后，已是农村吃早饭的时间。大约九点了，他翻身起床，张桂兰说："大田，你多能睡呀，睡到这时还不知道醒。"

吃了早饭后，刘大田就带着容容回县城了，张桂兰不舍地说："你们路上小心。"

第十六章　出事

一

回到县城后，刘大田将说好的三千元钱交给了容容，容容也毫不客气地收下了。

刘大田就像什么也没发生一样，依然在建筑工地上忙乎。他似乎忘了昨天回家后的一切，因为都是假的，他也不愿意多想。但只要一有空，他的眼前还是晃动着容容的身影，他觉得她说话的声音很好听，她笑的样子很好看，但他明白所有的一切都只是梦一场，一去不返。

与容容在一起的快乐时光一晃而过，然而她那美丽的身影却留在了他的心中，想赶也赶不走，他也知道这一切都是假的，但他却把她当成真的了。他常想，那晚有她的夜是那么迷人，那晚有她的记忆是那么甜美。他常常想起她那张美丽的脸，也正是她那好看的脸，让他高兴也让他失落。

一天夜里，他在梦中看到她来到自己的屋里，不知道她是怎么进来的，趴在他耳边，窃窃私语，还使劲在他腮帮子上亲了一大口，他的腮帮子立即就被亲出明显的红印。这下可把他惊呆了，不好意思地说："容容，你也不怕人看见，你是不是喜欢我？"容容没出声，只是笑了笑，最后消失在夜色中……

刘大田很想去见容容，可他因为请她当了一天的老婆，反而有些不好意思见她了。哪像以前，没事时他就会去那家餐馆喝酒，偶尔和容容开开玩笑，他没在意她，她也没在意他。

后来，他终于想到了一个能够正大光明的见到容容的理由。

这天，刘大田请工地上的工人吃饭。晚上，他们到容容所在的那家餐馆，他叫道："服务员拿菜单来，我们要点菜。"

这时，只见容容拿着菜单走了过来，刘大田看了看她，觉得容容比以前更漂亮了，眼里也多了一些温情。他说："容容，我们就这么几个人，你看着帮我点菜吧。"

容容看着他，好像也因为他来而高兴似的，但她却没有表露出来，只是微笑地说："行，那我就给你们点了。"

这时有人问道："哎，刘总，她是谁呢？看来，你们好像很熟哟。"

刘大田显得很得意，因为这样才显示出他这老板的身份，他说："当然，我当老板这么多年，肯定有认识的一些朋友，不光认识那些老板，还认识很多漂亮的女人呢。嘿，不和你们说了。当然，她嘛，只是我的一个老乡。"

容容听后，知道他又在吹，但她也理解他的难处，像他这样老实巴交的人在外面混，真是不容易，因而她只是笑了笑。

"人家刘总是什么人，老板，老板肯定认识不少的美女，明白吗？"

"那还用说，人家老板都当上了，难道还没几个相好的女人，这还叫老板吗？"

吃了饭，刘大田带着工人们走了，容容很忙，他没和她打招呼就走了。

有一天，容容突然跑到工地上来找刘大田，说："刘总，我也想请你帮个忙，让你当一天我的男朋友，我也给你三千元，行不？"

刘大田笑了，心想，还有这样好的事，平白无故捡个男朋友来当，还能挣三千元钱，他说："容容，你有没有搞错？找人当男朋友，还要给钱，这事我愿意干。"

容容急切地说："你还贫，人家都快急死了。"

刘大田听后，急忙问道："到底出什么事了，看把你急的？"

容容说："你到了我老家，就知道了。"

二

第二天，刘大田安排好工地上的事，跟着容容乘车来到了她的老家。一回到她家里，容容的父亲和母亲好像还在生她的气，说："你还知道回来，你听周围的人背地里怎样说你，我们的老脸不知往哪里放哟！"

容容说："爸，妈，你别听别人说，我在外县县城里的餐馆打工，我还有一个老公在身边，你不信问他，他就是我男朋友，叫刘大田。"

刘大田站起来，轻声地叫道："伯父、伯母好！容容说的是……真的，她在餐馆里上班，我在建筑工地上干活，只是她的餐馆里太忙，请不到假，没时间回来看你们二老，让你们担心了。"

容容的母亲一听，觉得这个未来女婿也很懂礼貌的，又认真地打量了一下这位女婿，脸上慢慢出现了笑容说："好，回来就好。"

下午，容容的父亲带刘大田去地里干活，他一口就答应了，说别的不行，干活他是好手，挖土、挑粪、打窝……样样活儿干起来有模有样的，深得容容父亲的喜爱。

在地里干活的同时，容容的父亲还时不时叫上在地里干活的乡亲，在旁边抽一支烟，还高兴地和他们聊天，见到一个他就介绍说："这是我的未来女婿，叫刘大田，在县城的建筑工地上干活，他和我女儿住在一起，他们俩每月能挣好几千呢！"

"嘿，你闺女多能干，这几年肯定在外面挣了不少钱吧？你就别干活了，累了大半辈子了，好好在家享享福吧！"

容容的父亲听了，高兴地回答道："就是，我闺女也叫我别干活了，她拿钱回来给我花。还有我这女婿，你看他干活多行，人也踏实，我女儿跟上他，不说享福，至少他不会亏待她嘛！"

"闺女好养，就是难找一个好女婿。现在的人这儿打工，那儿打工，没几天眼睛就花了，没准儿哪天就离婚。找一个踏实点的，才让我们放心，更是少操心嘛！"

刘大田只管干活，不管容容父亲与别人说什么，他都不搭话，说得好他也只笑笑，说得不好他就装作没听见。这时，容容父亲叫道："大田，你别老是干活了，休息一会儿，过来抽一支烟。"

刘大田放下锄头走过来，接过容容父亲递过的烟，点上后，坐在一旁抽着，这让大家对他的印象非常好。

在回家的路上，容容的父亲告诉刘大田："容容这孩子，上完初中就出去打工，小小年纪的她就被人贩子以招工为由，骗到河南卖了，幸好她偷偷地打了个电话回来，我们就及时报了警，不久她就被公安机关解救回来。可她有了那次被卖的经历，村里还有哪位小伙子能看上她呢？后来我们通过媒人给她介绍了一个死了老婆，而且还比她大十岁的男人，我们劝她答应这门亲事算了，可她说什么也不同意。为了她好，我和她母亲还硬逼她必须答应这门亲事，可不管我们怎样逼她，她死活都不答应……她一气之下就跑出去打工了，好几年都没回来过……"

刘大田听后，便安慰道："伯父，容容几年前就和我在一起了，她一直在餐馆打工，这个你和伯母就尽管放心好了。"

容容父亲说："今天她和你一起回来，我总算放心了。不过，大田，容容这孩子个性强，你要让着她点，两个人在一起啊，要以和为贵，家和万事兴。"

刘大田笑着说："伯父，我知道了。你放心，我会对容容好的。"

第二天一早，他们又急着赶了回来，容容将说好的三千元给了刘大田，可他说什么也不肯收，容容也没有客气了，她说："这钱你不要，我就真不给了哟。"

刘大田真的不想要，不是他不喜欢钱，只是他觉得哪个的钱都应该要，唯独容容的他不能要，这到底是为什么呢？他也说不清楚。他说："别给了，就是你真给我，我也不要。"

从那以后，刘大田在县城里再也没有见到容容，他也到处打听过，都不知道她去了哪儿。虽然，对于他们来说，一切都是假的，但对于刘大田来说，通过他和容容这几天的接触，觉得她并不坏，她也是一个善良且善解人意的女人，但毕竟都如过眼云烟，说不上容容的消失对他有多大的打击，但至少让他有点失落。

张桂兰忙完家里的事后，又来到了工地上，她对刘大田也跟原来一样，不冷不热的。

有一天深夜，喝醉了酒的刘大田回来了，一路摇摇晃晃地走进房间。

张桂兰没有睡着，她听刘大田屋里好像有一些奇怪的声音，便开门走出去，站在外面认真地听了好一阵儿，又好像什么都没听到。她心里很是着急，就凑到门缝那往里面看。

这时刘大田开了门，只见他喝得两眼通红，眼睛直直地看着张桂兰说："你来这里干什么？"

张桂兰往里面瞅了瞅说："我看你喝了很多酒，走路摇摇晃晃的，又听到一些奇怪的声音，就过来看一下。"

刘大田说："没什么，你走吧。"

张桂兰说："吐成这样还没什么，你就不能少喝点？"

刘大田说："在外面做事，哪一件容易，身上的压力有多大，你知道吗？我也不想喝酒，可是不喝酒能行吗？我还想找一个人陪陪我，说说话，可为什么就这么难呢？"

张桂兰被刘大田说得不知如何是好，她走到他身边，把正低着头的他一下抱在怀里，轻轻地抚摸着。刘大田用脸在她身上蹭了蹭，想说些什么，但还没张嘴。

三

随着轰的一声巨响，工地上的民工大声惊叫起来，有人大声喊："出事了，有人被埋在泥土下面了。"刘大田赶忙跑过去，堆在坑上的土石垮塌下去后，有人被埋在下面，他赶忙组织民工把下面被埋的人救出来，又急忙送医院急救。

刘大田先去医院安排好，叫医生先救人，他是这工地上的老板，说马上去取钱来付医药费，并叮嘱道："医生，无论如何，也得把他救活，不管花多少钱，我都付。他是我工地上的工人，上有老下有小，这么年轻总不能就没有了……"

医生说："放心，我们的职责就是救人。你不说我们也会全力治好他的腿，只是他伤得太严重，还在昏迷中，你得多准备点钱。"

刘大田去银行里取了钱，又去医院里交了押金，还去病房看了看伤者，安抚他的家属说："你别难过，他是工伤，我会负责把他医好的。"

"刘总，他这一出事，我们家怎么办哟？老人有病等他拿钱回去吃药，儿子上学等他拿钱回去交学费。这下完了，他干不了活了，我们一家老老小小怎么办呢？"

刘大田尽力安慰道："你别担心，他不会有事的。只要他好了，一切都会好起来的。"

经医院抢救后，民工终于醒了。医生告诉他说："初步诊断他的腿骨已被压断，要及时做手术。"

刘大田看到醒了的民工，他那绷着的心一下落地了，他用手擦了擦脸上的汗水，说："医生，他还有生命危险吗？"

医生看了看病人，又认真地检查了一下，说："他脱离了生命危险。但必须立即动手术，晚了，他的腿就保不住了。"

刘大田急了，说："那就赶快动手术吧。"

医生说："要花上万的钱。"

刘大田说："花多少钱都行，只要能够治好他，他还年轻，家里有老有小。"

医生说："好，即使做了手术，也不能保证他不会终身残疾。"

刘大田心急如焚地说："求求您，快去安排手术吧，钱我马上付。"

这样几天下来，刘大田花在医院里的钱就有一万多元，但远远不够。他只好把银行里存着准备发工资的钱，又取出来，送去医院。到发工资时，他没钱发工资，民工们都找他闹，有的开始罢工，还造谣说："刘总这下把所有的钱都赔进医院了，哪儿还有钱发工资，他没钱我们不是等于白干？"

这样的消息一传出，工地上干活的民工们议论纷纷，都说刘大田把所有的钱都拿去救受伤的工人了，不说发工资，就是工人们吃饭的钱都没有了，如果再在这儿干，也只能是白干，不如早点离开。这下，在工地上干活的民工一天比一天少，可施工方又在催进度。

刘大田把老王叫到办公室，说："老王，你跟我几年了？"

老王不知他问这个干什么，他看着刘大田，说："刘总，自从你承包工地时起，我一直就跟着你，有五年多了吧。"

刘大田说："老王，这五年多来，我亏待过你和工地上的民工没有？"

老王用十分感激的目光看着刘大田说："刘总言重了，你从没亏待过任何人，更没有亏待过我老王，从心底里说，我真的感谢刘总你，我算是跟对了人。"

"这么多年来，你可以作证，我从没拖欠过民工的工资，起初那两年，资金再困难，我就是找人借，也是按月发了工资的，对吧？"

"是的，刘总，你的意思我明白了，我一定给民工们做工作，让他们好好干，工资不会少的。只是暂时有点困难，你刘总也会想办法解决的。"老王说。

"老王，这事就拜托你了。你想想，工程进度是签了合同的，拖一天就得被罚款，还落个不讲信用的名声，那样的话，我们就再也别想去承包工程了，明白吗？"

老王说："刘总，我明白了，你放心，我一定尽力说服民工，让他们好好干。"

这事经老王一做工作，民工们的情绪也有了明显的好转，他们干活又有了积极性。但工人们仍旧担心，也有人时不时来找刘大田借钱，他都一一借了。为此，他感到从未有过的压力，也有着从未有过的苦闷。晚上，他叫张桂兰给他炒了两个菜，独自一个人在寝室里喝酒解闷。

张桂兰劝道："这点小事就把你急成这样，还能干得了大事？再说，事情总会解决的，慢慢来。"

刘大田边喝酒边说："这还是小事呀？没钱发工资，谁还来给我干活，他们不干活，不能按合同完成了，到时不能按时交付工地是要被罚款，要是这事传出去，以后谁还会叫我去承包工程呢？"

张桂兰说："那你怎么不少付点钱给医院，先把工资发了，这困难不就解决了吗？"

"不行，救人如救火。如不先付钱，医院就不及时做手术，恐怕连他的命也保不住。那样做，也许对我的工程有好处，别人也许会先这样做，但我不会。"

张桂兰说："做了手术，他还会不会残疾？"

刘大田说："说不准。但我总不能不讲良心，为了工地，为了我自己，而昧着良心去把钱拿来先发工资。我宁愿倾家荡产，也要先救人。"

张桂兰明白他说的话，也说得有理，但实际情况不允许他这么做。不管怎样，也不能让他的工程出问题，也要先保证工程的进度。可他从乡下来，理解乡下人的不容易，这就是他的性格。她摇摇头，没说什么，又给他倒了一杯酒，也给她自己倒了一杯，喝了下去。

第十七章　玉娟回来了

一

喝了好久，刘大田似乎喝醉了。他一会儿哭，一会儿笑，泪如泉涌，鼻涕涟涟。他哭爹喊娘，似遭横天大祸，满腹委屈……

张桂兰不知如何是好，只好让他尽情地发泄。劝也不是，说他也不是，想到他这么多年一个人在外面，又经历了这么多事，心里肯定憋得不行，有好多苦、好多累很想发泄出来，就让他趁着酒兴痛痛快快地哭一场吧。

发泄完后，他倒在床上睡觉了。张桂兰打水给他洗了脸，给他盖上被子，十分心疼地抚摸着他，想用自己的温情去安慰他。可他已呼呼睡去了，她所做的一切，他却一点儿也感觉不到，最后她的脸紧贴在他的脸上，流出不知是伤心还是怜悯的泪水……

刘大田翻了一个身，她以为他醒了，赶忙抬起头，拿开抚摸他的手，转过身去擦着泪水，说道："大田，你已经醒了，饿不饿？饿了，我去给你煮点吃的。"

没听见他回答，她转过身来看，他翻过身继续睡去了。

第二天，黄总又派人来找刘大田去签订那个工地合同。他去了，但在签合同之前，要他先付百分之十五的提成费，他急忙说："黄总，你是知道的，我工地上才出了事，光是医药费就花去好几万。今天我手里确实没钱给你。不过你放心，过几天我分文不少给你送来。"

黄总瞪着眼睛看着他，有点生气地说："我说刘大田，这里头的规矩你不可能不知道吧？一手交钱一手交工程，这个规矩也不是你和我定的，没有规矩不成方圆，我想这个你不会不懂吧？"

刘大田心里很着急，更多的是无奈，但他尽力说好话："黄总，我们也不是第一回打交道了，也合作得这么好。现在我有点困难，你看你能不能看在以前的分儿上，帮我一把。"

黄总哪里认人情，他起身，看都懒得看他，更不想听他说了，冷冷地说："我帮你，哪个又帮我，你不给我，我又拿什么给别人？告诉你，刘大田，现在没钱就别想出来混，哪个还认什么人情，只认钱，明白吗？"

过几天再付，黄总说不行，那合同过几天再签吧。他没办法，只能去贷款，银行里说没抵押的不贷。找熟人借，熟人也个个说手头紧。他憋急了，只好跑回乡下去，把那幢买来的楼房低价卖了，他拿着一万元又去找黄总签合同，可黄总为难地说："这个工程，被李二娃承包去了。对不起，我也是没办法，因为我怕你没周转资金了……所以……"

刘大田急了，心想自己为这事把乡下的房子都卖了，却被他给耍了，他说："你这是要人呀，你也太过分了，你……你简直不是人。"

黄总干笑了几声："我说刘大田，话别说得这么难听，你以前在我手里做的工程还少吗？以后，你难道不想再做工程了？"

刘大田说："我再做，也不会找你要工程。"

说罢，刘大田转身就走了，这下使他的声誉一落千丈，他知道以后在这个圈子里混就更难了。张桂兰得知后，为他难过，便劝道："大田，别为了一个工程就想不开，这个工程没承包到，还有下一个工程，他不包给你做，难道别人也不包给你做吗？"

刘大田喝了一口酒，他说："桂兰，你不知道，这个工程马上完工了，如果没找到工程，这几十个工人怎么办？他们要吃要喝，家里等着拿钱回去，你说，我能不急吗？"

他还想喝酒，张桂兰不让他喝了，说："大田，我知道你心里急，别喝了，事情慢慢会过去的。哎，你该去医院看看那民工了，听说他的伤好多了。"

刘大田忙问道："他伤好了？"

张桂兰说："是的，他的伤已经好多了，你好几天没去看他了，去看看吧。"

刘大田喝了一会儿后，虽然脸红红的，但还没醉，他叫了一辆三轮车，去医院看望这个民工。医生见刘大田来了，对他说："刘总，他的手术很成功，取得了预想不到的效果，可以完全康复。这个手术呀，是我亲自操刀做的，这是看在你刘总的分儿上。"

刘大田欣慰地笑着说："太谢谢你了，医生。我更替这位民工全家谢谢你，他家有老有小，要是有个啥，我怎么向他的家人交代？"

医生笑笑说："可以建议他出院回家去休养，可能要养上三五个月，才能痊愈。"

刘大田去征求他本人的意见，他也同意回家休养，刘大田就不由分说地给了他三千元钱，说是回家养伤的生活费。

等刘大田忙完后，已是夜幕时分，他沿着街道慢慢地走着。远处来来往往的汽车灯光，像飞动的流萤，装点着夜幕下的城市。

刘大田就这样走着，不知是高兴还是失落。城市的夜，有绚烂，也有凋落。而这一切于他，只不过是水面上的浮光，眼前掠过的人影，根本掀不起内心的波澜，一切都显得平平常常。

刘大田自语道："真是见鬼了，难怪有人说，人倒霉时，连树叶子掉下来都要砸人。"

二

安顿好受伤的民工，刘大田心里的一块石头终于落地了，回到工棚里后，他好好地睡了一觉。第二天，他把剩下的三万多元用来发了民工的大部分工资，民工们拿到钱后，又努力干活了，工程很快就如期完工了。眼看这个工程快完工了，还没找到下一个工程，手下几十个民工要活干，更要吃饭。

刘大田又四处去联系工程，可工程并不是想要就能要到的。没办法，他又死皮赖脸地去找黄总，黄总在酒足饭饱之后，说："这样吧，我看你与我不是一天两天的关系了，我手里有个工程，不过工程量大，你愿不愿意干？"

刘大田一听有工程，他高兴地说："只要有工程做，当然愿意，那就签合同吧。"

随后就签下了承包合同，签字生效后，刘大田又把一个纸包递给黄总说："黄总，谢谢你了。我说嘛，我们这么多年的交情，你不可能不给我工程做，对吧？"

黄总收下，脸上没一点不好意思的表情，好像这是他应该得的，笑着说："那我就笑纳了。你说得对，我们毕竟打交道多年，哪次有工程我不是第一个叫你做？"

刘大田笑着说："那是。有你黄总的关照，我还怕没工程做吗？"

随后，刘大田就安排工人进场，工人们又开始忙碌地干活。他们从挖坑、推土，道道工序安排有序。工人们很能吃苦，更是干劲十足，他们整天干活只为多挣点钱拿回家。

可在进场做了一段时间后，才知道这个工程按合同写的根本赚不了钱，还会亏本，刘大田急了，找到黄总后，问道："你为啥坑我？我还以为你是好心，没想到你把这挣不到钱的工程给我，你也太不够朋友了吧？"

黄总说："谁坑谁呀，有好点的工程，我先找你的，是你不要嘛！是你不够朋友，还是我不讲义气，你不要不识好人心！"

刘大田气得想揍他，但他还是尽量控制情绪，说："我当时没有那百分之十五的提成费，你不签。后来，我弄到钱了，你又给别人做了，你还说我，我看你是存心坑我。"

"这年头，没钱就别想干事，懂吗？再说这个工程，我也是从别人手里承包过来的，还不是被别人坑了吗？如今这世道呀，就是这样，吃肉的吃肉，啃骨头的啃骨头，你说谁坑谁呢？"

刘大田气愤地说："你这工程赚不了钱，我不干了，我明天就撤出去。"

黄总冷冷一笑，大声说："随你便，合同签了，不干吗？那到时就法庭上见喽。"

刘大田没法，不管亏多少本，也得咬着牙干下去。

张桂兰知道这一切后，劝他不要再在这圈子里混下去了，干脆回乡下去，搞点养殖业。这种行当，不是他这样老实巴交的人能混得下去的。那个黄总，一看就不是好人，他坑谁不好，偏偏来坑刘大田这样老实的人，还有点良心吗？她以前常听王大明说，刘大田这辈子除了下点苦力外，还能干什么呢？现在回想起来，他说得没错，不是她瞧不起他，是他不适合在这个圈子里混，因为这个圈子里太复杂，总是算计来算计去，凭他的本事还能算得过别人吗，早晚都会被人算进去，弄得到头来一无所有。

张桂兰这下明白了，刘大田在这方面比不上王大明，难怪王大明从承包果园起，人好像就变了，变得让人看不懂，变得让人害怕。这也难怪，生意场上这么复杂，在这个圈子里混久了，好人也会变成坏人。

刘大田说："这个工程亏本，我还可以承包下一个工程，总有一个工程我会赚钱的。你说我不能在这个圈子里混，我偏要在这个行当中混，我就不信我混不出个名堂。"

张桂兰摇摇头说："大田，我不知道该怎么说你好呢，听我一句劝，还是别干这个了，你看你整天多累呀，回乡下或许能过上平安的日子。"

刘大田看着张桂兰，听她说得那么真切，他也心动了，他拉着她的手说："桂兰，谢谢你，你这话说得我爱听，你也是真心为我好，我答应和你一起回乡下，只是现在不能。"

张桂兰似懂非懂地点了点头。

几天后，黄总又开着小车来到工地上，张桂兰不理他，一看见这个坑刘大田的人就恶心。刘大田却迎上去，请黄总进办公室里坐，又叫张桂兰泡茶，她没好脸色，但还是给他泡了一杯茶，就出去了。

黄总问："她是谁呀？"

刘大田说："她是，她是……工地上煮饭的。"

"哦，难怪她不懂得招待人呢！对了，刘总，这个工程能如期完成吗？

如果没按合同期限完成，到时不好说哟。"

刘大田说："知道知道。"

黄总起身说："我走了。"

"黄总，不如我们去酒店喝几杯吧。"

黄总笑着说："那好吧，本来我还有事，但既然刘总你这么热情，那我就不推辞了。"……

三

喝酒的时候，黄总透露出他手中又有一个大工程，问刘大田感不感兴趣。刘大田想：他这个人比狐狸还狡猾，又在下套，等着我去钻。但在这个圈子里混，谁都得罪不起。别急，看他怎么说后再做决定。

刘大田说："算了，你这个工程我都不想做了，哪还能去做你那个工程呢？万一又被你坑了，我这辈子都别想翻身了。"

黄总有点不相信自己的耳朵，他知道，哪个猫儿不吃腥？在这个圈子里混的人，哪个不想要工程，他刘大田那点心思，还能瞒得过他黄某人的眼睛？他说："你是真不想做？我说刘大田，你真是傻到了极点，你以为我还不知道你心里怎么想的。"

刘大田装作一点兴趣也没有，说："别人手里的工程我肯定想做，你的工程嘛，我真不想做了。"

黄总看了看他，实在有点不相信，以为他刘大田怎么了，是不是有病，这么好的一个工程他不想要了。难道那个工程真把他坑得很惨吗？他也太小气了。俗话说：常在河边走，哪有不湿鞋。不说是承包工程，就是走路也会有摔跟斗的时候，他连这点都接受不了，还能成大器？他说："我说刘大田，我不知道怎么说你，你也在这个圈子里混了这么多年了，一点点困难就吓倒你了，你以后还怎么成大器？"

黄总这故意绕圈子的话，难道刘大田还不明白，他不外乎就是想要点钱吗？但他已上过一回当了，说什么也得弄清楚了再说，黄总的为人他信不过，今天坑这个明天骗那个，说什么也得防着他点。当然，他手里不是每个工程都不好做，有的还是能做的，而且还能赚得到钱。

刘大田笑着说："当然，如果你真有好工程，我愿意做。"

黄总说："那得看你的表现了。"

刘大田啥也明白，但他却装作不懂，笑了笑说："黄总的意思？我就是笨了点，听不出你说的是什么，有什么话就请黄总直接说吧。"

黄总笑着说："我看你是在装糊涂，你心里明白得很。我说刘大田，你以为我黄某人真是老糊涂了不是，不说了，你看着办吧！"

刘大田想了想，又喝了一杯啤酒，说："黄总，我还能少得了你的份？"

黄总也喝了一杯啤酒，干笑了两下说："这就对了。年轻人，识时务者为俊杰，算你这娃聪明，我算没看错人。"

回到工地上，张桂兰对刘大田说："你怎么又跟坑你的人在一起吃饭，不怕他再坑你吗？"

刘大田苦笑了一下，很无奈地说："有啥办法呢，要想在这种场合中混下去，就是明知道别人在坑你，也要硬着头皮去上当。不然，就只有拜拜啦！"

"桂兰，帮我煮一碗面吧。"

"你还没吃饭？"

"吃了，在那大酒店里吃的。"

"那为什么还煮面呢？"

"在酒店里陪人家，只顾陪人家喝酒，哪能像在家里一样吃饱吗？快去，帮我煮碗面，放点辣椒吧，我就想吃你煮的面。"

张桂兰冲他笑了笑，说："馋嘴！"

刘大田看着她，仿佛有一种温暖的感觉，也冲她一笑，说："快去煮吧，我真的饿了。"

刘大田吃着张桂兰煮的面，脸上露出了开心的笑。好像只有此时才真正让他感觉到了一种温暖，他大口大口地吃着，像饿急了一样，张桂兰站在旁边看着，叫他慢点吃，如果还没吃饱，她再去煮就是。

刘大田说："够了，这么大一碗，还煮，那不把我撑死才怪。"

张桂兰笑了说："我就怕你吃不饱，所以多煮点。不过，万一吃不完，就别硬吃完，把胃吃撑了不好。"

刘大田嘿嘿地笑着说："我肯定要吃完，因为你煮的面好吃嘛。"

刘大田吃了面后，又伸手去拉张桂兰。张桂兰挣脱开他的手说："大白天，多丢人呀！"转身就出去了。

张桂兰刚走出门，就愣住了，多年未见的张玉娟突然出现在门外。只见她一脸怒气，估计他们说的话她都听见了，啪，张玉娟冲上去给张桂兰一耳光，说："你当初骂我不要脸，可现在你比我更不要脸，大白天，多丢人呀！"

张桂兰捂着脸，跑进自己的寝室。

张玉娟走了进去，在藤椅上坐下，说："没想到吧，我今天会回来，误了你们的好事，是不是？"

刘大田呆愣愣地看着张玉娟问："你什么时候回来的？"

"刚回来，我是不是回来得不是时候？"

刘大田说："这么多年了，谁知道你还回来不？"

"你才不想我回来呢！"说罢，张玉娟低头大声地哭了起来。

刘大田看着张玉娟哭，没有去劝她，也不知如何是好，他只呆呆地看着。此时，他的心情比张玉娟还难受，仿佛这么多年的苦，这么多年的累，都一一闪现在眼前。想当初，他不知在多少个夜里失眠，不知在多少个夜里都独自一个人哭。他好想大哭一场，但却哭不出来，伤在心里，痛在心里。

张玉娟哭着说："你以为你今天有钱了，就可以这样对我了？告诉你，我这次是回家看我妈的，要不是她一直劝我来看你，我才不来呢！你以为你今天有几个臭钱了就不得了了？在广州，比你有钱的多得是！"

刘大田气愤地说："这么多年，你一个信也没有，你让我还能怎样？"

张玉娟哭过后，她抬起头看了看他，仿佛还想说什么，但没有说出口。只默默地相互对视着，似乎有很多话要说，但又好像不知怎么说，更不知道这是温暖，还是痛苦。

这时，张桂兰走了进来，她看到他们这样，她也不知该如何是好，只好强装着笑脸，说："大田，既然玉娟回来了，你就去买点菜回来嘛，好好招待招待，你们夫妻这么多年没见面了，应该高兴才对，别再为小事而生气了。"

张玉娟说："不要你管，这是我们两口子的事。"

刘大田似乎明白张桂兰的意思，他起身走出去了。

张桂兰走过去，帮张玉娟擦去泪水，说："玉娟，你不应生他的气，你想想你当初做的事情，对得起他和我吗？那年你就一走了之，你不知道在你走后，大田是怎么过的，整天喝酒解愁，整夜哭着喊你的名字。他为了你，差点儿闯下大祸而去坐牢，你这样对他，你还有点良心吗？"

　　张玉娟站起来："你不要再说了，我的事不要你管。"

　　张桂兰说："我就是要管，不管怎么说你也是我妹子，咱俩是亲姐妹呀。当然，一切都过去了，不要再提了，你既然回来了，就重新开始吧。你好好照顾大田，他在外面真的不容易。"

　　张桂兰的这一席话，彻底说动了张玉娟的心，她慢慢地低下头去。

第十八章　被坑

一

渐渐地刘大田和张玉娟的情绪缓和了，吃了晚饭，刘大田陪张玉娟在工地转转。

刘大田边走边给张玉娟介绍，这是工地伙食团，是工人们吃饭的地方；这是工棚，临时搭建的，是工人睡觉的地方，在工地完工后就拆。正说着刚好老王走出来，他看了看他们，问道："刘总，她是？"

刘大田笑了，他说："老王，我忘了给你介绍了，她叫张玉娟，是我老婆。她一直在深圳打工，今天才回来。"

老王看了看张玉娟，又看了看刘大田，觉得他俩不像夫妻，但听刘大田这样介绍，也不得不相信了，笑着说道："我说刘总，你都是老板了，哪儿还要她出去打工，叫她帮帮你不是更好。我看你一个人跑来跑去的，多累呀。"

刘大田不知怎么回答老王，他觉得这话说得有理，确实他也是这么想的，要是玉娟能留下来帮他，肯定是好事。这时，张玉娟说："我哪里帮得到他哟，他做工程，我根本不懂，如果我回来帮他，不但事干不好，说不定还会给他添乱。"

老王听后似乎也明白了些什么，笑了笑，说："玉娟说得也有道理。"

老王打了个招呼就去忙他的事了，刘大田和张玉娟继续往前走。

他俩在工地上慢慢走着，工地旁边是荷塘。说是荷塘，实在算不得一个"塘"，只不过十来平方米的水凼吧。现在被工地上的弃土埋了一大半，只有少量的一点点水，在灯光的照射下，竟闪烁着迷人的光泽。

他们走了一会儿，又回到屋里。先前的不高兴也都渐渐忘了，剩下的却是夫妻间的亲热，她将身体慢慢地倒向他，他索性伸出胳膊抱着她。由于多年没见面，他不敢轻举妄动，怕这种美妙的感觉很快消失。他看着她的脸，情不自禁地吻了一下她的脸蛋，见她没拒绝也没主动，他又大胆地去吻她的唇，这下她的眼睛还是没有睁开，可是嘴动了一下，他刚要挪开嘴唇，可是好像有股吸力一瞬间把他的唇又吸住了，竟然是她主动送上了香唇，他的血都要凝固了……

然而这时，不知怎么的张玉娟却推开了刘大田，他无法理解，只呆呆地望着她，问道："玉娟，你这是？要是你不愿意，那你还回来干什么？既然回来了，我们又是夫妻，这么多年没在一起了，我天天都盼你回来，可今天你回来了，又怎么了？"

张玉娟听他这么一说，也觉得对不起他，她伸出手去抚摸着他，说："不是我不愿意，是我不能……"

随后，她向他详详细细地讲述了自从那次出走后的情况，她说："大田，情况都知道了，你恨我不？"

刘大田坐起，点燃一支烟说："只要你回来了，我不恨你，真的。从今以后我们就在一起好好生活，好不好？"

张玉娟也亲切地搂着他，想用温情来弥补这些年对他的愧疚。她说："假如我又要走呢？"

刘大田以为她又在开玩笑，说："不可能，你既然回来了，就不可能再走了。"

"很可能要走，真的。唉——其实，我也不想走，可是不可能。"张玉娟说，"那次我出走后，身无分文，走路到外镇我一个同学那儿，借了点路费，便去了广州，然后在一个鞋厂找到活干，开始还干得比较有兴趣，可看见别人傍大款，穿金戴银的，多神气呀。我不安于现状，心动了，便主动巴结厂里的一个销售部经理，终于经他介绍我进了销售部。"

刘大田问："后来呢？"

"后来，我就干起销售这行业，薪水加提成，每月可挣上一两千元。可有一天，销售部经理骗我去他家里，强迫着与我发生了关系，我若不同意，就只好回车间去干又苦又累又挣不到钱的活儿，最后也只好同意了，可这事有了第一回，就有第二回，这样下来，在我离开那家公司前，隔三岔五地就与他亲热一回。"

刘大田把烟头往地上一扔，狠狠地说："他不是好东西，看我不把他宰成八瓣。我刘大田已不是昨天的刘大田了，今天我有钱了。有了钱，我啥事办不到呢！"

张玉娟说："别急嘛，听我慢慢讲吧。其实我也是身不由己，不然也不会选择离开。后来我听人别人说那位销售经理早患上了艾滋病，艾滋病是啥概念，是绝症……"

刘大田打断她的话说："他活该，是报应。"

张玉娟又继续说："我听到这个消息后都绝望了，我和他做过那事，很可能也染上了这病。于是，我连去医院检查的勇气都没有了，辞了工作，就往家里赶。"

刘大田说："玉娟，你别吓自己，我相信你不可能有那种病，真的不可能。"

张玉娟哭着说："是真的，可能是真的，我知道这种病会传染的。"

刘大田听后，冷静了一下，才缓缓地说："你去医院检查过没有？"

张玉娟哭了一阵，轻声说："没有，我哪敢去查呢？反正查不查不就一回事吗？这病是经过性交传染，我就绝对有这病了。"

刘大田拉住张玉娟的手说："玉娟，相信我，不管你有啥病，我一样爱你，我会尽力照顾你的。"

"我知道你对我好，所以，我想用我最后这点时间，回来给你洗洗衣，做做饭，补偿一下对你的愧疚。"

"不管怎么说，你得去市里的性病医院检查一下，越早越好，早点查出病来好医治。再说，没检查还有可能没有被传染，相信我，过阵子我陪你去。"

二

不管张玉娟怎么说，刘大田还是在她身边躺下，本来她是不想让刘大田碰她的，因为不管从哪方面讲，刘大田都无法与广州那边她认识的人相比，人家有文化、有修养，还懂得怎么讨女孩子欢心。可刘大田不管再有钱，始终是个大老粗。张玉娟被刘大田紧紧地搂在怀里，可她就是不让他来真的，没办法，两人只好控制欲望，只抚摸、只拥抱着。她不知是出于愧疚还是出于对生命的绝望，眼泪也唰唰地流出，他也流下了不知是喜悦还是痛苦的泪水……

第二天，刘大田没出去办事，他就在工地上转转。那些工人正在努力地干活。他想，工人们多辛苦呀，整天重复这样的活儿不知有多枯燥，长年累月在工地劳作，除了劳累和辛苦不说，他们的生活也单调而寂寞。要忍受常人所不能感受的痛苦，他们背起行囊，远离家乡，远离亲人，来到这里，白天辛苦地工作，晚上回到简陋的住处，体会不到家人的温馨。他们在工地上经常一干就是半年，甚至一年都不能回家，一年之中很难和家人团聚几次，他们想家，想亲人，忍受着孤苦单调的工地生活。

他不停地说道："要注意安全，干累了可以休息会儿再干，身体也很重要。"

"刘总，那边全是石头，挖起来很费力，你是不是去找挖掘机来，这样可保证工程的进度，又能减少不必要的劳力。"

刘大田走过去看了看，要说工程上的事，他比谁都懂，因为他就是从体力活干起的。他说："这个我得考虑考虑再说。"

他虽然是老板，也过着跟工人们同样的生活。工作虽然忙碌辛苦，但他们也会苦中寻乐。在下班之余打牌、说笑……或者偶尔买腊肉来炖火锅吃，打打牙祭，改善下伙食，大家其乐融融地围坐在一起边吃边聊，给枯燥的生活增添了色彩。在长时间的共同相处中，工友之间已经结下了深厚的友情，在这样的集体生活中，大家生活上互相关心，工作上相互协作，让人感受到了大家庭式的温暖。

这些年，他也是这样走过来的，要是没有工地，他不知这几年怎么过。不是在家喝酒喝死，就是因失去玉娟而苦闷死。让他感到庆幸的是，他还有一个工地，在外人看来，他当了老板，风光无限。其实，他比谁都过得艰难，但他还是走过来了。

这几天，刘大田就在思考工地上那石头的问题，要是雇挖掘机，当然省时省力，可费用就高了。他找了几个工人商量，最终想出一个好办法，去找附近石厂老板，叫他们找挖掘机来挖，因为这样他们不出钱就可以买石头，这样的好事谁不想要呢？刘大田就亲自去找了一些石厂老板，有的说："你那工地这么远，我们来回拉的路费都可以买到更多的石头了。"

刘大田不甘心，他又去找离他最近的石厂老板，可老板说："我要石头可以，但挖掘机的钱，你得出一半，因为你不能只占便宜，有便宜我们也得一人一半。"

刘大田听后，生气地说："你要就要，不要就算了，这点挖掘机的费用我出得起。"

老板笑着说："既然你不在乎这点钱，还来找我干什么？刘总，你若是想吃独食，世上好像没这样的买卖吧？"

刘大田想来想去，自己只出一半总比全出好。现在的人，哪个不是人精，哪里有点油水他还闻不到？便说道："好吧，就按你说的办。"

到了下午，刘大田突然想起怎么没有看见张桂兰呢，他去问伙食团的老王，老王告诉他："桂兰今天一早就带着小虎回乡下去了。她走时叫我告诉你一声，不要去找她，她再也不会回来了，她在乡下自在得多。"

刘大田又跑去她房里看看，他们母子的东西全带走了，剩下一个空空的屋。他的心里也跟这屋里一样，顿时感到空荡荡的。他独自在工地外的田野里转上几圈，凉凉的风吹拂着他的脸，他那乱糟糟的心感到轻松了许多。他自言自语地说："乡下真好啊，每天除了干活，就是这样悠闲地转也挺好。"

随后，老王跑来喊道："刘总，黄总又来找你了。"

刘大田马上赶回去，见黄总在小车边等他。

刘大田迎上去说："黄总，你找我，有事吗？"

黄总说："那个工程到手了，你愿不愿意做？如果愿做的话，马上就去签合同。"

刘大田说："当然愿意。"

黄总与他谈事情时，总是这样绕来绕去的，像在捉迷藏一样，刘大田难道还不知道他那点心思，不外乎就是借此机会蹭吃蹭喝一回，还要去歌舞厅玩玩，他也算得太精了。遇到这种人真麻烦，但又绕不过，他真不知道怎么办才好。

黄总说："那好，我在渝西大酒店等你。"

说罢，就开着小车走了。

刘大田冲着他喊道："好，我一会儿就来。"

三

下午六点，刘大田准时到达渝西大酒店，这是一个装饰华丽的餐厅。金黄色的灯光，绿色的桌布，淡蓝的窗帘，一看就知道这是一家高档餐厅，平时他从没来过这里，但他早就听说了这家餐厅高档到什么程度，随便吃一桌也要好几千。不看别的，就是看那些身材苗条、气质高雅的服务人员，就给人不一样的感觉。

还没到正式开餐的时间，进店的人三三两两，他们有说有笑。这家餐厅一般都是接那些有钱人在这儿办生日或结婚酒席，而里面的包间才是接待散客用的。

刘大田站在门口，环视整个厅堂。桌椅的摆放、人员的着装、顾客的需求，每一个细节都让来这里的人感到兴奋。正在他想去前台问时，黄总跑出来迎接他说："刘大田，你终于来了，我等了你好久了。现在哪个还吃不起一顿饭呢，硬要等你这饭吃？"

刘大田强装笑脸，表现出十分真诚的样子，说："对不起，黄总。我真的有事，来迟了，请理解。请，进去坐吧！哎，其他人呢？"

黄总很为难地说："对不起，刘大田，我是准备将这个工程给你做，可半路杀出个李老大来，他是管城建的老李介绍来的，我不得不将这个工程给他做了。"

刘大田气急了，脸上强装着的笑不见了，他气得想打人似的，说："你怎么说话不算数？你是不是又在耍我，你难道不知道我正急着要工程做吗？再说，哪次我做了工程后，少了你的好处了？你太不讲信用了。"

黄总干笑了几声说："这个嘛，我也有我的难处。再说，工程嘛，谁都可以做，我愿给谁做就给谁做，做工程的人又不止你一个。工程在我的手里，我也得顾及我的关系，你说是不是？"

刘大田说："你给我的这个工程，里面是石头，外面是水沟，打里面的石头填外面的水沟，你不知道有多费力！不但一分钱挣不了，这个工程做下来不赔一万也要赔八千的。我赔了，心想下一个好工程又可以赚回来，可你……"

黄总也发火道："你发什么火？叫你给我百分之十五的提成费，你有吗？没钱就别想挣钱，谁给我的钱多，我就拿给谁做，这是天经地义的事。换了是你，你也会这样做的。"

刘大田缓和了一下语气说："我们俩也算有点交情吧？"

黄总冷冷地说："交情，交情有钱管用？好，不跟你说了，别人还等着我呢，告诉你，今天你得罪了我黄某人，明天你就别再想从我手里拿什么工程做了。"

刘大田骂道："你这老狐狸，这次把我坑死了，我跟你没完。"

黄总笑了，说："刘大田，告诉你，别把话说得太绝，还是为自己留点余地的好，难道我黄某人还怕你不成？凡事别冲动，我不是怕你对我怎么样，我是怕你万一想不通，回去跳了楼，那我就还得送你一个花圈了。"

刘大田近来遇事也太多了，心情烦透了。加上他为承包这个工程又把黄总得罪了，想到今后再去找他要工程做，肯定就难了。他心里再烦，也没地方发泄，只好一个人生闷气……

天上飘着细细的雨丝，夹杂了河水的流淌声，刘大田迈着缓慢的脚步，走在车如流水的街道上。

街上的行人陆续撑起雨伞，可是他没有。虽然下着雨，但是走在树下的话，还是可以避避的。树木长得奇形怪状的，一切似乎是为了印证这条街道。走着走着才发现，其实跟他一起走的行人极少。大多数的时候都把自己当作车子，走在公路上了。

"刘总，你逛街呀！"另一个工地上的马经荣向他打招呼。

平时他们俩只是认识，没有多少交情。他以为马经荣也在逛街，只是偶尔碰到了。他打了一声招呼，转身就要走，却被马经荣叫住。他问道："马总，还有事？"

马经荣笑着说："你的事我都听说了，想帮帮你。"

刘大田睁大眼睛，他不知马经荣说的是什么事，他问道："啥事？"

马经荣说："刘老弟别瞒我了，我们都是在工地上混的人，你最近被老黄坑了，大家都知道这事。都说他这个老狐狸，再坑也不能坑你，你是干老实活儿的人，坑谁都行坑你怎么忍心哟？"

刘大田听后苦笑了一下说："唉，他这个龟儿子，这下把我坑惨了。我也够倒霉的了，前不久工地上出事，现在连工人的工资都成问题了，又被他这么一坑，恐怕我再难翻身了。"

马经荣走过去，拍了拍他的肩膀，亲切地说："大田老弟，慢慢地来，一切都会好起来的，我以前也被人坑过，但现在我还不是一样干得好好的。哎，你没事吧？"

刘大田说："没事，逛逛街。"

马经荣说："我也没事，我请客，不如我们去喝两杯？"

第十九章 玉娟出面

一

　　于是，刘大田与马经荣又来到一家酒店，点了菜之后，两人就你一杯我一杯地喝起来。酒后吐真言，他就把与黄总闹翻脸的原因一五一十地告诉了马经荣，说着说着他还气愤地骂他几句："这个老东西，简直是人精，他哪里讲朋友义气，全钻在钱眼里了，不得好死！"

　　马经荣看他十分生气，端起酒，与他碰杯，说："老弟，他姓黄的就是这样的人，你还在意他，以后离他远点不就行了吗？来，喝酒。"

　　刘大田喝了酒，还不甘心，说："我早就知道他不是好人，只是在他手里接了几个工程做，表面上我一直顺着他。心想每次都没少给他好处费，说什么他也不会把我坑得这么惨吧。哪知道他比老虎还凶，吃人不吐骨头。"

　　马经荣尽力劝他，说："没事，在这个圈子里混的，根本顾不了情面，他们认什么，认钱！只要你给他的钱多，啥事摆不平，来，喝，喝！"

　　听马经荣这么一说，刘大田也想开了许多，他就放开性子与马经荣喝起来。依他的酒量，一点点酒是不会醉的，可他这时不知是有心事，还是在借酒消愁，使了劲地喝，没几下脸就喝红了，有点醉意了。马经荣却劝他别喝了，说："酒就别喝了，我陪你说说话，你看如何？"

在马经荣的劝说下，刘大田也没喝了。马经荣说："老弟，如果你这个工地完工了，没有工地做的话，我可以让一个给你，我手里有好几个呢，你可以随时来找我。我们都是搞工程的，谁没有难处呢？"

刘大田听后，他笑着说："马总，你真是好人，那太谢谢你了！"

马经荣说："以前，我也跟你一样，被人坑过，也被人骗过。但我还是走了过来，靠的是什么，全靠朋友帮。要是我以后没工程时，我也会来找你的。"

刘大田喝得有点晕，但他还是听得真切，他高兴地说："那就这么说定了。"

随后，马经荣去结了账，他们走出了餐馆。刘大田赶忙来到旁边的烟摊上拿了一条玉溪烟，硬塞给马总，马经荣一再推辞，刘大田说："一点小意思，烟酒不分家嘛。要是你不要，就是瞧不起我刘大田。"

马经荣不知如何是好，他从没想要刘大田什么，他只觉得刘大田耿直，对人有情有义。更重要的是，他觉得同是搞工程的，更应真心帮他一把，因为他知道人在这个时候，需要有人帮一把。他与刘大田推了好一阵，刘大田却硬要把烟拿给他，他只好收下烟走了。

刘大田回到工地上，张玉娟已给他把衣服、被单洗了，又把屋里收拾得干干净净的，让他心里感到暖暖的。这么多年来，他都这样孤独地一个人过着，白天在外面还算好混，夜里回到家里却冷冷清清，不说饭没人煮，就连衣服也是自己洗。他看着忙来忙去的她，不知说什么好，只能用笑来表达内心的感动。张玉娟说："大田，你回来了，饭在锅里，我又给你买了一瓶好酒，还是五粮液呢，你没喝过吧。"

刘大田说："我说玉娟，你别浪费钱嘛，我哪能喝得起这么好的酒呢？

哎，对了，你该休息休息，洗什么衣服被单，我来洗就是了。"

张玉娟笑了笑，说："你什么时候能想到洗衣服、洗被单呢？"

刘大田说："这也是太忙了嘛，整天忙得我头昏脑涨的，哪有时间搞这个。"

"还愣着干啥，快去吃饭吧。"

刘大田进去一看，果然是瓶五粮液，他说："你哪来这么多钱，买这么高档的酒给我喝，以后买酒，买瓶老白干就行了，别这么浪费。"

张玉娟说："这么多年了，我还是第一次给你买酒，不买贵点的，讲得过去吗？"

本来就有些醉了的刘大田，他不知是看到张玉娟的这份难得的情，还是看到这瓶平时难得喝上的好酒，他倒了一杯，喝了下去，连声说："好酒，好味道，这酒真好喝！"

随后，刘大田又坐在藤椅上，抽着烟，他想起与黄总闹翻了的事，心里就生气，就不舒服。想到这么多年来，他刘大田哪一点对不起他，喝酒吃饭、进KTV唱歌跳舞，哪一次不是他买单。今天，说翻脸就翻脸，城里人就是没有乡下人耿直，城里人就是城里人。黄总凭啥在这圈子里混，就凭他能耍手腕，也难怪他说翻脸就翻脸，唉！

张玉娟进来，看见刘大田愁眉苦脸的样儿，问道："出啥事了？"

刘大田急忙说："没，没啥事。"

夜里，刘大田怎么也睡不着，一会儿起来抽烟，一会儿又胡思乱想，总觉得心里不舒服，他不是为了硬要做这个工程，而是觉得这个比狐狸还狡猾的黄总，明摆着是在耍他。虽然明知是在耍他，他也拿他姓黄的没办法，但总不能就这样算了，因为他确实有点过分。张玉娟问他到底有啥事，他把与黄总闹翻了脸的事告诉她。她听后，说："这点小事，也用得着这么想不开，我说你呀，枉在这个圈子里混了这么多年，还不明白其中的规则。"

刘大田问："还有规则，你也说得太悬了吧？我只知道他给工程我做，我做了工程就给他提成费，除了这个，还有另外的？"

张玉娟笑着说："当然有，你呀，以后多学着点。"

刘大田好奇地问道："难道你有办法？"

"我在广州搞销售时，每天打交道的都是大客户，为了让对方买我公司的产品，想尽一切办法也要达到目的。要是像你这样，还干得了事？"

刘大田听到这里，便来了兴趣，问道："啥办法？"

张玉娟说："不说了，说起来你也搞不懂。哎，大田，你根本不适合在这种场合上混，从你的个性和你的为人来看，最好回家去承包个果园或鱼塘什么的，那才最适合你。"

刘大田说："我偏偏就不信这个邪，再硬的石头我也要去碰一碰。"

张玉娟无奈地说："这样，只有你吃亏的，我也是活不了几天的人了。不然，我出马，保证给你把这件事摆平，看他黄总有多大的能耐。"

刘大田说："你去，那怎么行？"

张玉娟说："你就是不懂，在广州，每个公司都有公关部，而搞公关的都是长得漂亮的姑娘，你懂得这种关系吗？"

刘大田被说得似懂非懂的，他想来想去，自言自语地说："对呀，何不让玉娟去把黄总这个工程弄回来，也得出口气，再让这老家伙看看我的厉害。"

二

过了几天，刘大田约黄总吃饭，说是给他赔个不是，黄总答应了。在中午吃饭时，他把张玉娟带去，介绍说："黄总，这是我老婆张玉娟，她来陪你喝两杯，我今天肚子痛，先出去一下。"

黄总一听先是一惊，后来好像明白了什么，他笑着说："我说刘大田，这不太好吧？"

刘大田捂着肚子，装得更像了，说："哎哟，我肚子疼，我先走了。"

说罢，刘大田就出去了。张玉娟倒好酒，递一杯给黄总："黄总，你也别见怪嘛，大田身体不好，他不能陪你，我陪你，难道不是一样吗？"

黄总看了看她，虽不说眉清目秀，但还是有几分姿色。他黄某人在这个圈子里混了这么多年，哪样女人没见过。但眼前的玉娟，却感到有点特别，他从心底里喜欢。他觉得与张玉娟喝酒真开心，手端着酒，浅斟慢饮。她喝起酒来，虽没有男人的那般豪情万丈，却也有其自身独特的韵味。尤其是她那双清纯的眼睛，喝酒的时候，那里面也定然盛了万种心绪，竟是令人无法遗忘。

张玉娟看着他那一脸色眯眯的样子，她想，这个老东西算什么，要不了几下我就会搞定。在广州比他聪明的老板多的是，可我都搞得定，还怕他这个土包子。她说："黄总，你在想什么呢？来，我敬你一杯，你对我家大田呀，真是关照得太好了，我替他感谢你一杯。"

黄总接过酒一口喝了下去："没想到，妹子这么会说话，刘大田真算有福分呀！"

张玉娟没正眼看他，因为一看他那样子就觉得恶心。她说："黄总，要是大田有你这么聪明就好了。"

张玉娟又把酒递过去，黄总又喝了。她又笑眯眯地说："屁股一抬，喝了重来。"

黄总听后，明白她的意思，他又端起酒，但只喝了一半。她说："女人喝一口，男人全喝光。"

黄总听得脸红心跳，但却让他心里舒服，又一口干了，说："没想到玉娟妹子见识这么广，令我黄某人佩服。我也说一个：春眠不觉晓，处处闻啼鸟，举杯问玉娟，我该喝多少？"

张玉娟说："一条大河波浪宽，端起这杯咱就干。"

他们又碰了一杯，黄总没想到，刘大田看起来老实本分，可他老婆却不简单。也不知他刘大田怎么娶上她的，要是他娶上了她，就是睡着了也会笑醒。

张玉娟看他喝了，又倒了一杯酒递给他，说："天上无云地下旱，刚才那杯不能算。"

慢慢地，黄总喝得有点醉了，他说："玉娟，你不能老是编起故事来让我喝酒，你也得喝嘛。"

张玉娟说："你喝了这杯再说嘛！"

平时比谁都狡猾的他，这时好像特别听话，她叫他喝他就喝。只是眼睛直愣愣地看着她，仿佛想把她一口吞下去似的。他心中那点花花肠子，她难道还看不出来吗？他简直是妄想。在广州啥事她没经历过，哪种男人她没见过，除了刘大田和心中的那个他，她谁也不会相信了。

记得她刚去广州时，因为她干活很认真、很卖力，很多人都夸她，主管也时常夸她，从第二年八月份开始，每次发工资，她都能额外领到一百五十块钱，会计总是说因为她表现出色，是主管奖励给她的，让她去拿这钱给自己添点新衣服什么的，开始的时候，她真的以为是因为自己表现出色得到的。

到十月份发过工资的第三天，正好第二天她休息，主管对她说："玉娟，我能否请你帮个忙啊？"

她笑着说："行啊，你说什么事吧？"

他说："明天你休息，请你到我家去帮我打扫一下卫生行吗？平时太忙，实在没时间收拾家里。"

像这类事情，对于她来说的确不算什么事，她就爽快地答应了。第二天一大早，她就去了他家，当时门铃按了很多下，也没人开门，她想他肯定是在睡觉，当她打算逛一圈再回来的时候，他却开了门，一看就知道还在睡觉，被门铃吵醒了，她笑了笑，表示了歉意，他说："没什么的，麻烦你来干活，真不好意思。"

她说："你继续去睡吧，这有我就行了。"

他说："那就麻烦你了，我再睡会儿。"

家里也真够乱的，东西放得乱七八糟的，忙了好半天，才把客厅和书房以及空着的房间给收拾好，桌椅、茶几、电视……都挨个地擦了一遍，从书房经过他房间门口的时候，看到门开着，顺便往里瞥了一眼，也挺乱，心想着，进去一起收拾一下吧。他蒙头睡着，不知道是否真的睡着了，也许门是故意开着的，也许是在假装睡着了，就等她进去收拾。她轻轻地走进了房间，整理了一下床头柜上的东西，拿了个湿毛巾，擦好了床头柜，她弯腰把他扔在地上的鞋子给整理了一下，就开始擦地板上的灰尘。

在她擦得差不多的时候，主管拦腰抱住了她，他笑着对她说："玉娟，跟了我吧，我会让你舒适地过日子的，你的家庭情况我也有所了解，你跟了我，家里人也跟着享福……"她一直望着他，他紧紧地把她抱进了怀里，一边用金钱和职位来勾引着她，一边疯狂地吻着她的脸，直到她眼角带着泪放弃了挣扎……

后来，她发现那位销售经理用同样的方法对付了好几个新来的员工，明白了他只是逢场作戏，心灰意冷之后，张玉娟离开了那家工厂，她就不相信，除了那家工厂，她就找不到活儿干，她虽然是打工妹，但她也有尊严。她不但四处找活干，还十分留意那些广告和宣传单，无意中她看到了一张地方小报，她拿起小报看了看，上面有一则招聘广告，上面说他们公司要招聘业务员，条件只有一条：二十岁至三十岁之间的女性，其他的什么也没有。她看着这则广告，心想反正自己现在没找到工作，也有过销售的经验，何不去试试呢？

于是，张玉娟将自己精心打扮了一番，到了那家公司的招聘处。这家公司不大，是在一座面积不算太大的四层小楼里，楼前有一个小广场，广场前面就是大门，其他的什么也没有，整个院里只有大门口的一个老头在看门，连个保安都没有。

张玉娟走进了办公楼的一楼大厅，进门后有一位年轻女士走了过来，问她："小姐，您好，您是来应聘的吧？"

张玉娟点了点头说："是的，听说你们公司要招聘业务员，我想试试看，不知在哪里报名？"

那位年轻女士笑了笑说："对不起，小姐，招聘处的人现在在四楼开会，如果您不着急的话可以在这里等等，或者直接去四楼等也可以，现在您先在我这里做一下登记，我去帮您通报一声，等招聘处的人开完会后就通知您去面试。"

张玉娟看着这个长得很漂亮的年轻女士，说："那好吧，我先登记，然后就在这里等着吧。"

说完就来到吧台前填了一份应聘登记表交给了那位年轻女士，然后就坐在大厅里的沙发上等着。

过了很长时间，张玉娟仍没有看到有人来通知她。不知又过了多久，只听吧台里另一位年轻女士喊："兰姐，你的电话。"

那位接待张玉娟的年轻女士走到吧台后接了一个电话，然后对她说："小姐，招聘处的陈经理要您到四楼。"

张玉娟听了对她说了声："谢谢！"

张玉娟心里好紧张，她没多少文化，也不知道怎么应聘，但来都来了，就坦然面对吧。张玉娟来到了四楼的招聘处，敲了敲门，里面传来一个男人的声音："请进。"

张玉娟轻轻推开门走了进去，她发现办公室里只有一个年轻的男人坐在办公桌后面，他看了看她，指了指前面的一把椅子说："坐吧。"

张玉娟向那个男人点了点头，就坐在了那把椅子上。她对那个男人很有礼貌地说："您好，您是陈经理吧，我是来应聘的。"

"请问你的求职简历呢？"

张玉娟吃惊地问道："求职简历？什么是求职简历？"

陈经理看了看她，说："看来你对工作的流程不是很了解啊，求职简历是面试时最基本的一个材料，你连这个都不知道，我们公司也不会花太大精力去慢慢培养你，抱歉。"说完摆手做了个请的姿势。

走出公司后，张玉娟眼前一片迷茫，她不知道又该去哪儿，她陷入了自我否定中。后来，她在餐馆打过工，也去卖过服装。最后，她终于进了一家皮鞋厂上班，这家皮鞋厂的三十多岁的刘主管，一直对她很关照，可因为有了前面的遭遇，她就是怕接触他，心想他肯定没安好心。可通过两年的接触，他却从没对她起过歪心思。她最后知道刘主管是广州本地人，和老婆离了婚，人也很文雅，对她是真心关照，也为她动了心，她觉得他不管从哪方面讲都比刘大田有出息，更是她心中喜欢的人。

三

黄总看她想得入迷，他以为她喝醉了，或者真对他有什么了，问道："玉娟，你在想什么呢？想得这么入迷，是不是咱们这样喝没气氛，不如咱们猜子。"

张玉娟猛地惊醒，她笑着说："好呀，那就猜子吧。"

随后，他们又猜子，但次次都是黄总输，黄总不耐烦地说："你这手里是不是弄假了？"

张玉娟若无其事，淡淡一笑，做了一个撒娇的动作，说："没有呀，你看吧。我说黄总，不说你要怜香惜玉，但你也得相信一个人。不是每一个人都像你们生意人那样，总想着坑人，你说是不是？"

黄总看了看，又听她这么一说，他不是不相信，只想与她有点小动作。他就伸手去拧了拧张玉娟的手，哪里是看手里有子没有，只感觉到她的手是这么细嫩、白净，这么好看。摸着摸着他就激动了起来，也许是喝了酒，他真有点控制不住了，他笑嘻嘻地说："没有假，没有假，那继续来吧。"

张玉娟又出子，她说："你说没子，你看我手里有没有呀？"

黄总说："有，有，我说玉娟，你这猜子的技术是从哪儿学来的，整得这么高明？"

张玉娟说："别废话了，这杯酒又该你喝，喝了吧。"

这时的黄总，像变得一点骨气都没有了一样，像傻子一样呆愣愣地看着她，她说什么也都听，说："好，我喝，我喝。"

这时，也许是喝了几杯酒的缘故，还是张玉娟有意使出了女人最本能的也最阴险的柔情，脸上出现了绯红绯红的笑容，一双迷离的眼睛盯着醉醺醺的黄总，似乎要把他的魂勾走，她再用手点了一下早已神魂颠倒的黄总，说："黄总，你能不能再关照我家大田一次，把你手里的这个工程拿给他做？"

黄总很为难，但他看着玉娟那勾人的眼神，还是有点控制不住，生怕得罪她似的。说："这，这个，我已经答应别人了，怎么能再拿回来给你家大田做呢？"

张玉娟又把手伸出去，让黄总摸摸，说："黄总，你看我手里有子没有？你拧拧，使劲摸嘛，看里面有子没有？"

黄总又拉着她的手，拧了拧，又使劲地摸起来，说："没有，没有。玉娟，你手怎么这么嫩呢，摸起来好舒服。"

张玉娟说："真的吗，我这手可是干粗活儿的手，哪有那些小姑娘的手摸起来舒服哟！不信，你再摸摸，是不是这样？哎，你再看看到底有没有子？"

黄总说："真的没有，打开看。"

张玉娟伸开手，里面的子掉了出来："黄总，该你喝了。"

黄总端起酒："我喝，我喝。哎，玉娟，你是不是在玩什么魔术，怎么回回都是我在喝？这不对呀，说什么也该和你喝一杯吧！"

"黄总的意思，是要我陪你喝一杯酒吗？好，我陪你一杯！"

黄总笑着说："好，这才够义气嘛！"

张玉娟问："黄总，酒也喝了这么多了，要是你还没喝高兴，我再陪你喝就是了。这个工程的事，你能不能拿给大田做？"

黄总说："这个，这个……不好办呀！"

张玉娟说："那不好办就算了，我也不陪你继续喝酒了，你看这气氛，我俩真算是找到喝酒的对手了，黄总，你说是不是？"

正在喝得尽兴的黄总，哪里肯就此罢手呢？他说："这事可以商量。"

张玉娟显得一脸不高兴的样子，说："怎么个商量法？"

"就是提成的事。"

"多少？"

"百分之十五，行了吧。"

"不行，太多了，最多只给你百分之十，不行就拉倒。我家大田这点事，只要我出面，随便找个人都能摆平。黄总，你说是不是？"

黄总想了想，说："玉娟，你别生气嘛，这事好商量，好商量。百分之十就百分之十吧，酒逢知己千杯少，我们再喝，喝个不醉不归。"

这时，刘大田走进来。张玉娟感到很吃惊，她都以为刘大田真的走了，原来他还没走，还一直躲在包间外，他比她想象的还是要聪明得多。刘大田把手里早已准备好的合同递给黄总，说："黄总，就按你说的办吧。"

黄总大吃一惊，但他只能装作没事一样，说："这个，这个太性急了吧。"

张玉娟站起来，走到黄总身边，把酒递给他说："黄总，你说出的话，怎么又反悔呢？来，为了这个工程，为了我们今天喝得愉快，我再与你碰一杯。"

黄总接过酒，与她碰杯后就喝了，又看着桌上的合同，她用手拍了一下黄总的肩，说："早签晚签，今天签明天签不是一回事吗？黄总，既然这样，不如你就做个顺水人情，当面把这个字签了。"

黄总看看张玉娟，似乎欲罢不能。她冲他一笑，他便只好把字签了。刘大田按百分之十的提成，把钱付给了黄总。随后，她起身说："黄总，改天再喝吧，我还有事，先走了。"

黄总虽已喝得醉醺醺的，可他看着张玉娟就这样走了，马上生气了，他站起来说："玉娟，你不能就这样走了，你要的工程我给你了，合同也签了，总不能一点情面也不给吧？快坐下来，我们再喝，你说过要喝个不醉不归的，你不能说话不算话吧？"

张玉娟回头看了看他，淡淡一笑说："黄总，对不起，我改天陪你，大田肚子疼，我得陪他去拿药，你慢慢喝吧，再见！"

说罢，张玉娟拉着刘大田就走了出去。黄总有些醉了，站起身想留她再喝一会儿，可转眼间她与刘大田已走出去很远了。黄总方知上当，狠狠地叹息一声："唉——"又坐回原处，一个人发泄似的喝起酒来。

他边喝边自言自语地说："真没想到呀，刘大田哪里又冒出这样一个漂亮的老婆来，他真是有艳福呀，要是我娶到她这么漂亮的老婆，就是死也值了。"

第二十章　离婚

一

　　没过多久，一天早上刘大田打了辆出租车带张玉娟去市里性病专科医院检查。他们走进大厅，看到挂号处排着长长的队伍。

　　挂了号，上二楼传染科排队候诊。这里排队的人已经很多了，他们只能耐心地等。候诊大厅里有电视，有座椅，但空气不清新，让张玉娟有种透不过气的感觉，她走到楼梯口站着，空气好了很多。医院的人，不管是医生、护士，还是病人，全都来去匆匆，像是和时间赛跑一样，似乎只有她，像闲人一般，一点儿也不着急。

　　就这样，他们等了一个多小时，才轮到她。医生是个三十来岁的人，还算温和。问了问情况，就开了一张单子，叫他们去检查，说："这个病潜伏期很久，一般是刚开始没查出来，在三个月后才能查出来。"

　　张玉娟十分担心地问："医生，那我过去两年多了，现在检查是不是就能确定我是否感染了这病？"

　　医生看了看她，说："是的，但你得先去检查了再看。"

　　听医生这样说，她心里更紧张了，脸上出现了害怕和忧虑的神情，也让刘大田跟着紧张起来。他心里明白，万一查出她有艾滋病呢，艾滋病是绝症，就等于给她判了死刑。在检查之后，要下午才能拿到结果，他们就只能等。

刘大田用手拍了拍她，似乎想用这种方式安慰她，他说："玉娟，要下午才能拿到检查单，我们先出去吃饭，吃了饭出去走走？"

张玉娟说："好吧。"

他们就在医院外的一个路边摊上吃了饭，然后就去逛街。张玉娟开始还因为担心一直没心情，可逛着逛着仿佛就忘了这一切。她一个摊接一个摊地问，也一个店一个店地看，不像男人逛街那样直奔主题，她慢慢悠悠地转，前脚一踏进五彩缤纷的商场，立即满眼迷醉得找不着北了。满商场东张西望，不管买与不买，都是这摸摸那看看，仿佛是要挑选一件精美的艺术品。

刘大田看她看得这么认真，问道："玉娟，你是不是想买衣服？要是你觉得哪件衣服好看，就买吧。"

张玉娟说："不买，我衣服够多的，我只是想看看。"

刘大田也帮着她看衣服，他并不知道她喜欢哪种款式的衣服，也不懂哪种样式的衣服好看，他只能随便看，顺手挑了一件花衣服，问道："玉娟，你看这件衣服好看不？如果好看，你就买，我付钱。"

张玉娟走过来，拿起来认真看了看，她说："我说大田，你不懂啥衣服质量好吧？你看这件衣服的布料，摸起来粗糙，再看做工，也不细致，一定是冒牌货，不要了，我们去别的商店看看吧。"

有人说陪老婆逛街很累，而此时的刘大田却不这样认为，他喜欢陪玉娟逛街，她看衣服时，他会在一旁帮助参考欣赏。但她还价时，他总是远远避开，一来不好意思看她和人家讨价还价，二来商家看有男人陪着就会故意说些好听的，他就站在外面，等她买好后再进来付钱，然后笑笑。

逛了好多家服装店后，张玉娟终于看上了一件衣服，可不是给她自己买，而是给刘大田买，她叫刘大田试试，他高兴地试了试，穿起来很合身，玉娟说："买下吧，我看这件衣服你穿起来很好看的。"

刘大田说："还是给你买吧，我有衣服穿。"

张玉娟笑着说："你哪有什么好衣服，整天在外面混，连件好衣服都没有，还像个老板吗？这事我做主，买下。"

在张玉娟和老板好一番讨价还价后，终于以对半的价格买下来了，这让刘大田不得不佩服她？也感慨还是有老婆好。

等下午医生上班后，他们拿到了检查单，医生告诉她："恭喜你，是阴性，不是艾滋病，只有轻微的性病，吃点药就会好的。"

张玉娟高兴极了："真的？太谢谢你了，医生。"

回来后，张玉娟前后判若两人，精神一下子好了许多，她背着刘大田去卫生间给广州的刘主管打了一个电话，她说："这阵子我一直在和我的丈夫沟通，他就快同意和我离婚了，到时候我们就能在一起了。"

刘主管说："太好了，玉娟，你快回来吧，你被提拔为主管的任命也快要下来了，等这个结束以后，我们就结婚。"

张玉娟兴奋地说："真的啊，太谢谢你了。等我回去再陪我妈几天，我就回广州找你。"

刘主管说："好的，不过到时候你打算怎么谢我呢？"

张玉娟嗔笑道："来了再说，讨厌！"

张玉娟打完电话后回到屋里。她对刘大田说："大田，我没有病，没病啦，我又可以干自己的事了。"

刘大田也开心地笑着说："对呀，没病就好，你真让我担心死了。玉娟，这下你放心了，我也放心了。"

刘大田迫不及待地把张玉娟往床上抱，但她却一把推开了他："你干什么？大白天的多丢人呀，再说我没有心情。"

刘大田问："没病心情该好呀，怎么反倒没心情了？"

张玉娟说："现在查出没病了，我想的事情难道就是做这个？告诉你，我的心又已飞到广州去了，我要去做我想做的事。"

夜里，张玉娟半躺在床上，她在他们两人之间比较、抉择着，她知道刘大田对她一直很好，也明白他这些年等待着的痛楚，但他在她眼里就是一个只知道干活的人，当初要不是家里人劝她，她怎么会嫁给她呢？本来她也有嫁鸡随鸡的心理，但是通过这段时间的相处，觉得如果这辈子就这样和他在一起，真的有点划不来。她在广州不仅可以发展得更好，还有一位一直关心和帮助她的人，他还在等着自己。

突然，张玉娟对着同样躺在床上的刘大田说："大田，我想好了，我们离婚吧。"

刘大田简直不敢相信自己的耳朵，瞪大了双眼，急着问道："什么，你说要离婚？"

"对。因为我们根本就是完全不同的两种性格的人，更不是一个层次上的人，我心中想的远远不仅是眼前的这些，我还要跟随时代的潮流，去沿海城市发展。而你呢，我劝你还是趁早回去承包一些果园或是鱼塘，或者在乡下搞点养殖什么的，那才是你能干的事，在现在这种场合上混，你真的不行。"

二

刘大田听不懂张玉娟说的这些，他有些失望了，更有一种说不出理由的伤心。说："我们结婚五年来，没有真正在一起过上几天好日子。你那天回来，说你有病，我想你不会再走了，我想一辈子照顾你。现在你没病了，你却要离婚，这是为什么？"

张玉娟说："如果不离婚，我也照样不会在家里过日子的。因为我的心永远都在外面，我想做的事太多，这样搞得两个人都痛苦。不如离了，好聚好散，大家都轻松自在。"

刘大田不知说什么好，他真的接受不了这个现实，更不知张玉娟是怎么想的，外面虽好，可不能没有一个家呀？他还想劝她，别这么快做决定，离婚不是小事，得慎重考虑，但他却不知怎么说，他只呆呆地看着她，希望她能改变主意。

张玉娟说："大田，希望你理解我，不要再劝我了，我心意已定，就是你不同意离婚，我也不会在家的。这样，对你也没有好处，只能是你的一种负担。"

刘大田听她这样一说，知道再也劝不回她了，也不想说什么，所有的话都显得多余。这么多年来的盼望一时间变成了难过，他对她的思念也化成了失落。

凌晨三四点时，刘大田醒了，张玉娟还没睡着，背朝着他，他用手去抚摸着她，她却侧着身子躲开了！

刘大田说："一日夫妻百日恩，就算你要走，至少现在你还是我老婆，我连碰都不能碰你了吗？"说着又伸手过去。

张玉娟见他又用手来抚摸她，有些犹豫地说，说："你……你能别这样吗？你如果再动手，我就死给你看，不信，你试试看？"

刘大田知道她的脾气，就不敢对她那样了。也不想再说什么，起身走了出去，站在外面的工地上，看着远处明亮诱人的灯光，以及黑压压的树影，他感到眼前的一切，这工地，这金钱，也包括玉娟这个活生生的人，就像浮云一样，转眼间一晃即逝。

迎面吹来清晨第一缕微风，淡雅的气息沁入心田，清晨的第一抹阳光轻抚他的脸庞，丝丝温暖映入心间，感觉非常惬意。风拂动着思绪，柳树轻轻地随风飞舞，妩媚婀娜。朝阳轻浴，云雾环绕的远山连绵起伏，一直都在忙来忙去的他，似乎从未感受到清晨所带来的舒适感，利益和生计每天充斥着人的神经，在这里只是劳累、孤独、艰辛……

不管刘大田怎么劝张玉娟，她都像吃了秤砣一样，坚持不改变之前的想法。最后，他只好无奈地说："离就离吧。"

过了几天，刘大田与张玉娟就去民政局办理了离婚手续。她把有两万元存款的卡递给刘大田说："大田，不管怎么说，我们也算夫妻一场。说真的，这样做，我知道对不起你，如果不离我觉得更对不起你。这点钱，就算我对你这五年来的愧疚做点补偿吧。"

刘大田冷冷地笑了一下，说："你以为这点钱，能补得起我这些年对你的思念，能补得起我这些年因你而受的苦吗？这些年，你知道我为了你，受了多少罪，吃了多少苦，总在盼望着你能回来，可现在盼来的却是这种结果，我认命了，不管怎样总算有个了结了。不过，我刘大田再穷，也不可能穷到那地步吧？钱你拿走吧，我不要！"

张玉娟把卡扔在桌上，头也没回地转身走了。

刘大田望着她的背影，嘴里还想说什么，可没有说出声来，只是鼻子一酸，哭了起来。

张玉娟走后，刘大田在床上睡了两天，老王一次又一次来劝他，也无济于事。

这时，黄总开着小车来了，他来工地上就冲刘大田骂道："你这王八蛋，想尽一切办法来坑我，以百分之十的提成费就把我打发了，反倒还让我把管城建的那个老家伙得罪了，看不出你小子还真有一套呢，算我小瞧你了。"

刘大田正为玉娟的事生气，此时听见黄总的骂声，更是火上浇油，他走出去，气愤地把合同扔给他："把合同拿去吧，老子不做了。"

这下把黄总也弄糊涂了，他接过合同："这，这，你是不是疯啦？"

刘大田转身走进工棚，黄总愣了一阵，他不知道刘大田这是怎么了。到手的别人争来争去的这么好的一个工程，他反而不要了，弄得黄总摸不着头脑，但很快他就冷静下来，说道："那百分之十的手续费，我过两天给你送来。"

刘大田的这个工程很快就完工了，他把民工的工资发了后就打发民工走了，他下决心再也不在城里混了，再也不会在包工程的这个圈子里混了。他只想回到宁静悠闲的乡下去，因为他想到玉娟说过的话，他不宜在这种场合中混。也许更重要的是乡下有张桂兰。此时，只有她好像才是他的全部。

三

几天后的一大早，刘大田把县城的事处理好，他就坐上县城去小镇的公共汽车，向生他养他的那个小山村赶去。一路上，他心里既激动又感到悲哀，既感到心情舒畅又有些茫然。总之，一种复杂的心情让刘大田流下了不知是伤心还是难过的眼泪……

车到了村口，刘大田下了车，他就像一个陌生人，慢慢地欣赏着村口的美景。村口那棵老槐树仍在，粗壮的干、稀疏的枝和枝上油亮的叶子，整个村庄就像刚刚在水中洗过一般，似乎有丝丝缕缕的沧桑。它就那么平和地注视着他，目光里满是关爱和询问。他能清楚地闻到它的味儿：稻花的清香、青草的碧绿、汗渍的咸涩，还有在外面奔波的苦和累。

他走近那棵树，用手摸了摸，想向它倾诉倾诉，不知怎么却没说出来。

随后，他径直往张桂兰家走去，张桂兰仍住在楼房旁边的草棚里。她见刘大田回来了便说："你不在城里陪玉娟，回来干什么？"

不问还好，一问他的泪水一下就滑落了下来，很难过地说："她……她走了。"

"什么，她又走了，你怎么不留住她呢？她也是，好不容易回来，又走了，心中还有你这个家吗？大田，她去哪儿了？"

"去广州了，她这下再也不会回来了，我们离婚了。"

张桂兰感到很吃惊，但也明白他们早晚都会这样的。她知道玉娟一直看不上他，加上这些年在外面过着灯红酒绿的生活，她肯定眼睛盯到的不是他刘大田这样的人。她看了看他，深深地叹息了一声说："我说你呀，这事怎么不告诉我一声？她说离，你就同意了？你就这么听她的？你就不为你自己想想？"

刘大田支吾着："我，我……有啥办法呢？"

晚上，张桂兰弄了满满的一桌子菜，又给他倒了一杯酒，也给自己倒了一杯酒，陪他喝起来，他把所有的情况都告诉了她。

张桂兰说："你回来了好，明天去找队长，听说队里还有一口鱼塘正愁没人承包。"

刘大田高兴地说："鱼塘，那我明天去看看。"

张桂兰说："我可以帮你看鱼。"

刘大田抓住桂兰的手说："桂兰，只有你最理解我，最关心我，我们……以后就在一起养鱼过日子吧。"

张桂兰动情地点头说："嗯！"

随后，张桂兰去给他收拾床铺，叫道："你今晚就睡这儿吧。"

刘大田说："不，我还想回家去看看，好久没去看看了，回去看一看那间小土屋，才觉得踏实。"

张桂兰说："我送你。"

刘大田说："不了，我今晚没有喝醉。"

刘大田走出了张桂兰家，朝着那山坳上的小土屋走去。老屋的前面有一棵枣树，枣树上有一根横向的树枝，一直延伸到老屋的屋顶上，每年一到临近麦收的季节，那枣树便开满了密密匝匝的米黄色的枣花儿，院子里从早到晚便飘散着阵阵浓郁的清香，很远便能闻到那浓浓的枣花的香味儿，引得那成群的蜜蜂儿一天到晚围着那枣树，嗡嗡嘤嘤地忙个不停。

每到夏夜之时，他总铺一张草席在屋顶上，躺在上边数星星，乡村的夏夜，总是那样安详而宁静。这间小土屋不知留下他小时候多少甜美的梦和长大后的多少孤独与寂寞……

　　这时，小土屋在明净美丽的月光下，显得朦朦胧胧的，不管怎么朦胧，在他心里，也渐渐地清晰起来，他仿佛看到一轮鲜红的朝阳，正把那小土屋映得鲜红、明亮……

第二十一章 承包鱼塘

一

那晚，刘大田还是回到他的小土屋，他看着屋顶老旧的梁柱，看着裂了缝的木壁，蒙了灰尘的墙壁，还有那些破损的桌椅、柜橱和坛坛罐罐……它们和小土屋子一起，像老古董一般，积淀着厚重的过去，散发着久远的气息。

这些年，尽管他在外面奔波，却时常在梦里回到这小土屋。土砖的墙，可以漏下阳光或者月光的灰瓦，吱呀叫着的关不严实的木门，窄浅的房，棉絮下铺着稻草的暖暖的床铺。记忆深处的东西，怎么也不褪色，随着年岁的增长，沉淀得愈来愈浓、愈来愈深。

他似乎不知道疲惫，把屋里打扫了一遍，将那盏煤油灯擦得干干净净，然后将灯点上，那温暖的灯光，照亮了小土屋。那晚，他在小土屋里美美地睡了一晚。

第二天上午，刘大田乐颠颠地提着两瓶好酒和一条好烟就来到队长的家里。

队长刚从村里开会回来，他见刘大田来了，忙迎上来说："哎呀，刘大田，这么多年了，你在外面发财了，今天还来看我，你没有忘记我，哎，快进屋里坐。"

刘大田走进屋去，把酒和烟递给队长，说："一点小意思，请收下。"

队长接过烟和酒，十分高兴，他没想到，刘大田还送他礼物，说真的，自从土地下放到户后，他这个队长在群众眼中就是个没用的人了，哪个还把他看在眼里呢？没想到刘大田还来看他，还对他这么好，这让他激动万分。他说："你看你看，买东西做啥呀，随便来就是了。"

队长叫他老婆快去炒两个菜，今天他要和刘大田喝两杯。好多年没见了，也听说刘大田在外面发财了，他能有这份心，说明他以前没白关照他。哪像有些人，在集体时，凡安排活儿和借粮借钱，让他没少操心，现在出去经商发财了，不但不感激他，就是偶尔碰见，也当不认识似的，那些人才是见利忘义。

队长说："前几年呀，我这个当队长的还算有点权吧，不是这个上门找，就是那个来请，都是关于安排活儿、评工分分粮的事。现在呀，土地承包了，我也没多少事了，我这门庭也清静了，有时十天半月连个人影都没有了。"

刘大田说："他们没事，还来找你干啥呀。"

队长说："不说别的，就拿你刘大田来说吧，那几年在队里也是'红人'一个，谁不夸你干活行。现在不同了，以前在队里专偷懒的人，如今做生意或者做手艺都不同程度地富了起来。当然，你也发财了，我早就看出你是一个不简单的人，在集体时，我没有少关照你吧，哪一样重活，我不是点名要你去干，好多挣点工分，工分多了就能多分点粮食。庄稼人过日子，能图个啥，还不是填饱肚子就行了吗，现在呀，不一样了。"

刘大田说："那是，那是。"

队长老婆很快就把菜炒好了，一一地端上桌来，队长从屋里拿出一瓶白酒，倒上与他喝起酒来。两杯酒一下肚，两人的话就多了起来。队长说："以前专找我照顾的，有事没事往我屋里跑的人，现在反过来瞧不起我了，他们发财了，盖起楼房了。我现在不是以前的队长了，以前呀论吃论穿，我哪一点比不上人家，现在我却什么也没有。"

刘大田端起酒杯，说："来，喝……喝！"

队长说："只有你还记得我，看得起我，今天还特意回来看我，我高兴呀！"

"队长，我有点事找你帮忙。"

"啥事，只要我能帮忙的，一定帮你。"

"听说队里有一口鱼塘还没有承包出去？"

"对呀！哎，我说刘大田呀，你在外面混得那么好，还回来承包鱼塘干啥？"

刘大田又喝了一口酒说："外面也不好混呀。我想回来承包鱼塘，既能挣点钱，又清闲得多。"

队长说："你如果要承包，当然好。只是我搞不明白，别人都说在外面挣钱容易，拼命地往外走，你既然已经走出去了，也赚到钱了，还回来做啥？"

刘大田说："这个，这个……反正我决定了，回来承包队里的鱼塘来养鱼。"

随后，两人签下了合同，承包期为三年，每年交队里两千元的承包费，刘大田与队长分别在合同上签了字。他随后又悄悄地把两张"大团结"递给队长，队长吃惊了说："你这是，不要！让别人知道了，还不知说我些啥呀！"

刘大田硬塞给他说："不是别的意思就当是我孝敬你老人家的，你以前没少关照我，你当是我的干爹，总行了吧。"

队长接过钱，十分感动地说："刘大田，我真没看错你，在队里时，也算我没白疼你哟！"

刘大田起身告辞了，之后，他走到队里的那个鱼塘边，四处看了看。

那个鱼塘里仍有着满满的水，清澈透明的水在微风中荡起一轮一轮的微波。刘大田想：如果把塘坝再加高点，还多灌点水，这样在热天也不会干了。他不太懂得养鱼的技术，投放些啥鱼种最好，得先去请教一下村里的那个养鱼专业户，看第一批投放哪些鱼，第二批投放哪些鱼，怎样搭配更合理。

刘大田看了一阵后，又往张桂兰家走去，说："桂兰，鱼塘的事已经办好了，承包合同为三年，每年向队里交两千元的承包费，你看这个费用贵不贵？"

张桂兰点点头说："以往别人承包都是这样，还能少吗，少了群众能同意吗？"

刘大田说："也是呀，再说承包合同上字也签了，还能改吗？"

过了好一会儿，刘大田又说："桂兰，快栽秧子了，你的栽秧田还没有办好吧，我去帮你办田。"

说罢，刘大田就脱下外衣，又准备脱鞋子。张桂兰上前制止他说："谁还要你去给我整田呢，你现在是大老板了，能吃这份苦吗？再说了，谁不说你现在在外面混得不错，你今天去给我整田，谁不笑话你……"

刘大田说："我干活没错，怕谁笑话呢？"

张桂兰说："你不怕，我怕！"

刘大田不懂其中的意思，说："那，那我做啥？"

张桂兰想了想，笑着说："你就在家里喝茶，我去整田，待会儿回来煮饭给你吃。"

刘大田看着桂兰一脸认真的样子，只好穿上衣服，说："那好吧！"

二

又是一个晴好天气，阳光下的乡村，绿树环绕。青青的小草铺满屋后的小土坡，坡不高，小草摇动着纤细腰肢尽情地长着，草丛中夹杂着不知名的野花，白的、红的、蓝的，引得蝴蝶翩翩；村旁的小溪欢快地流淌，树枝上的麻雀叽叽喳喳地叫着，池中的青蛙欢乐地上蹦下跳，蜻蜓上下翻飞，风把杨柳枝吹得轻轻地拂动。

这些曾经熟悉的情景，对于刘大田来说既熟悉又陌生，这些年他在城市里奔波，很久没看到过这样的美景了。田间地头到处都能看见辛勤劳作的人们挥汗如雨；人们背对着烈日的炙烤，没有任何怨言，在他看来，没有辛苦的劳作，没有夏天的挥汗如雨，就没有秋天的累累收获。

刘大田请人挑泥巴把塘坝加高，又在鱼塘边临时搭建一间小屋。整个鱼塘边，老老少少十多人在忙碌着，他又像在城里建筑工地上似的，指挥着别人怎么干。他说："这点小工程，哪里算得了什么工程哟。想我原来在县城搞工程那阵子，哪一个工程不是几百万，几十个工人天天干，都得干上三五个月，那种场面干活才叫过瘾。"

"可惜当初你没叫我去干。我说刘总，你也太不够意思了吧，有好事轮不到我们，现在这点小儿科活儿，却要请我们干。当然，我不管你工程大小，只要能挣钱，我都干。"

刘大田笑着说："要是你来我那儿干，每月肯定能挣好几千，你干几年下来，少说也能盖起一幢楼房哟。"

"有这么好的事？刘总，你当老板，肯定比工人工资高，对吧？"

刘大田说："当然，不然，哪个还当老板呢？"

"那你挣到好多钱，你怎么没盖起楼房呢？"

刘大田听后，不知怎么回答了，转过身去，说："我懒得和你们说了，干活吧。"大家一阵大笑，笑得刘大田有些不好意思了……

煮饭当然在张桂兰家里，她就帮刘大田煮饭，忙屋里的事。

这天，刘大田吩咐去街上买菜的李涛，把一挑满满的肉、菜、烟、酒放在屋里，张桂兰看见李涛累得满脸是汗，就给他打了一盆热水来，说："李大哥，真是麻烦你了，洗洗脸吧！"

李涛接过水盆，笑着说："谢谢了。"

张桂兰看着他，因为挑着这么重，又走了这么远的路，很累的样子。她说："谢什么呀，你帮大田干活，他忙不过来，我替他帮你打盆热水，这有什么好谢的啊。"

李涛问："桂兰，刘大田怎么不在城里赚钱呢，回来搞这玩意儿得多辛苦呀。再说，忙乎来忙乎去的，到头来还不一定能挣到钱，他这又是何苦呢？"

"他呀，你们不了解，我最了解他，他最适合干这个事。你看他在外面风光，可他却过得比谁都艰难。外面的事呀，也不是那么好干的。哎，李大哥，你老婆病逝快一年了吧？"

李涛说："已经有一年多了，我整天在外面忙来忙去的，也没能照顾好家庭和孩子。家里没有一个女人，也真不像话。"

张桂兰也深有感慨地说："就是，家里如果缺少这么一个人，真是够累的。就像我家王大明死后，我们母子三人也不容易。那种苦是没人能理解的。"

李涛看着她，知道她是个十分能干的女人。自从王大明死了后，她多累多苦呀，整天忙里忙外的，大家都看在眼里。他说："这我知道，不过你能干，还是把家里搞得有模有样的。我就不一样了，男人一般只会干农活，要说打理家，还是不如女人。"

过了一会儿，李涛说："我该去鱼塘边干活了。"

张桂兰十分同情李涛那可怜兮兮的样儿，所以下午收工回来，她就给他打热水去。遇到喝酒时，李涛不胜酒力，有人硬劝他酒，她也要说上一句："人家喝不得了，你就别劝了，酒量有大小，万一喝出个啥来，多不好啊！"

晚饭后李涛回家，张桂兰给他做一个火把，叫他在路上小心点，别摔倒了。在帮刘大田挑泥巴垒塘坝与搭建临时小屋的这几天里，张桂兰确实没少关心李涛。

从那以后，李涛在心里总不停地夸张桂兰是个能干的女人。这不是他现在才感觉到的，在生产队时他就看到她干活的，她不管是栽秧子还是割麦子，干得并不比男人少。就是立秋后晒谷子，没有一个女人不夸她行。尤其她那爽朗的性格，真有点像他死去的妻子，多贤惠多温柔，更能体贴人……慢慢地他以为张桂兰对他有意，竟时不时地想念着张桂兰。

自从李涛心中有了张桂兰后，他常常想着要是能娶到她做老婆，也许真是他的福气，不管从哪方面讲，她都太像他死去的老婆，他也曾想，能让他遇到张桂兰，是不是他死去的老婆在天有灵，有意成全他们呢？要是有了她打理家，他就可以放心去做他的手艺，不说能发财，但肯定能让她过上好日子……

刘大田鱼塘的基础工程基本就绪了，他便去县鱼种站买了些鱼种回来，叫张桂兰帮他投放鱼苗。

刘大田用手往鱼塘里放，张桂兰说："这样不行，要用小碗一点一点地放，这样或许成活率高些。你呀，干活总是笨手笨脚的，要说干力气活，你肯定没的说，要说干细活，你还得学。"

刘大田看着张桂兰小心翼翼的样子，心想：果然女人就是女人，心真的比男人细。他说："真不愧是女人呀，女人心细，做事就是不一样。难怪男人都要娶个女人打理家庭，这就能显示出女人的重要性嘛！"

张桂兰笑了，说："当然，有些事要女人才能做得好。不然，你们男人还娶女人干啥？"

"桂兰，你就帮我养鱼吧，我年底付你工钱。"

"大田，你可别先许诺哟，到时你没钱付给我怎么办？你这鱼还是苗子，你哪来钱？"

"鱼总会长的，在年底不就长大了吗，长大了卖了不就是钱？"

桂兰愣了一下，有意和他说起玩笑，她说："要是你亏了呢，你拿什么付我工钱？"

"这个，这个……反正，我要付你工钱嘛！"

"开玩笑的，谁会向你要工钱呢？这样吧，你这儿又没多少活干，要是你忙不过来的时候，我就来帮你，你看行吗？"

"行，就这么定了。"

三

炽热的阳光拂照了几日，田里的水有了些温暖，人们把精心伺育的秧苗从温室、旱地、秧母田里连根拔起，用打湿的谷草简单地捆束成两手大的个儿，放进一只只秧篮——这一切都已昭示着栽秧时节的到来。

太阳刚出山来，草尖的露气还没有散尽，劳力强盛的汉子已把秧苗挑去田间，稀稀拉拉抛向准备栽秧的田块。那些田块已让犁耙打磨过，水位不深不浅，泥也活鲜，水也活鲜。张桂兰又去田里整田，李涛扛着锄头走来了，不由分说就要下田帮她整田，张桂兰忙说："李大哥，不用你帮忙了，我这点田能够整完的，你又要当爹又要当妈的，也够累的。"

但这时李涛已经下田了，说："没事，我刚把挨着你这儿的那块田整完了，这时没事，顺便帮你一会儿。"

张桂兰再也不好说什么了，她和他一边说话一边整田。她只觉得李涛这人为人也忠厚老实，在队里干活时，他也是只顾干活，从不多说话。

张桂兰说："你家珍珍，以前与我很好呢，在队里晒谷子时，她年年都与我一起，我俩很合得来。"

李涛深深地叹了口气，说："是呀，我原来常听她说你能干，整个家不是你的话，还不知是啥样呢。"

"李大哥，你为什么不出去找点活儿干，你还会石工活，怎么不去干这石工活，你姐夫是村主任，更可以去找他，在村里找点事干吧。"

"我姐夫经常要我去承包村里的水沟，或修公路啥的，我哪能走得了呢，屋里的孩子还小，走了谁照顾呢？每天煮饭、洗衣服这些活，我不干谁干呢？"

"也是。跟我一样，我想出去找点事干呢，大虎上小学，小虎上幼儿园了，也没人来照顾两个孩子。"

在李涛的帮助下，这块小田很快就干完了。张桂兰叫李涛在家里吃晚饭，李涛洗了脚后，扛着锄头就准备走了，临出行说："不了，我儿子快放学回来了，他没有钥匙进不了屋，我回去了。"

张桂兰用十分感激的目光看着他，说："那太谢谢你了。"

李涛说："这点小事，谢什么呀！以后有忙不过来的事，叫一声就是了。"

张桂兰说："行，那今天就麻烦你了。"

在这农忙时节，能上阵的劳力都上阵了。年纪大的显然受到了礼遇，只是负责"绳栽"。"绳栽"就是将一根几经接头的篾条横在田里，绷直成墨斗线，他们沿线栽一行秧苗，然后移动绳子，留出一米来宽的空间，再栽一行秧苗，就像在一张大纸上画出表格。而在这些表格里装填内容，就是年轻人的事了。

好手栽秧，好比艺术家作画，给人一种醉心的享受。栽秧的人，都在飞快地做着机械式的运动，左手递秧，右手接着顺势往水里一伸，秧就栽好了。手掌起水时，不拖泥，也不带水。不然，就是栽的"五爪秧"。不正确的手法栽插，秧苗很快会被吹得东倒西歪，不成样子。

在这样紧张而轻快的气氛中，村主任家里请人栽秧子，李涛也去了。晚上吃完饭后，李涛的姐姐李兰把他叫到身边说："李涛呀，姐看你整天这样忙里忙外的，多累呀，你看你，人都瘦了一圈。"

李涛说："这有啥法呢？"

"哪里有合适的，最好去找一个，一辈子还长呢。"

李涛喝了点酒，脸有些红红的，也像醉了似的，他叹了一口气说："到哪儿去找呢？再说，谁又能看得上我呢？"

"这事，我与你姐夫商量过多次，叫他下队时多留意点，看看有没有合适的单身女人，管她好与不好，给你找一个。"

李涛红着脸，欲言又止，好一阵后才轻声说："姐，张桂兰怎么样？"

李兰愣了一下说："张桂兰啦，人是能干，又长得漂亮，就是……就是……"

"就是什么呀？"

"就是听说她与刘大田好，总不能去强求人家这个吧？再说，刘大田不是以前的他了，人家发了，有钱，有钱的人，谁不喜欢呢？"

李涛一下像泄了气的皮球，低下头去了："那……那就算了。"

李兰想了好一阵，说："这个，我与你姐夫商量一下，看能不能想想办法。再说，他是村主任，也多少有点面子吧。"

待李涛走后，村主任在镇上开会回来，李兰迫不及待地把这事告诉了他，要他出面，去把这事摆平。不然，咋对得起她这个弟弟，她又没有再多的亲人了，爹娘都死了，就这么一个亲兄弟，她不关心他，谁又会去关心他呢？

村主任听后，说："这点事也要我出马，你明天去找张桂兰说说不就行了，听她怎么说嘛！"

李兰听了后，猛一开窍，村主任就是村主任，这事一点就通了。

第二十二章　故意找碴

一

　　第二天，李兰就来到张桂兰家说媒了。

　　李兰知道，张桂兰是一位貌美的寡妇，三十多岁，长着一副太阳晒不黑的脸蛋，腰身细、嘴唇厚，眼珠子清纯如两粒刚从水中捞出来的黑葡萄，典型的美人坯子，张桂兰是远近闻名的大美人，年轻时十里八乡的小伙子不少来上门提亲的，有清秀的，有壮实的，有说话直来直去的，有甜言蜜语哄死人的，可她就是看不上眼。挑来挑去，她挑选了村里能说会道的王大明，也不知王大明是哪辈子修来的福，能娶上这么漂亮的老婆，不知让多少人羡慕。

　　李兰说："桂兰呀，我看你一个人，带着两个孩子，忙里忙外，再说孩子一天天大了，吃穿要钱，上学要钱，你能负担得起吗，不如再找一个，如何？"

　　自从王大明死后，张桂兰因为忙里忙外，心中有说不出的苦和累，她也想过改嫁，可她就是迈不出那一步，不是她思想旧，是她心中放不下刘大田。要说刘大田有什么好，她确实说不出来，她为什么放不下他，她也说不清。她说："我还没有这种打算呢，我能够养活他们。"

李兰听后，也大概明白了她心中的想法，因为她早就听说了她和刘大田的事。谁都知道，要是把李涛和刘大田放在一起，就是瞎子来摸，也肯定会选刘大田的，但她还是没有直接说穿，却笑着说："桂兰，我给你介绍一个，人也老实厚道，你看行不行？"

张桂兰抬头看了看她，其实她心里早就明白她要介绍的是谁，因为她是李涛的姐姐，李涛也对她有好感，她不是来给他做媒，还能给谁呢？她问："谁呀？"

"就是我弟弟李涛呀，你看他人如何？"

"李涛人是不错，老实肯干，对人又好。只是，只是……我目前没这种打算，我孩子还小，如果我改嫁了，孩子肯定接受不了的，这事以后再说吧。"

"你们都不小了，都是三十几岁的人，一晃时间就耽误了，以后不如现在，这事我看就这么定了吧？再说，要是多一个人帮你照顾孩子，你也不会这么累，对孩子也有好处的。"

"不，我不同意。这么多年了，我也习惯了一个人过。"

"别急嘛，这事好好想想吧。有些事，我丈夫说了他会帮你忙的，比如每年可以给你批点救济补助金，以后修房子批屋基地……哪一点他帮不了忙呢？"

"帮忙是另外一回事。这事，可是我的终身大事，说什么也得让我认真考虑一下。"

李兰知道她这是在推，也明白她心中一直有刘大田，但还是尽力做她的工作，说："桂兰，你不同意，难道你一辈子不再嫁人了？再说嫁人说什么也得嫁一个能持家、会关心人的吧？我也是女人，我知道女人最想要的是哪种男人。"

　　"这个事，我真的没考虑过，我打算不嫁人了。就一个人把孩子养大，也好过点清静日子。"

　　"我知道，你心里有一个人，是刘大田对不对？他除了有点钱外，哪一点比得上李涛呀，你心里难道还不明白，你如果嫁了李涛，你把家里照顾着，我丈夫说了，随便找个事给他做，不也挣钱吗？"

　　张桂兰发火了："别说了，反正我不同意。"

　　"我看你这一辈子就能守下去，一辈子不再嫁人了？"

　　"我再嫁……也不嫁给他。"

　　"那你要嫁给谁，是刘大田吧？"

　　"这个……你管不着，你走，你马上走。"桂兰气急了。

　　李兰没法，只好起身走出了张桂兰家，一脸的怒气，一路上唠唠叨叨："你以为你是谁，天上的仙女呀？一个寡妇，有什么了不起。嫁刘大田，他有钱了是不是，他今天有钱，我要他明天没钱，他今天得意，我就叫他明天倒霉，不信，走着瞧。"

　　张桂兰也听到了一些关于她和刘大田的传言，她却没当回事……

　　秧子刚栽下，遇上连续的干旱，田里的杂草比秧子还先活了起来。趁这段农闲时间，李涛就来到鱼塘下边的田里扯草。他时常注视着鱼塘这边，因为张桂兰没事时常来鱼塘帮刘大田，弄得他心里既羡慕又嫉妒，再由嫉妒变为憎恨刘大田了。

　　刘大田天天站在鱼塘岸边，观察鱼的生长情况，一有时间就背着背篼，拿着镰刀，上坡割草，给鱼儿补充饲料。青草倒入鱼塘，一群鱼儿在抢着吃草，它们仿佛时而欢笑，时而幻想，怎么今天能吃到很多有营养的草呢？它们却不知是刘大田用双手给它们奉献了草料。不久，也许是因为天渐渐热了，水里的氧气不足，鱼儿受不了天空的重压，一会儿游出水面，吐着气泡；一会儿挣脱水的束缚，漾起一层层涟漪。他小心地给鱼塘换水，他按动电开关，塘中就冒出白白的水花。他又朝鱼塘边的小屋里喊道："桂兰，快拿鱼饲料来，该喂食了。"

"来啦！"张桂兰从屋里端着满满的一盆鱼饲料走来，随后就往鱼塘里抛撒开去，那一群群鱼儿游出水面，又活蹦乱跳地抢食吃。

刘大田看着那些鱼，笑了说："你看这些鱼，多可爱呀，今年收成有望了，这才是摸得着看得见的事儿。"

张桂兰说："大田，养鱼比你在城里的时候是不是轻松多了？要是你听我的，早回来承包，说不定早就挣钱了。"

二

刘大田听张桂兰这么一说，又勾起他对城里往事的沉思，虽说在城里混很艰难，但在那种场合也能让人长见识。在城里的那几年，真让他长了不少见识。他实在不适合在那个圈里混，因为他从小到大就养成了老实厚道的性格。他就像鱼塘里的鱼，家乡的这片土地就像鱼塘里的水，如果离开了它，真难以生存下去。有的时候他想到了玉娟，玉娟真是个让他看不透、更猜不透的女人，恨她吗，不！爱她吗，也说不上。总之，这些事真让他感慨万千。

张桂兰看他愣愣地想着什么，用手推了推他，说："大田，你还愣着干什么，你知道不，今天我儿子大虎要回来，吃什么呀？"

刘大田这时才猛然抬起头，用手轻轻拍了一下脑壳，说："你看我这记性，差点儿忘了。我马上去街上买点肉、买点菜回来。"

小虎高高兴兴地从屋里跑出来，听刘大田说要去买肉，笑着说："今天要吃肉，吃肉了。"

张桂兰看着高兴的儿子，说："你整天就知道吃！"

刘大田与张桂兰一说一笑的，真像一对恩爱夫妻似的，小虎掺和在一起，更让人羡慕呀，更像幸福美满的一家人，快快乐乐。这一切李涛看在眼里，心中不由得怒火中烧，他想找碴出口气。于是，他马上走上去，对刘大田说："刘大田，我下面的田干了，要放水下去，救救快被晒死的秧子。"

刘大田看了看一脸不高兴的李涛，他不明白李涛为什么这样冲他生气，他下面的田明明有水，他却偏说没水，这不是有意找他的麻烦吗？他说："下面的田里还有水，还放水干什么？你的田里水多了秧子会被淹死的，我的鱼塘水少了，鱼也会受影响的。"

李涛说着就要去放水，说："这点水要不了几天就会被晒干的，到时秧子不被晒死才怪。"

刘大田去拦他，心想他这人怎么这样，凡事也得讲规矩，这鱼塘是他承包的，也是签了合同的，合同上明明写着不能随便放水。他说："不行，合同上明明写着，除非特别干旱，是绝对不准动鱼塘的水的。"

李涛越说越气愤，像与刘大田有深仇大恨，听刘大田这么一说，更生气了，他说："是你养鱼重要，还是庄稼重要？当初队里修这鱼塘不是来养鱼，是为了保证下面这些田栽秧子时用水，再说我也出了一份力的。"

张桂兰走过去，拦住正要打架的他们，她说："李大哥，刘大田是按合同每年交了队里的承包费的。"

李涛看了看她，更没好脸色，他说："哟，啥时候过的门，桂兰妹子也帮他说话了。"

张桂兰一听这话，明白李涛心中是怎么想的，他这次来不是真的放水，是有意来闹事的，她说："你说些啥哟，我是帮他干活的。"

刘大田说愤怒地说："李涛，你今天是不是存心找事，今天的水我绝对不准放。"

李涛就要去拉塘角的水闸，说："我今天偏要放，是田里的庄稼要紧，还是你养鱼个人发财要紧呢？"

刘大田再次上前去阻止他不要放水，两人就一下抓扯起来。张桂兰迎上来，死死地阻止两人动手，但不管她怎么阻止，他们的火气越来越大，硬要大干一场似的。张桂兰知道其中的缘由，此事因她而起，她当着刘大田的面又不便说出来，只说："李大哥，有啥事就冲我来，这些事……与刘大田无关。"

李涛冷冷地说："桂兰妹子，你多心了，我能有啥事，我今天不就想放点水救田里的秧子吗？"

这时，周围干活的人都围上来看热闹，但没有谁出来把他们拉开，只是在旁边评判着，有的说刘大田正确，下面的田又没完全干，放啥水呀。有的说李涛正确，下面的田没有水了，放点水救秧子是应该的，别只为自己赚钱，就不顾别人的庄稼如何……不知啥时候，村主任和他老婆听说了这事，匆匆地赶来了。

村主任大声吼道："你们在这儿闹啥，闹就能解决问题吗？李涛也不对，下面田里没水了，为什么不好好说呢，你好好说他刘大田还能不准你放水吗？"

李涛看了看村主任，说："我是来和他好好说，他就是不准我放水。"

村主任又走过去，站在刘大田面前，用眼睛盯着他凶巴巴地说："刘大田，这也是你不对，下面的田里没水，你怎么不准他放。人家田里种的是庄稼，庄稼没水能有收成吗，没有收成人家吃啥？"

刘大田显得十分委屈地说："村主任，你看看，他下面的田里有水，还放这么多水去干什么，再说我的鱼塘里不能没水吧？"

村主任生气了，大声说："放水救秧子，是应该的事。给我放，看他刘大田能咋样？"

刘大田说："主任，你还讲不讲理？下面的田里水还没完全干，再说我这鱼塘在栽秧前已经放过很多水到下面的干田了，再放恐怕我的鱼就要完蛋了。"

"你想想，是你这几条鱼重要，还是全队老百姓一年的口粮重要。"

在村主任的命令中，其他人谁也没去动手，因为这样会得罪刘大田的，只有李涛跑去拉开塘角的水闸，白花花的水就哗哗地往下流。

张桂兰上前说："主任，你别欺刘大田是个老实人，一切都是签了合同的，都得按合同办事。你，你总不能不讲理吧。"

村主任说："讲理，我说的就是理。不信，你们去上面告我去。"

刘大田眼看着发生的这一切，硬拿村主任没办法，只朝着鱼塘里大喊："我的鱼呀，这下完了，完了！"

张桂兰气急了，骂道："你们也太缺德了，你们肚子里打的什么主意，我还不知道吗？有事就冲我来吧，别在这儿找刘大田的碴儿。"

李兰说："哟，还没正式嫁给人家，就这样死心塌地地护着他了，是不是图他有钱呢，说不定呀，他哪天把你睡了，就当破鞋扔了呢。"

众人哈哈大笑起来。

张桂兰气哭了，拉着小虎就往自家屋里跑了。

　　刘大田说："你们，你们太过分了，村主任有啥了不起，我这几年见的人还少吗，什么县长、局长我没见过，还怕你村主任不成。"

　　村主任说："今天水也放了，我就看你能把我怎样？"

　　随后，他就招呼李涛："走，回家去。"

三

　　经过这么一闹，再由村主任的老婆到处传言张桂兰不守妇道。一个寡妇人家去与野男人勾勾搭搭，图什么，还不是图人家的钱？这些闲言碎语从不同人的嘴里，传进张桂兰的耳朵里，把她气得整整一天没吃东西，躺在床上默默流泪，想到她从心底里喜欢刘大田，看得出来刘大田也很喜欢她，但喜欢一个人又为什么会这样难呢？在城里，本来可以安心地与他生活在一起，可碰巧玉娟又回来了……现在以为在乡下就可以与他快快乐乐地在一起了，谁知，半路又杀出一个李涛来。

　　刘大田也为这些谣言感到气愤，他不知道那些人为什么会这样，说在城里复杂，可回到乡下也不能过点清静日子，这些人现在到底怎么了？这些年刘大田过得不容易，经历了那么多事，上天怎么对他这样不公平？但他也没办法，人家可是村主任，村主任再不好谁还能把他怎样呢？

　　刘大田跑来劝张桂兰："想开点吧，这次是我对不起你，我又让你伤心了。"

　　张桂兰真是命苦，自从王大明死后，她的生活似乎就没平静过。不管说话、做事她都十分注意，生怕别人说她与谁有瓜葛，可不管她怎么做，还是有让人说不完的闲话。一想到这些，张桂兰就对刘大田说："你走吧，以后不要再来了，要是让别人再看见了，不知又要说些啥。"

刘大田听张桂兰这么一说，一时也不知如何是好，更是摸不着头脑，呆愣愣地站在她的床前说："桂兰，我是真心喜欢你的，真的。我想过些时候，我们干脆……把事办了。"

张桂兰说："你走，你走吧，我不要听这些。"

小虎跑进来，也用充满敌意的目光盯着刘大田，刘大田只好走出了张桂兰家，又去鱼塘了。

刚入夏，太阳就炽烈了，黄灿灿地倾泻下来，田野、山峰、村庄都被染成了一片金色。山也丰满了，水也清澈了；乡村的五月天，总是那么清新宜人，总是能给人带来好心情。田埂上的野草，郁郁葱葱地长着，绿得让人怜悯。不论人们是刨，是踩，似乎都不能让它们屈服，它们就那么顽强地蔓延着。

那鱼塘边的杨柳，倒垂着细长的枝条，在清风中轻柔地摆动，给宁静的鱼塘投下一片阴凉的阴影。鱼塘的中间，一片片翠绿的荷叶，高高地立在平静的水面上，它们在微风的吹拂下，摇摆着圆圆的绿裙。鱼塘周边的水草长得绿茵茵的，非常旺盛，好像给清澈平静的池塘镶了绿色的花边。在平静的水面下，也显示着勃勃的生机。那一群群的小鱼，互相嬉闹着、追逐着，像是在进行着一场舞蹈比赛。虾儿好像当起了水下保安，四处巡视查看着。一些水上的小虫，好像也练成了水上漂的轻功，只要有东西惊动了它，它的几条腿在水面上行走如飞，一下就漂走了好远。

刘大田看到这儿，笑着说："呀，这些小家伙真可爱。"

由于鱼渐渐地长大了，刘大田就得看守鱼塘，尤其是晚上，他怕有人来偷鱼，就在鱼塘的草房子里睡觉。有时，他整夜都在鱼塘岸边，不敢睡觉，看着那些"二杆子"娃儿的身影。他说："你们这些人，要干啥？不想吃锅巴难道会在锅边转吗？"

"二杆子"娃儿听刘大田这么一说，知道他早已防备他们了，就自觉离开了。

刘大田在鱼塘里打了很多木桩，防止有人下渔网捕鱼。不过一天夜里，鱼还是被偷了。他们脱掉衣裤，下到鱼塘里，把一根根的木桩拔掉，把渔网下到鱼塘里，把很多鱼都捕捞偷走了。第二天岸上还有散落的鱼，刘大田来到鱼塘边，大声喊鱼塘的鱼被人偷了。大家才如梦初醒，昨天夜里是听到狗叫得厉害，都以为是过路的人，没有一个人在意。

镇里派出所的人来了，查了十来天，也没说出个子丑寅卯，这事就不了了之。

鱼被偷的事，对刘大田来说，因为没有多大的损失，他也没太在意，依旧整天在鱼塘边喂鱼和看守他的鱼。

尤其是晚上，他更加小心。他点上一支烟，坐在鱼塘边看着水里，心情却十分舒畅。鱼塘里的青蛙，它们总是耐不住寂寞，躁动了起来。起先一只青蛙试着叫了几声，随之就有更多的青蛙齐声和着，它们的叫声是那么洪亮，那么清脆。蛙声如潮，此起彼伏，像是有谁在暗中指挥，热闹而整齐的叫声，会在片刻间戛然而止，让他惊叹它们整齐划一的默契。偶尔只是听到一只青蛙的独唱，它呱呱地叫了两三声，别的青蛙都没有附和，像是嫌它领唱的旋律不够优美，懒得应它，那领唱的青蛙就无趣地停了下来，鱼塘又恢复了宁静。

第二十三章　被砍伤

一

刘大田整天都在精心饲养他的鱼。喂食、喷水，小心地侍候着、观赏着，渐渐地，这些鱼竟成了他唯一的牵挂。一天不见鱼，像丢了东西般不自在。他看着水中的鱼儿不停地游着，动作舒展轻柔，好似无忧无虑，一副优哉游哉的样子。时而窜出水面觅食，时而相互追逐、嬉戏，一切都那么自然、协调，清澈灵动的水，悠闲曼舞的鱼，让他看得如痴如醉，心旷神怡。

有一天早上，刚到鱼塘的刘大田被眼前的情景惊呆了，鱼塘里的水面上浮着好多死鱼，他哭喊着："我的鱼，我的鱼呀！"他捡了一条鱼看了看，硬硬的，鱼已长到一尺多长了，大的也有一斤多，他左看右看找不出原因。

于是，他又捡起几条鱼，拿着鱼就往队长家里跑去。

队长看了看鱼后，也感到吃惊，他摇头说："这个，我也搞不懂是啥原因。"

刘大田不知如何是好，他说："队长，我怎么就这么倒霉呢？鱼好好的，怎么会死呢？这下完了……"

队长看他十分着急的样子，一时也想不出什么好的办法，他说："你还是去找村主任说说，看他怎么说，还有没有其他办法解决这事。"

刘大田又跑去村主任家里，村主任理都不理他，不叫他进屋也不叫他坐，说："有事就来找我了？那天你在我面前那么凶，你有能耐就自己想办法去。"

刘大田看着村主任爱理不理的样子，他急着说："主任，我的鱼死了一半多，你看这事怎么办？"

村主任看都懒得看他，因为他根本不想管他这事，冷冷地说："死了就死了吧，我能怎么办？死几条鱼，多大的事呀？又不是人死了，用得着你这么着急吗？"

刘大田知道因为放水的事得罪了村主任，但村主任也不能为这点小事和他计较，说什么他也是一村之长，也得为老百姓说句话。他说："主任，你大人有大量，那天为放水的事，让你生气了，是我的不对。但你不能因此就不管这事吧？"

村主任看了看他，没好脸色地说："笑话，我难道还跟你计较？我作为村主任，这点涵养都没有吗？"

刘大田说："我不许你们放水，你们偏要放，这下好了吧，鱼死了，你们甘心了吧。"

"你别找原因了，这么大一个鱼塘，放点水就死鱼了，没这么严重吧。我看你是技术上出了问题，你走吧。"

刘大田说："主任，我看今年这承包费，我也该亏了，也怕交不起了。你能不能去和队长打声招呼，能不能减点？"

村主任不耐烦地说："你有完没完啦，队里的事你去找队长吧，我管不了那么多，村里的事我都忙不过来，哪还有闲心管你那事。"

刘大田走了，他没办法，只好把村里的养鱼专业户老李请来，请他看看到底是什么原因。老李是个爽快人，听说了这事就马上跑来，他捡起一条死鱼，用鼻子闻了闻，说："怎么有股药味？"

刘大田又闻了闻，猛然醒悟，说："对呀，是有一种毒药味，是有人下毒，毒死了鱼塘里的鱼。"

老李说："这是你自己说的，我可没这么说哟。"

刘大田明白，他赶忙提着两条死鱼去镇里，镇水产办的技术人员看了鱼后，又马上来到现场查看，确定为有人投毒，鱼塘里的鱼是被毒死的，只是下毒比较轻，还有一半的鱼没死。叫刘大田赶忙放水，再从下面的河里又抽水上来灌鱼塘，这样三番五次，里面少数没死的鱼总算保住了。

水产办的人向镇里主要领导汇报了相关情况，又向派出所报了案。镇领导要求派出所严查此事，眼下正是镇里扶持农村种养专业户、重点户的时机，如果这事不彻查到底，肯定会在全镇老百姓中产生较大的负面影响，今后还会有类似的事情发生，更主要是这项工作还如何开展下去呢。

派出所的民警马上来村里调查，通过走访当地群众，得知李涛的姐姐向张桂兰提过亲，而张桂兰又偏偏喜欢刘大田，这当中肯定有原因。于是就把李涛带进派出所查问，经过民警的说服，李涛对自己投毒一事做了如实交代。

他姐姐帮他去张桂兰那儿提亲不成，原因是有个刘大田在她身边，他就恨刘大田。那次，放水也是他有意找的碴儿，没想到没把刘大田闹翻。经他反复考虑，如果把他鱼塘里的鱼毒死了，他刘大田养鱼不成，还能在村里待得下去吗？待不下去就会出去在工地上干活。只要他一走，他就好去接近张桂兰，就好把她娶到手。

为了证实这情况，派出所又把张桂兰请去，做了有关情况证实。

由于李涛认错态度好，造成的损失不严重，拘留十五天，责令他赔偿刘大田的全部经济损失。这样一来，村主任一家人对刘大田更是恨之入骨。村主任的老婆又到处散布谣言：张桂兰与刘大田勾勾搭搭的，还被派出所抓去，罚了罚款，你看这多丢人呀。今后，怎么还有脸见人哟，她的两个儿子长大了，还有脸面吗……

那些饶舌的女人，三五个在一起时，就谈论着这事。

白天的事让她很伤心，感到委屈。但她只能一个人偷偷地掉眼泪，没有人会同情她、理解她。乡下人就是这样，头脑简单，喜欢捕风捉影。尤其是对男女之间暧昧、伤风败俗的事，更是深恶痛绝。

不管张桂兰走到哪儿，总有人指手画脚的，使得张桂兰再也不敢见刘大田，见到他就远远地躲开了。

二

星期天，张桂兰那上学的大儿子大虎，从镇小学回家来，他早就听同学说了一些关于他妈的传言，这些同学都说是听他们大人说的。

大虎说："妈，以后别再跟刘大田来往了，多不好听呀！"

张桂兰听后，不知如何是好。这些制造谣言的人，不知是何居心，在她背后指指点点，她装作不知道就行了，可现在却传到儿子大虎学校去了，那才让她担心。毕竟儿子还小，经得起这谣言的打击吗？她忙问："儿子，谁告诉你的？"

"在学校里，同学都这么说，都说是听他们大人说的。"

　　张桂兰说："大虎，别相信这些谣言了，要认真读书，你爹去世得早，妈挣钱给你读书不容易，把你们拉扯大更不容易呀！"

　　大虎只顾吃饭，不出声了，从他那充满怒气的脸与那凶巴巴的目光中，张桂兰看出来，大虎在心里恨她，更恨刘大田。小小年纪，就让他经受这些，对他的学习肯定有影响，更对他的成长没有好处。都怪她，本来她从心底里喜欢刘大田，哪知这么简单的事被弄复杂了。事到如今，只能避开刘大田，要不然会有更多的谣言传开，她还怎么在这里生活下去呢？

　　从那以后，张桂兰再也没去刘大田的鱼塘帮忙了，每每看见他来她家，就关门不见。她越是这样，刘大田就偏偏一天好几次地来找她，更让她心神不宁。这天，刘大田又来到她家门口。

　　张桂兰在屋里说："大田，我求求你了，别再来找我。"

　　刘大田在门外站着，问道："为什么呢？"

　　"为了我们母子能过几天安静日子，好让我家大虎能安心读书，你就别再来找我了。万一被那些饶舌的女人看到，不知又要说我些啥了。"

　　刘大田说："反正我就要娶你，我不怕，让她们说去吧。"

　　张桂兰说："你不怕，我怕，我孤儿寡母的，再也经不起啥折腾了。"

　　……

　　这天天气晴好，暖暖的阳光映照着美丽的校园。大虎所在班级正在操场上体育课，全班同学在踢足球，突然球踢到一个男同学的头上，那个男同学跑来打大虎，大虎忙说："对不起，我不是有意的。"

　　"你不是有意的，你妈找刘大田也不是有意的吧，你是姓王呢，还是姓刘呢，你妈和刘大田的事，全镇的人都知道，你妈还进了派出所呢。"

　　大虎气急了，和他对骂道："你妈才找其他男人呢，你说谎。"

　　那男同学也不甘示弱地说："说谎？不信你问他们去。"他指着旁边的几个同学，同学们都笑了。

大虎差点儿气哭了，给了那男同学一个耳光。那男同学又狠狠地骂道："你是刘大田的种，刘大田是你妈的新欢，这是我听我妈说的，不信，你问你妈去……"

大虎被气哭了，掉头就跑了。

三

刘大田正在鱼塘边给鱼喂食，只见大虎气喘吁吁地跑来，手里拿着一把菜刀，冲他跑去，眼睛瞪得老大，红红的。刘大田愣住了，说："大虎，你要干啥？你不好好在学校念书，跑回来干什么？有什么事你就和刘叔叔说嘛。"

大虎不出声，径直向刘大田扑去，举刀就砍，边砍边说："我要砍死你，看你还敢不敢去找我妈。砍死你，砍死你！"

刘大田先前几下都躲过了，最后一次却没处躲了，就只好用手去挡住头，手上被砍了一刀，幸亏大虎用力不大，只砍了一条口子，鲜红的血往下滴。刘大田急了，他又不敢还手，只得转身跑开，站得远远地看着大虎。

眼看这情景，大虎被吓呆了，更不知道刘大田的伤势如何，他扔了菜刀掉头就跑了。

张桂兰跑来，急哭了，没想到一向听话本分的大虎，却做出这样的傻事。赶忙把刘大田送去村医疗站，经医生包扎后，血止住了。医生说："还好，刀下得轻，没伤着筋骨，无大碍，但得疗养十天半月的。哎，刘大田，你怎么被一个小孩砍了，他砍你干什么？"

刘大田看了一下医生，不知是被问得不知如何回答，还是觉得这事说出来丢人，他说："你只管上药，其他的你就别问了。"

张桂兰安顿好刘大田，跑到学校去找儿子，学校里没人，她又到所有亲戚家去找，没人。她又到在镇上去找，仍没人。张桂兰已走得筋疲力尽了，但她还得找。她又在房前屋后找了一圈，万一大虎回来了怕进屋就躲在屋外面呢，但仍没找着。已是深夜了，她才失望地回到家里，可怎么也睡不着，她担心大虎，他才十五岁，万一有个三长两短，怎么对得起他死去的爹。

小虎说："都怪刘大田，把我们家害成这样了，我找他去。"

张桂兰说："别去，他也被你哥砍伤了呀！"

"砍死他才好呢！"小虎仿佛一下子变得懂事起来了。

张桂兰想了整整一夜，也不知是自己对不起刘大田，还是刘大田对不起她，这么多年了，到底是谁欠谁的呢？一时间似乎谁也说不清。她在万般无奈之下，越想越生气，要是没刘大田，就不会被人说闲话，儿子大虎就不会去砍他，更不会跑走……

第二天一早，她就跑去刘大田的鱼塘边的小屋前，大声叫道："刘大田，你给我出来，你这害人的东西，害得我家不得安宁，儿子跑了，你心甘了吗？"

刘大田赶忙跑出来问道："大虎回来了吗？"

"我正想问你呢，大虎是因你而走的，是从你这儿跑走的，我要你去把他找回来。否则，我跟你没完。"

刘大田说："是他来砍我的。"

"他还小，是个孩子，你是大人，你该负责任。"

"那好吧，我去找。"

"限你三天，三天不给我把人找回来，我就和你拼命。"

刘大田望着张桂兰气冲冲远去的背影，心中觉得很委屈，但又可以对谁说去？明明是大虎拿刀来砍他，反而弄得他脱不了干系。两个人以前的亲亲热热，彼此相爱，那些美好的回忆，一下子成了泡影……

彼此由亲人变成了仇人，这到底是怎么回事呀？他自己一时也弄不明白。

又是一个烈日当头的大热天，刘大田头戴草帽，顾不得手上的伤，四处奔走去找大虎。他先去学校向老师打听了一下大虎的情况，老师说："这孩子，学习成绩一直很好，表现也不错，怎么一下子就干起这样的傻事呢？"

刘大田说："他表现如何，我不管，我只想知道他的下落。"

老师说："他去了哪儿谁都不知道，学校也在四处找他呀！"

刘大田只好离开了学校，该去哪儿找呢？凭他的经验，大虎一定去了很远的地方，因为大虎也不是傻子，自己砍了人，会被派出所抓的，一时半会儿肯定是找不到他的。他只好垂头丧气地回去，又在张桂兰的屋前站了很久，但还是鼓起勇气走进屋里去。

张桂兰一看他来了，把他挡在门口，问："人给我找到了吗？"

"没……没有。"

"没有，你来干啥？"张桂兰的火气一下冲上来，她抓起木棒就朝刘大田打去，他躲开，"你，你还有脸来找我，你给我滚，滚远点，从今以后，我再也不想见到你了。"

刘大田怕事情越闹越大，三十六计走为上计，他马上转身就往回走。

他一路上只顾低着头，心里的伤比手上的伤还要痛。他回到鱼塘边的小屋里，倒在床上就睡去，也懒得去管鱼塘里的鱼了。他想：大虎是肯定找不回来了，张桂兰再也不会原谅他了，该怎么办？

张桂兰隔三岔五跑去鱼塘边闹一阵，刘大田只有躲在小屋里，不敢出来，更不敢出声。他知道张桂兰这几天为找儿子，跑了很多地方，顾不上吃饭喝水，更顾不上歇息，人明显瘦了一圈，因为担心儿子出事，简直快发疯了似的。

张桂兰骂道："刘大田，这下你开心了，是不是？你害得我一家人东离西散的，你心里痛快了，是不是？你给我找的人呢，在哪里？"

刘大田不敢出声，也不敢出来。

张桂兰骂了一阵后，觉得没趣，又骂骂咧咧地走了。

第二十四章　终成眷属

一

　　刘大田知道是自己惹下的祸，他就到处去找，凡是大虎可能去的地方，他都去找了，但是都没有找到他。那天他又到县城找，真是功夫不负有心人，当他在县城找了两天后，没找着准备回去时，却无意中碰到了大虎，大虎正饿得头发昏，呆呆地坐在车站候车室的椅子上，刘大田走上去，一把拉住他，找辆出租车就把他带回来，交给了张桂兰。

　　然后，刘大田一句话也没说转身就走了。

　　那一夜，他在鱼塘边的棚子里，怎么也睡不着，仿佛他把大虎找回来却比没有找回来更难受。他望着棚子外的远方，仿佛觉得夜色来得有些迟，他多想看看这里的美景，因为只有朦胧的夜色来临时，他才可能忘了许多不愉快的事。夜色像水一样漫上来，他被淹没了。此刻，天空中密密的繁星，是夜一眨一眨的眼睛；田野间此起彼伏的虫鸣，是夜一声一声的歌唱；摩挲脸颊的一阵一阵的柔柔清风，是夜的纤纤玉指。看夜的眼睛一眨一眨，听夜的歌唱一声一声，感受夜的轻抚一阵一阵，浑然无觉间，心便欲醺欲醉了。

　　在夜幕的笼罩下，人们可以尽情地享受白天没有的清闲和愉悦，也把一天的疲惫不堪抖落在夜色里。可他似乎不能，虽然此时远离了白日喧嚣下的浮躁和烦恼，但他的心却不能平静，仿佛他已被淹没在夜色里，淹没得很深很深，深到连他自己都四顾茫然，无从找寻。他真想痛痛快快地哭一场，可始终没有哭出来。

这时，养鱼专业户老李来到刘大田的鱼塘边，他说："大田，你这鱼塘里的鱼搭配合理不？"

刘大田问道："怎么个搭配法呢？"

老李坐下来，十分认真地说："就是鲤鱼、鲢鱼、草鱼投放的比例，要严格按科学的标准投放，否则会影响鱼的成活和生长的。"

刘大田无心听老李说养鱼的技术，但碍于情面，他只好听着。老李继续说："水、种、饵是养鱼的三个基本要素，是池塘养鱼的物质基础。水是鱼的生活环境，种和饵是鱼类生长的物质条件。有了良好的水环境，配备种质好、数量足、规格理想的鱼种，还必须有丰富价廉、营养高的饵料，才能养好鱼。由此可见，所有的养鱼技术措施，都是根据水、种、饵的具体条件来确定的……"

刘大田打断他的话，说："老李，改天再向你请教，今天我有点事要忙了。"

老李只好起身，笑了笑就走了。

其实，刘大田没有事，只是他不想再干养鱼这事了。因为他觉得现在没有了张桂兰，就像没有了做事的激情。再说养鱼没多久，却引来了这么多麻烦，说不定哪一天，还会惹来更大的麻烦，他也不是怕麻烦的人，只是觉得既然没有牵挂了，何不出去打工，图个自由自在。

第二天，刘大田找到队长，说："队长，这鱼塘，我想转包，我不想干了。"

队长先是吃惊，然后笑了说："我说刘大田，我不是早劝过你吗，在外面干得好好的，回来承包什么鱼塘呀！你就是不信，现在如何？"

刘大田说："不管怎么说，我就是不想承包了。"

队长也许知道他最近发生的一些事，说："还好，我早就想到了，队里张大柱等着承包呢！一会儿我把他叫来，你和他签转包合同吧。"

刘大田与张大柱签好转包合同，他收拾好东西后，去张桂兰家，张桂兰不在家，门关着的，他知道她下地干活去了，他站了许久，转身走了。

他这一走，谁也不知道他去了哪儿。

二

张桂兰的日子过得实在艰难，让她娘家人非常担心。那天她隔房的老嫂子关切地说："桂兰呀，你这样过日子多累呀，我知道，俗话说'寡妇门前是非多'，最是寡妇难当，今天不是这个馋嘴的男人想来占便宜，明天就是那个不怀好意的男人来骗你，有谁是对你真心实意的啊。我看，全是骗人的。"

张桂兰低着头不出声。

"改天呀，我去给我们村里那个刚死了老婆的人说说，做个媒，把你嫁过去。好相互有个照应，有个依靠。再说隔娘家人又近，谁还敢欺负你呀！"老嫂子说。

张桂兰说："嫂子，这事……以后再说吧。"

"事不宜迟，早点把事办了，我们娘家人也就放心些呀！"

"可我……觉得刘大田很好，只是他……他那次出去之后，再也没有音信。"

"你还在想他呀？他算什么，他有啥。人家可是个木匠，家里又盖起楼房，有钱呢。再说，你儿子大虎之前不就是因为他弄出事的吗？"

张桂兰听老嫂子这么一说，也不好再说什么了，只低头不出声了。

"这事就说定了，我得回去了。"老嫂子起身就走了，张桂兰便出门相送。

张桂兰说："嫂子，我看这事……还是算了。"

"算什么呀，我给你做主，这事一定要办。不然，我能对得起你死去的娘吗？"

没几天工夫，老嫂子就把这事说定了，还把人领到张桂兰家里来，他叫王洪，快四十岁的人了，长得高高大大，长期在外做木工手艺，为人处事极不一般。

张桂兰说："坐吧。"

王洪大大方方地坐下，说："茶呢，给我泡杯茶，这些年做木工活时，常喝茶喝惯了，所以……"

老嫂子在一旁赔笑道："就是，男人嘛，烟酒茶是常事。"

快吃饭时，王洪去端板凳，一看这根板凳一个脚长一个脚短，他看了看说："这板凳，该修修了。"他便拿起柴刀把长了的一截砍去，再用钉子钉了一下，板凳就平稳了。

张桂兰心里还是有点喜欢王洪的，第一眼她就看出他是个能识大体、能干活、能吃苦，更能体贴女人的那种男人。老嫂子在一旁说："王洪是个能干的人，又是我看着他长大的，真不错呀！桂兰，你与他挺配的。"

　　王洪说："嫂子，你夸奖了，桂兰妹子小时候和我常在一起玩，长大后在队里一起干过活，还在一起演出新戏呢。"

　　张桂兰说："那是年轻时，队里搞业余宣传队，都是在闹着玩的。"

　　王洪说："我记得有一次你演白毛女，我演大春，没想到这事过去二十多年了，我们真的像……又能在一起演戏了。"

　　张桂兰问："还演什么戏呀？"

　　"我们以后吵吵闹闹什么的，不是演戏，又是什么呢？"

　　张桂兰不好意思地说："你胡说些什么呀！"

　　老嫂子看他们一说一答的，高兴地笑了。

　　张桂兰这一夜又失眠了，为王洪那一说一笑，既幽默又风趣的性格感动了，又为离开刘大田而感到伤心。回想起这么多年来对刘大田的那片真情，可就因为这事或那事而闹来闹去，总也不能顺顺当当地走到一起，这难道就是命中注定，有情无缘，有缘无分，是命吗？

　　过了夏至，天气就一天比一天热。阳光充足，雨水充足，田里的禾苗绿油油的，长势喜人，一天一个样；山上的树木，郁郁葱葱，颜色已转为深绿；那些初夏时还稀稀疏疏的野草，此时也生机蓬勃——乡下人如今都懒惰了，不要它做柴火，不要它做肥料，所以它们才能恣意地蔓延。可怜的是那几朵不知名的小花，孤零零地淹没在乱草丛中，总想有一个出头之日。

　　张桂兰的几间草房就掩映在万绿丛中。屋后是丛丛翠竹，两旁有桃李、有枇杷；前面一溜篱笆，里面种了辣椒、茄子、豆角，青翠欲滴，惹人喜爱；三两只麻鸭，混在鸡群里，围着篱笆探头探脑，可惜没有空隙进去，只好沿着土坎，悠闲地啄着草叶和虫子。

　　张桂兰病了，躺在床上休息。王洪知道后，主动来到她家，帮着她烧火做饭。他一边忙活，一边小声地和她说话："桂兰，你干活别太累了，要是你病倒了，谁来照顾你的两个儿子呢？"

张桂兰说："放心，我没事，休息两天就会好的。"

王洪把一切忙乎完之后，就回家去忙他的活儿了。

张桂兰吃了药在床上躺了半天，晚上觉得好多了。她又披衣起床，走出屋看着那山坳上的小土屋，黑压压的，她想去看看那小土屋，那小土屋是刘大田的家，更是他的全部。天还没大亮，张桂兰就来到山间刘大田的小屋前站着，让她没想到的是，刘大田回来了，他看见桂兰来了，以为又是为大虎的事来找他闹，赶忙跑进屋去躲着，把门关得死死的。

她站了好一阵后，轻声说："大田，你什么时候回来的，怎么不告诉我呀？我今天不是来骂你的，我是想告诉你，我，我要嫁人了。"

刘大田一听，赶忙跑出来，站在张桂兰身前，拉住她的手说："桂兰，你不是说要嫁给我吗？你怎么又要另外嫁人呢？"

"是我娘家人做主，他是我娘家那里的人，我也是身不由己，再说，我看他这个人也不错。"

刘大田说："不，我一定要娶你。"

"大田，算啦，我们是有缘无分，再说，我……什么都给了你，也算不欠你的了，我们认命吧。"

刘大田差点儿气哭了，说："不，我不许你嫁给别人，我要娶你。"

张桂兰抽出手，转身就走了。刘大田追了几步，见张桂兰越走越快，没追上，就蹲在地上，垂头丧气地哭了："桂兰，你别走。"

三

张桂兰回到家里，倒在床上就哭起来，她不知是在心里恨刘大田，还是爱刘大田。她不知道，她这些年在做什么，到底为什么要这么做，她一点也想不明白。本来与刘大田是很好的一对，老天又为什么将他们分开，这怨谁呢？怨刘大田，怨娘家的老嫂子，怨王洪，怨自己……也许谁都不怨，这就是命。

夜里，刘大田满肚子不高兴地喝闷酒，一杯接一杯地喝，很快就喝醉了。他越想越生气，越想起张桂兰就越舍不得，他要去看看她，与她说说话，哪怕是最后看她一眼，最后一次拉她的手……也心满意足了。于是，他晃晃悠悠地走到张桂兰家。

屋里亮着灯，小虎已经睡了，张桂兰也独自一人坐在桌前喝酒，他走上去，把张桂兰旁边的一杯酒一口喝了下去。

张桂兰看着他："你还来干什么？"

"我，我……想再看看你。"

"我，我有啥好看的，再说，我明天就出嫁了，我就是王洪的人了。"

刘大田拉住桂兰的手，把她拉入怀里："桂兰，你不要嫁，我真的很爱你，我不骗你！"

张桂兰扑入他的怀中哭了说："其实，我也舍不得你，可是……"

两人就这样相互拥抱着，相互抚摸着，刘大田把手从衣领口伸进去，想去抚摸她，她猛地推开她，不知是醉了，或是清醒了，说："不要这样，我已经是王洪的人了！"

刘大田松开了手，愣住了，转身又晃晃悠悠地走出了张桂兰家。

第二天，张桂兰穿着打扮了一番，就随娘家老嫂子出门上路了。已是第二次出嫁的张桂兰，没有办酒席，更没有通知左邻右舍，只是由老嫂子把她带过去了。出门后，她望了望山坳上的那间小土屋，又一步一回头地寻觅着什么，盼望着什么，期待着什么。

这时，刘大田站在前面路口的一棵大树边，手里拿着一瓶酒，望着沿山路走来的桂兰。

张桂兰走到他身边时，刘大田抛下酒瓶，拉住张桂兰的手说："桂兰，跟我走吧，嫁给我。"

说罢，还没等张桂兰明白是怎么回事，已被他拉去了好远。

老嫂子猛然醒悟，说："刘大田，你干什么，抢人呀，这是犯法的。"

张桂兰不知所措，这事却是她所盼望的，她支吾道："你，你干什么？"

刘大田说："别管，今天……我要娶你，娶定了，我们这就去镇里办结婚手续。"

张桂兰左挣右扎也没挣脱刘大田的手，最后她不再挣扎了，只由着他拉着她使劲地往前走……

又是一个酷热的夏天，红彤彤的太阳像个大火球，将大地烘烤着，人们除了早晚去地里干活，一般都在家里乘凉。这天，刘大田地里的玉米熟了，得赶快将玉米收回来，趁着有太阳时晒干，夏天的雨说来就来，不然下了雨，地里的玉米就要发霉，更是难晒得干。

张桂兰忙完家务活，也来到地里，她说："大田，你歇歇再干吧，我们俩一起弄，你还怕干不完吗？别累着，身体要紧。"

刘大田走过来，在土坎边坐下，说："没事，这点儿活累不到我的。"

张桂兰递了一块毛巾给他说："看你满头大汗的，擦擦吧。"

　　自从有了张桂兰后，刘大田觉得日子有了奔头，心情也格外舒畅。眼看太阳偏西了，他就光着肩膀，肩上搭着一条毛巾，挑着箩筐在地里收玉米。他把一个个大大的、长长的、沉沉的玉米，从玉米秆上掰下来扔进箩筐里，感到从心底里升起一种收获的快乐和喜悦。也许这儿地势占得高，不时有凉凉的风吹来，吹得人心情舒畅，他就放开嗓子大声唱起来："我家住在黄土高坡，大风从坡上刮过……"歌声粗犷豪放，在山间回荡着。